시체를 보는 사나이

1부. 더 비기닝 ②

시체를 보는 사나이

공한K 미스터리 소설

1부 더 비기닝 ②

팩토리나인

제12화

불청객의 횡포

꽤 피곤했지만 생각이 많은 탓인지 밤새 잠을 설쳤다. 휴대폰 시계를 보니 이제 겨우 새벽 6시였다. 애써 눈을 감아 보지만 정신은 오히려 더 또렷해지기만 할 뿐이었다.

민 팀장에게 한번 전화해 볼까? 나는 전화를 걸기 위해 일어나 앉았다가, 곧바로 다시 몸을 눕혔다. 아직은 일어나지 않았을 것 같다. 그래, 어제 술을 꽤 많이 마신 듯했으니까.

거실에서 엄마의 인기척이 들려왔다. 부모님은 장사 준비를 위해 일찍 나가야 했기에, 나는 어릴 적부터 분주한 엄마 아빠의 모습을 보며 혼자 밥을 먹었다. 깨워서 같이 먹자고 할 법도 한데 한 번도 그러시지 않았다.

그런데 오늘은 나도 혼자가 아니다. 방 밖에서 들리는 엄마와 소담 씨의 담소에 귀를 기울이고 있으니 괜스레 입가에 미소가 번졌다. 소담 씨의 목소리에서 그녀가 얼마나 들떠 있는지를 고스란히 느낄 수 있었다. 엄마와 함께하는 것이 마냥 좋은 듯했다. 그런 그녀를 방해하고 싶지 않아, 나는 한참을 그렇게 더 누워 있었다.

아침 식사가 거의 다 차려질 무렵, 잠에서 깬 아빠는 가볍게 몸을 푼 뒤 방을 나섰다. 뒤이어 소담 씨의 밝고 경쾌한 인사 소리가 들려왔다. 그녀의 인사에 아빠도 한층 높아진 목소리로 반갑게 인사를 건넸다. 그 정겨운 소리에 끼고 싶어 얼른 방문을 열던 그때, 이른 아침부터 초인종이 울렸다. 엄마는 소담 씨에게 마저 먹으라고 말하며 현관으로 향했다. 아빠도 그녀에게 끊지 말고 계속 들라고 했지만, 정작 당신은 수저를 내려놓았다.

"시보 오빠, 일어났어요?"

"네, 소담 씨. 잘 잤어요? 아빠도 안녕히 주무셨어요?"

"그래. 와서 아침 먹어라."

"아침부터 누가 온 거예요?"

"글쎄 말이다. 이렇게 일찍 올 만한 사람이 없는데……. 민 형사인가?"

"아, 그런가. 잠깐 나가 볼게요."

현관으로 나가 살짝 문을 여니, 바깥에서 낯선 목소리가 들려왔다.

"남시보 씨 부모님 댁 맞습니까?"

"네, 무슨 일로 그러시죠?"

"경찰입니다. 잠시만 문 좀 열어 주시겠습니까?"

"경찰이요? 무슨 일로 그러세요?"

"남시보 씨 계신가요? 남시보 씨 좀 만나러 왔습니다."

"시보는 왜 찾으세요? 서울에 있는 애를."

"네? 그럼 지금 집에 없…… 아니, 문 좀 열어 주십시오. 잠깐이면 됩니다."

"잠시만요."

어머니는 얼굴을 내밀고 서 있는 나를 보며 들어가라고 손짓했다. 나는 조용히 현관문을 닫고 서둘러 부엌으로 뛰어갔다.

"왜 그래? 누군데 그래?"

"경찰인 것 같아요. 아빠, 저랑 소담 씨는 방에 있을게요. 저희 여기 안 온 거예요, 아셨죠? 방금 엄마도 그렇게 말씀하셨어요."

"알았다. 어서 들어가."

"집 안에 들어올 수도 있으니까 부엌에 밥그릇만 좀 부탁드려요."

"그래, 내가 치우마. 걱정 말고 들어가."

황급히 현관에서 신발을 챙기고 있을 때 '철컹!' 하고 대문이 열리는 소리가 났다.

"감사합니다. 저…… 남시보 씨 어머님 되십니까?"

"그런데요."

"네에, 안녕하십니까. 안민호 순경이라고 합니다. 남시보 씨는 어디 갔습니까?"

"어디 갔냐니요? 서울 고시원에 있을 애를 왜 여기서 찾으세요? 우리 아들에게 무슨 일이 생겼나요?"

"아닌데, 집에 내려갔다고 하던데……. 시보 어머님, 안녕하세요. 또 뵙습니다. 접니다, 김 형사."

"어, 네. 근데 무슨 일로……. 시보가 집에 내려온다고 했나 보죠? 전화라도 하고 오시지 그러셨어요. 지금 집에 없는데."

"그렇군요. 아직 집에는 안 내려왔나 보네요. 그럼 잠시 안으로 들어가시죠. 좀 더 물어볼 게 있기도 하고요."

"뭔데요? 여기서 물어보세요. 이제 나가 봐야 해서……."

"아니, 잠깐이면 됩니다. 잠시 들어가서 몇 가지만 확인하겠습니다."

"어어, 이러면……."

김범진 형사는 엄마가 가로막고 서 있던 문을 비집고 마당 안으로 들어섰다.

"감사합니다. 저쪽이 현관이군요. 안 순경, 들어가자고. 들어가시죠, 시보 어머님."

"네, 팀장님."

쾅!

대문이 닫히는 소리와 함께 두 사람을 뒤쫓는 엄마의 다급한 발소리가 울려 퍼졌다.

"아니, 가게에 나가야……."

"늦었는데 거기서 뭐 해? 자! 여기 옷."

아빠는 챙겨 나간 겉옷을 엄마에게 건네며 말했다.

"아, 안녕하십니까. 시보 아버님 되십니까?"

"그렇소만. 누구?"

"실례가 많습니다. 저는 서울 동작 경찰서 김범진 형사라고

합니다. 여기는……."

"뭐? 서울? 서울 경찰이 여기까지 무슨 일로? 근데 어쩌나? 지금 바빠서 가게에 나가 봐야 하는데. 가면서 얘기합시다."

"지금 나가신다고요? 이렇게 일찍? 아니, 잠시……."

"아이고! 벌써 이렇게 시간이 됐어요? 어서 가요, 여보."

"그래, 아침 댓바람부터 귀찮게 말이야. 늦었어! 어여 가자고."

아빠는 경찰을 지나쳐 순식간에 대문 밖으로 나가 버렸다. 그런 아빠를 김범진 형사와 안 형사는 눈만 껌벅이며 지켜보고 있었다.

"주인 없는 집에 둘만 있을 거요? 어서 나오지 않고 뭐 해요?"

"아……. 네, 그럼 가면서……. 아니, 이게 아닌데……."

"근데 무슨 일로 아침 일찍부터 우리 아들을 찾아요?"

"그게……."

"아, 뭐 해? 일단 어서 가자고. 늦었다니까."

철컹!

대문 닫히는 소리가 들리고, 다행히 부모님과 경찰들의 목소리가 점점 작아져 갔다.

아빠의 빠른 판단 덕에 경찰은 집 안으로 들어오지 못했다. 어디로 빠져나가야 할지 고민하고 있을 때, 갑자기 아빠가 방문을 열더니 절대 밖으로 나오지 말라고 당부하듯 말했다. 그러고는 바삐 안방으로 들어가 겉옷을 챙겨 들고 집을 나섰다. 아빠의 기지로 우리가 여기 있다는 사실을 들키진 않았지만, 경찰이 집으로 찾아온 이상 계속 여기에 머무르는 것은 위험했다.

그때 갑자기 집 전화벨이 울렸다. 경찰이 일부러 전화를 건 것일 수 있어 받지 않았다. 갑작스러운 경찰의 등장에 놀라, 소담 씨와 나는 그저 멍하니 전화기만 바라보며 서 있었다. 전화가 끊긴 뒤에도 우리는 전화기에서 한참 동안 눈을 떼지 못했다.

"소담 씨, 여기 더 있으면 위험할 것 같아요. 밖으로 나가죠."

"밖에 경찰이 있으면 어쩌죠?"

"아……. 그렇죠. 잠복하고 있을 수 있겠네요. 어쩌지……."

"오빠, 일단 상황을 지켜봐요. 그 후에 결정해도 되잖아요."

"그럴까요? ……그래요. 좀 더 지켜보죠."

나는 휴대폰 벨 소리를 진동으로 바꾼 뒤, 방으로 들어가 옷 몇 벌과 휴대폰 충전기를 가방에 챙겼다. 그녀는 내 모습을 지켜보는가 싶더니, 방으로 들어가 처음 집에 왔을 때 입었던 외출복으로 갈아입고 나왔다.

"소담 씨, 소담 씨는 여기 있는 게 낫지 않을까요? 어차피 경찰들이 찾는 건 나니까 집에 있어도 위험하진 않을 거예요."

"저 혼자 여기 있으라고요? 제가 오빠 부모님께는 차마 솔직히 말씀 못 드렸지만, 오빠를 혼자 가게 둘 수는 없어요. 제가 오빠 구하겠다고 했잖아요."

"아니, 그러면 내가……."

"여기 혼자 남으면 오빠 부모님께 사실대로 다 말해 버릴 거예요. 대신 같이 움직이면 비밀로 할게요."

소담 씨는 그렇게 말하며 장난스레 웃어 보였다. 그녀의 귀여운 애교에 나는 녹아내리듯 웃어 보일 수밖에 없었다.

그때, 휴대폰 진동이 울렸다. 엄마였다.

"네, 엄마."

"아드을, 지금 어디야? 경찰들이 집까지 와서 널 찾는다."

"네? 무슨…… 아……. 아아, 네."

"잠깐만, 경찰이 바꿔 달라고 해서. 여기."

"어이, 시보. 나 김 형사야."

"아, 네. 무슨 일로 저희 집에……."

"아니, 자기 좀 보려고 왔는데 거 참 보기 어렵네. 지금 어디? 집?"

"네, 집에 있어요."

"그래? 어머니는 집에 없다고 하던데."

"부모님 집이 아니라 고시원인데요."

"아하, 수원이 아니라 고시원? 정말 고시원에 있는 거야?"

김 형사는 의미심장한 목소리로 되물었다. 순간, 어쩌면 고시원 앞에도 다른 경찰들이 기다리고 있을지 모른다는 생각이 들었다.

"아…… 아니, 그게…… 지금은 천호에 와 있어요."

김 형사가 갑자기 버럭 소리치며 말했다.

"시보! 지금 어디야? 솔직히 말해."

"방금 천호라고……."

"하아, 그래? 좋아. 그럼 민우직은 어디 있어? 같이 있는 거야? 그거라도 똑바로 말해!"

"무섭게 왜 그러세요? 제가 그걸 어떻게 알아요."

"무서워? 그래, 무섭지. 이제 다 끝난 싸움이야. 근데 계속 이렇게 나온다 이거지? 시보 너도……."

"저기요, 형사님! 아니, 우리 아들한테 왜 그래요?"

"시보 어머니, 잘 들으세요. 지금 아드님이 범죄자를 숨겨 주고 있단 말입니다. 내가! 내가 말이야! 아주 좋게좋게! 해 보려고 하는데 계속 이런 식이다 이거지!"

"뭐요? 형사라고 거 말 함부로 하는 거 아니요?"

"잠깐만요, 김 형사님! 엄마 아빠 내 말 들리세요? 엄마! 엄마!"

"잘 봐, 시보! 너 하나 때문에 네 가족들이 어떻게 되는지. 알았어!"

뚜 뚜 뚜.

"하, 김 형사 이런 개……."

나를 만만히 보는 건 그렇다 치지만 부모님까지 건드리는 것은 참을 수가 없었다.

"오빠, 괜찮아요? 무슨 일이에요?"

"잠깐만요."

나는 곧바로 다시 엄마에게 전화를 걸었다. 하지만 신호음만 울릴 뿐이었다.

"안 받으시네. 어떡하지……."

"왜요? 무슨 일인데요?"

"김 형사가 부모님 가게에서 행패를 부리고 있는 것 같아서요. 잠깐 가게에 다녀올게요. 소담 씨는 여기 있어요."

"아까 그 경찰이요? 깡패도 아니고 아무리……."

"혹시 몰라서요. 가 봐야 할 것 같아요. 전화도 안 받고."

"오빠, 근데 방금 천호에 있다고 했잖아요. 지금 가면 거짓말 한 게 들통날 텐데……."

"상관없어요! 지금 그게 뭐가 중요해요?"

나는 불안한 마음에 덜컥 화를 내고 말았다. 그녀의 침울한 표정을 보고 난 후에야 뒤늦게 그 사실을 깨달았다.

"아……. 미안해요. 괜히 소담 씨한테 화를……."

"아니에요. 부모님 일이니 그럴 수 있죠……. 같이 가요. 저도 갈래요."

"소담 씨는 여기 있어요. 금방 갔다…… 어, 잠깐만요. 아빠 전화예요."

현관 밖으로 나가려 할 때 아빠에게 전화가 걸려 왔다.

"아빠, 괜찮으세요?"

"그래, 아들. 괜찮다. 지금 어디냐?"

"집이에요. 정말 괜찮으세요? 지금 제가 갈게요."

"그럴 필요 없다. 그냥 거기 있어라. 그 김 형사란 놈은 방금 갔다. 별 시답지 않은 놈이……."

"무슨 일 있었던 거예요?"

"일은 무슨. 그렇게 겁주고 가면 무서워할 줄 알았나! 괜찮다. 걱정 마라."

"엄마는요? 엄마는 괜찮으세요?"

"괜찮다니까. 그냥 조금 놀라서 쉬고 있다. 이래서 내가 전화한 거야. 걱정할까 봐. 아무튼, 우리는 괜찮으니까 어디 가지 말고 집에 그냥 있어. 무슨 일 있으면 아빠한테 전화하고."

"죄송해요, 아빠. 오늘은 일 빨리 끝내고 일찍 들어와 주세요. 소담 씨 혼자 집에 있으면 안 될 것 같아요."

"왜? 벌써 가려고? 거…… 민 형사한테 전화 온 거야?"

"아니요, 아직. 혹시 몰라서요. 그러니 일찍 들어오세요. 아셨죠?"

"그래, 알았어. 일찍 정리하고 들어갈 테니 너무 걱정 마라."

"네, 아빠. 소담 씨 잘 부탁드려요."

"알았다. 아침 제대로 못 먹었을 텐데 소담이랑 잘 챙겨 먹기나 해."

"네, 그럴게요."

"그래. 이만 끊자."

김 형사 이 자식, 분명 뭔가 있다. 그러지 않고서는 이런 짓을 할 이유가 없지 않은가. 아무래도 오랜 시간 민 팀장을 못 잡으니 안달이 난 듯했다. 이런 상황에서 민 팀장은 대체 어디 있는 거야? 그 후로 전화도 안 받고……. 정말 나쁜 마음이라도 먹은 건가?

"오빠, 부모님은 괜찮으신 거예요?"

"네, 괜찮으신 것 같아요. 걱정 안 해도 돼요. 배는 안 고파요? 아까 제대로 못 먹었잖아요."

"아, 오빠 얼른 마저 식사하세요. 저는 생각이 없어서 그냥 앉아만 있을게요."

나는 다른 말 없이 식탁에 앉아 숟가락을 들었다. 배가 고프긴 했지만, 밥이 잘 넘어갈 것 같진 않았다. 하지만 갑자기 어디로 떠나게 될지, 언제 또 식사를 할 수 있을지 모르기에 어떻게든 든든하게 배를 채워야 했다.

소담 씨는 맞은편에 앉아 나를 바라보며 물었다.

"어디로 갈 생각이에요? 아직 민 팀장님은 연락 없는 거죠?"

"네……. 집에서 좀 더 기다려 보려고요. 연락 주시겠죠."

"네, 오빠. 어서 식사하세요. 식사하고 얘기해요."

식사를 마치니 시간은 벌써 오전 10시를 넘어서고 있었다. 일찍 일어난 탓인지 노곤해서 금방이라도 눈이 감길 것만 같았다. 아무것도 안 하고 소파에 앉아만 있으니 어쩌면 졸린 게 당연했다.

잠도 깰 겸 아이스 커피 2잔을 만들어 거실로 나가자, 소파에 앉아 있던 소담 씨가 보이지 않았다. 그녀는 방 안의 컴퓨터 앞에 앉아 뭔가를 유심히 바라보고 있었는데, 다름 아닌 원룸에서 보았던 그 블랙박스 영상이었다.

그녀는 내가 뒤에 있는 줄도 모르고 한 구간을 반복해서 돌려 보고 있었다. 블랙박스 카메라가 한쪽으로 쏠려 그녀의 아버지 얼굴이 크게 나오는 구간이었다. 소담 씨는 지금 괜찮은 걸까. 걱정이 됐다.

나는 아이스커피를 모니터 옆쪽에 조심스레 내려놓았다. 그제야 뒤에 내가 있다는 걸 깨달았는지, 소담 씨는 살짝 놀란 표정으로 나를 돌아보았다.

"커피 마셔요."

"고마워요, 오빠. 잘 마실게요. 들어온 줄도 몰랐네요."

소담 씨는 커피를 한 모금 들이키며 웃어 보였다.

"뭘 그렇게 반복해서 보는 거예요?"

"그냥…… 혹시 단서가 될 만한 것이 있나 보려고요. 아, 맞다. 오빠, 여기 좀 보세요."

모니터 화면의 한 부분을 가리키며, 소담 씨가 진지해진 목소리로 말했다.

"여기, 저희 아빠를 때리는 사람의 주먹이랑 손목 보이죠?"

"그러네요. 많이 흐릿하긴 하지만요."

"맞아요. 흐릿하긴 한데 그래도 뭔가 특징이 있지 않을까 해서 계속 보고 있는 거예요. 선명한 장면이 나오길 바라면서요."

"아……. 그런데 정말 괜찮아요?"

"네, 오빠. 반복해서 이 부분만 보니까 차라리 괜찮은 것 같아요. 오빠도 앉아서 같이 봐요."

나는 소담 씨가 내어준 의자에 앉으며 그녀의 안색을 살폈다. 단서를 찾는다고는 하지만 이런 영상을 계속해서 돌려 보다니……. 그 심정을 헤아릴 수 없어 더 마음이 아팠다.

"어떻게 이런 생각을 다 했어요?"

"정말…… 민 팀장님이 아닌지 알고 싶어서요. 자세히 보면 범인 특징이라도 보이지 않을까 해서……. 딱히 할 일도 없고 여기선 공부하기도 좀 그러니 뭐라도 찾아보려고요."

"아니죠, 소담 씨. 공부 제대로 하고 있는걸요. 경찰 실습 교육이잖아요. 소담 씨는 벌써 모든 준비가 되어 있네요. 하하.”

“아, 그러네요. 실습 교육……. 크크.”

“아직 눈에 띄는 건 없었죠?”

“네, 아직은 없어요. 손목 위에 팔하고 손 일부밖에 안 나오는데 그조차 잘 보이지가 않아서요. 영상을 확대하면 화질이 깨져서 정지했을 때보다 더 흐릿해요. 거기다 너무 기울어진 상태로 촬영이 돼서…… 단서가 될 만한 걸 찾기가 어려워요.”

“근데 소담 씨, 마음은 알겠지만 이렇게 계속 봐도 괜찮겠어요?”

“괜찮다니까요. 범인이 누구인지 찾는 게 아빠를 위한 건데…… 이 정도는 참아야 하지 않겠어요? 아빠는 그때 왜 괜히 그런 말을 해서…….”

소담 씨는 울음을 참으려는 듯 말끝을 흐렸다.

“그만하고 좀 쉬어요. 내가 볼게요. 이런 게 있으면 언제든 나한테 말해요. 힘들게 혼자 하지 말고요.”

“……네, 고마워요……. 그럼 저 잠깐 화장실 좀 다녀올게요.”

“그래요.”

결국엔 겨우 참고 있던 그녀의 감정을 건드리고 말았다. 어쩌면 나는 그녀가 아픈 감정을 솔직히 드러내 주길 바랐던 걸지도 모르겠다. 부모님을 잃는다는 것이 어떤 마음인지, 지금 얼마나 힘이 드는지, 감히 헤아릴 수도 도무지 상상이 가지도 않았다.

소담 씨 말대로 영상에서 단서가 될 만한 것을 찾을 수 있을까? 보이는 거라고는 움직이는 주먹과 손목 위로 가끔씩 보이는 옷자락 정도가 다였다. 옷자락도 색이 어두워 특이한 점을 찾을 수 없었고, 손목에 특별히 차고 있는 것도 없었다.

이래서는 하루 종일 돌려 본다고 한들 아무것도 찾을 수 없을 텐데…….

"어?"

정지 화면이라 흐릿하게 번져 보이는 거라고만 생각했는데, 자세히 보니 왼손 엄지 쪽 손등 위에 무언가가 계속 따라다니고 있었다. 작은 상처 같은 모습이었다. 어두운 탓에 화면의 잔상처럼 보이지만, 분명 손등에 난 상처였다.

이 화면을 좀 더 선명하게 볼 순 없을까? 민 팀장이라면 방법을 알지도 모르는데…….불현듯 어제 민 팀장과의 통화가 떠올랐다. 젠장! 무슨 베테랑 형사라는 거야! 그렇게 나약해서 뭘 하겠다고? 가슴 깊은 곳에서부터 한숨이 쏟아져 나왔다.

정말 이대로 포기해야 하는 걸까. 나 스스로 살 길을…… 어떻게 찾아야 하지? 그날만 그곳에 가지 않으면 살 수 있을까? 내가 꼭 가야 할 일만 발생하지 않는다면…….그래, 그 방법뿐이다. 아! 아니다. 아빠가 말한 그 이야기라면…….

"오빠! 시보 오빠!"

"아! 아빠!"

"아빠요?"

"에, 아니, 아니요. 네, 소담 씨."

"무슨 생각을 그렇게 해요. 꼭 흔들면서 불러야 들리나 봐요?"

"미안해요. 왜 생각만 하면 귀가 꽉 막히는지 모르겠어요. 하하……. 아, 맞다. 소담 씨, 잠깐 이것 좀 봐요."

"왜요? 뭐라도 찾은 거예요?"

"여기요. 정지 화면이라 좀 흐릿한데 손등 아래에 보여요?"

"네. 그냥 그림자 아니에요?"

"나도 처음에는 그림자나 잔상인 줄 알았어요. 근데 다른 구간을 봐도……. 여기 이 부분이요."

소담 씨는 내가 말한 부분을 유심히 살펴봤다.

"그림자나 잔상이라고 보기엔 계속 동일한 크기에 같은 위치예요. 제 생각엔 상처가 맞는 것 같아요. 면도날처럼 얇은 거로 베인 것 같지 않아요?"

"면도날이요? 어떻게 오빠는 바로 알아요?"

"아, 그게……. 아하하. 중학교 때 집에 오는 길에 무서운 형들에게 잡혀서 돈을 뺏긴 적이 있었어요. 물론 돈도 없었지만. 그때 얼마나 무서웠는지……. 한 골목만 지나면 바로 집이었는데도 소리를 못 질렀다니까요."

"네? 집 근처에서요?"

"네. 그때 한 형이 내 목에 뭔가를 대고 있었는데, 그게 면도날이었어요. 돈을 달라고 하니 주머니에 있던 동전들을 꺼냈죠. 그런데 장난하냐며 면도날로 그으려고 하는 거예요. 그때 무의식적으로 팔을 들어 올렸거든요. 여기 보이죠? 팔뚝 아래. 그때 베인 상처가 아직 남아 있어요."

"그러네요……."

"그때 피를 엄청나게 흘렸었어요. 그 형들도 놀랐는지 그냥 도망가더라고요. 아마도 정말 그으려던 건 아니었나 봐요. 겁만 주려고 했는데, 내가 팔을 들어 올리면서 실수로 그어 버린 거죠. 아파서 엄청 울면서도 형들이 보이지 않을 때까지 그냥 제자리에 서 있었어요."

"왜요? 빨리 집으로 갔어야죠."

"그래야 했는데, 그땐 형들이 내 집을 알면 집으로 찾아오거나 다음에 또 거기서 기다릴까 봐 겁이 났어요. 그래서 그 형들이 보이지 않을 때까지 있다가 집으로 갔죠."

"참……. 그런 상황에서 어떻게 그런 생각을 할 수 있는지 대단하네요, 오빠."

"그러게 말이에요. 아무튼 내 말이 맞는 것 같죠? 비슷하죠? 더 확실하게 알려면 전문가에게 확인받는 방법밖에 없어요."

"전문가요?"

"민 팀장님이요. 팀장님이라면 이런 영상을 자세히 분석할 수 있을 거예요. 아니면 그런 분을 알고 계실지도 모르고요."

"그럼 빨리 팀장님께 전화해 봐야겠네요! 오빠 말대로라면 진짜 증거가 될지도 모르잖아요."

"네, 그렇죠……. 잠시만요."

차마 소담 씨에겐 어제의 통화 내용을 말하지 못했다. 만약 알게 되면 민 팀장을 더 이상 믿지 못하고 완전히 돌아서 버릴 것 같았기 때문이다.

이번엔 제발 받기를 바라며 통화 연결 버튼을 눌렀다. 그런데 세 번 정도 신호가 가다가 아무 소리도 없이 뚝 끊겨 버렸다. 다시 통화 버튼을 누르자, 이번에는 전화를 받을 수 없다는 음성 안내가 흘러나왔다. 이젠 내 전화를 피하기까지 하는구나. 정말 이대로 자수라도 할 생각인가?

그때 갑자기 초인종 소리가 울렸다. 김 형사가 다시 찾아왔을 지도 모른다는 생각에 순간 온몸이 굳어 버리는 것만 같았다.

"오빠, 누가 왔나 봐요. 어떡하죠?"

띵동, 딩동. 띵동, 딩동.

창문으로 밖을 내다보니, 누군가 대문 앞에서 기웃거리며 안을 들여다보고 있었다. 주변을 두리번거리는 모습이 경찰은 아닌 듯했다.

"여기 있어요. 잠깐 보고 올게요."

"네, 오빠. 조심하세요."

현관문을 살짝 열고 대문 밖에서 나는 소리에 귀를 기울였다. 선명하진 않았지만 귀에 익은 목소리…….

"시보…… 나예요. ……직!"

나는 속으로 '민 팀장님?'을 외치며 곧장 마당으로 뛰어나갔다. 그래도 혹시 모르는 일이니, 대문을 사이에 두고 누구인지 재차 확인했다.

"누구세요?"

"나예요, 민 팀장. 괜찮으니 문 좀 열어 줘요."

"왜 그렇게 전화를 안 받으셨어요?"

"사정이 있어서……. 일단 들어가서 얘기할게요."

"정말 혼자 맞죠?"

"네? 네, 왜 그래요?"

"아니에요. 잠시만요."

삑, 철커덩!

"들어오세요."

"시보 씨, 어서 들어가죠."

나는 주위를 꼼꼼히 확인한 뒤 대문을 닫았다. 제대로 닫혔는지 다시 한번 확인한 후에야, 안심하고 민 팀장의 뒤를 따라 집으로 들어갈 수 있었다.

"잘 있었어요, 소담 씨?"

"팀장님, 지금까지 어디 계셨어요? 얼마나 걱정했는데요."

"미안해요. 저기…… 물 한 잔만 줄래요?"

"제가 갖다드릴게요. 앉아 계세요."

"고마워요, 시보 씨."

나는 민 팀장에게 물이 담긴 컵을 건네며 물었다.

"식사는 하셨어요?"

"아, 잠시 물 좀 마시고……."

민 팀장은 꿀꺽꿀꺽 소리가 나도록 물을 급히 들이켰다.

"천천히 드세요. 도대체 무슨 일이에요?"

나는 숨도 쉬지 않고 컵을 비우는 민 팀장을 바라보다 말했다.

"오늘 아침 일찍 김 형사가 집으로 찾아왔었어요. 우리가 팀장님과 함께 있다고 생각했나 봐요. 그게 아니면 팀장님이 어디 있는지 제가 알고 있다고 확신하는 것 같았어요."

"휴우. 그랬군요. 근데 김 형사가 그냥 갔어요? 시보 씨를 여기에 그냥 두고요?"

"부모님이 여기에 없다고 잘 얘기해 주셨어요. 이후에 전화 통화만 잠깐 했고요. 다행히 저희가 집에 내려온 걸 들키진 않았어요."

"그래요. 부모님이 많이 놀라셨겠네. 부모님도 뉴스 보셨을 텐데 뭐라고 하진……."

"부모님은 괜찮으시니까 그건 걱정 안 하셔도 돼요. 제가 잘 말씀드렸어요. 그것보다 방에서 영상 하나 좀 봐 주시겠어요."

"영상이요?"

"컵은 이리 주세요, 팀장님."

"고마워요, 소담 씨."

그녀는 컵을 건네받으며 민 팀장의 왼손을 유심히 살폈다. 손등에 상처가 있는지 확인하는 것 같았지만, 별다른 반응이 없는 것을 보아 역시 민 팀장은 아닌 듯했다.

방으로 들어온 민 팀장에게 블랙박스 영상 속 범인의 손등을 정지 화면으로 보여 주었다. 민 팀장은 다른 장면들도 세밀히 살펴보더니, 상처가 맞는 것 같다며 더 확실하게 알아보기 위해 지인에게 영상을 보내 확인해 보겠다고 했다.

민 팀장은 곧바로 지인에게 영상을 보낸 뒤 전화로 자세한 내용을 설명했다.

"저번에 말씀하셨던 그 경찰청 친구분이세요?"

"네, 맞아요. 고남석 형사 관련으로 부탁했던."

"아, 그 형사분은 어디서 근무하는지 확인되셨어요?"

"네. 근데 고남석 형사는 3년 전에 퇴직하고 사고로 죽었다고 하더라고요. 그래서 혹시 비슷한 이름이라도 있는지 확인해 달라고 했는데, 꽤 많다며 확인해서 알려 준다고 했어요. 내 생각엔 정체를 숨기기 위해 이진성 씨에게 위조된 신분증을 보여 준 것 같아요."

"아, 고남석 형사의 신분증을……. 그럴 수 있겠네요."

소담 씨는 옆에서 이야기를 듣다 걱정 어린 얼굴로 입을 열었다.

"팀장님, 어제는 어디에 계셨던 거예요?"

"그게…… 얘기하자면 좀 길어요."

"왜요? 무슨 일 있으셨어요?"

민 팀장은 잠시 머뭇거리다 나에게 먼저 사과를 건넸다.

"시보 씨, 미안해요. 어제 그런 모습 보여서……."

"아니에요. 그래도 이렇게 돌아오셨잖아요. 사실 많이 걱정하긴 했어요."

"어제 두 분 통화하셨어요?"

소담 씨는 휘둥그레진 눈으로 나와 팀장님을 번갈아 보았다. 나는 서둘러 손을 내저으며 말했다.

"아, 아주 잠깐 통화한 거였어요. 어떤 상황인지는 아무것도 들은 게 없어서 말 못 했고요."

"두 사람에게 모두 미안해요. 사실 어제 시보 씨 부모님이 나

가실 때 같이 나와서 집에 좀 갔었어요."

"그럼 집에 계셨던 거예요?"

"안사람과 아이들 좀 보려고 집으로 갔죠. 가긴 갔는데……경찰들이 아파트 단지에 잠복하고 있더라고요. 아파트 안으로 들어갈 수 없어서 아내에게 전화를 했어요. 왠지 분위기가 도청당하고 있는 것 같아 통화도 오래 못 했지만요."

"가족한테까지 경찰이 붙은 거예요?"

"네, 아내는 통화하는 내내 울면서 자수하라고만 하더군요. 조금 있으면 공개 수배로 전환된다고, 그러면 아이들하고 자기는 이 나라에서 살 수 없다고, 우선 자수해서 결백을 밝히자고 말이죠. 그 말에 내 몸이 조각조각 부서져 내릴 듯 고통스러웠어요. 어쩔 수 없이 자수해야겠다고…… 그냥 다 포기하려 했죠. 하지만 정말 난 아닌데……. 이렇게 자수한다고 해서 증거까지 조작된 마당에 결백을 증명할 수 있을지도 모르겠고……."

"무죄를 증명할 만한 알리바이 같은 건 정말 없으세요?"

"이진성 씨 사건 당일은 집에서 쉬었어요. 전날 당직이었거든요. 그래서 사실을 증명할 수 있는 아파트 CCTV를 확보하려고 했는데, 경찰이 이미 원본을 가져가서 없다고 하더라고요. 미리 손을 쓴 거죠."

"그럼 이연우 경위 살인 사건 때는요?"

"그러니까, 그날이 연우가 강력 1팀 팀장으로 정식 발령 나기 바로 전날이었어요. 그래서 다 같이 저녁에 회식하기로 했죠. 근데 그날 저녁에 이진성 씨 사건이 터진 거예요. 회식은 쫑 나고 우리 2팀만 몇 명 남아 술 한잔했어요. 그리고 그날…… 연우가 죽은 거죠. 술이 좀 거하게 취해서 집에 어떻게 갔는지도 모르겠어요. 새벽에 갑자기 아내가 깨우면서 하는 말이 연우가 죽었다지 뭐예요. 그때가 새벽 5시 좀 넘었을 때인데 꿈인 줄 알았어요."

"정말요? 그럼 그 사건은 알리바이가 있잖아요."

"그렇지도 않아요, 소담 씨. 사건 기록을 확인해 보니 연우가 사망한 시각은 밤 10시경에서 자정 12시 사이로 추정된다고 나와 있었어요. 그 시간엔 내가 경찰서에 있었다는 게 문제고요."

"네? 술에 취해서 집으로 갔고, 자다가 이연우 경위 사망 소식을 들었다고 하셨잖아요. 경찰서에는 왜……."

"맞아요. 동료들과 헤어진 후 집으로 가기 전에 경찰서부터 간 거예요. 시간으로는 그런데…… 내가 왜 거기로 갔는지는 모르겠어요. 분명 기억으로는 집에 간다고 택시를 탔는데 경찰서 앞인 거에요. 경찰서 CCTV에 택시에서 내려서 안으로 들어가는 것과 밖으로 나오는 장면이 찍혀 있어서 알게 됐어요. 하필 CCTV에 찍힌 시각이 밤 11시경에서 12시 사이인 걸로 확인됐고요."

민 팀장이 범인이 아니라면 두 사건 모두 절묘하게 억울한 방향으로 흐르는 상황이었다. 나는 머릿속으로 상황을 차근차근 정리한 뒤 다시 입을 열었다.

"그럼 그 시간에 경찰서에서 누굴 만나거나 뭘 하셨는지는 전혀 기억이 안 나시는 거예요?"

"그게…… 그래요, 전혀……. 게다가 소담 씨 아버님 블랙박스 영상까지 경찰 손에 있으니 빼도 박도 못 하게 생겼어요. 지금 이런 상황에서 어떻게 자수를 하겠어요. 자수한다고 누명을 벗을 수 있는 뾰족한 수도 없는데……."

"그렇다고 술을 드시면 어떡해요?"

"도저히 맨정신으로는 버티기가 힘들었어요. 술이라도 마셔야 버틸 수 있을 것 같아서 술집에 들어갔는데 뉴스에서 내 이름과 얼굴이 나오고 있더라고요. 너무 놀라 바로 뛰쳐나왔어요. 어쩔 수 없이 가까운 편의점에서 소주 몇 병 사 들고 외진 모텔로 들어갔죠."

"힘드셔도 여기로 오시지……."

"그 상태로는 도저히 둘을 볼 자신이 없었어요. 그런데, 시보 씨 아니었으면 정말 포기했을지도 몰라요. 소주 3병을 마시고 그 자리 그대로 잠들었는데, 시보 씨가 건 전화벨 소리를 듣고 겨우 잠에서 깼어요. 그리고 시보 씨 말을 들으니까 정신이 번쩍 들더라고요."

"오빠가 무슨 말을 했는데요?"

소담 씨가 동그란 눈으로 나를 바라보며 물었다. 나는 쑥스러운 마음에 괜히 웃음을 섞어 가며 대답했다.

"아, 하하. 아니, 그때 왜…… 팀장님이 저를 구해 준다고 같이 방법을 찾아보자고 했었잖아요. 그래서 '나를 구해 준다고 하지 않았냐!' 하면서 화를 좀 냈죠. 아하하. 근데 팀장님이 전화를 그냥 끊어 버리셨잖아요. 제가 얼마나 실망했다고요."

"미안해요. 일부러 그런 게 아니라 술이 덜 깬 상태다 보니 나도 모르게 잠이 들어 버렸어요. 그리고 새벽에서야 다시 정신이 들었는데, 그때 시보 씨의 말들이 하나하나 스쳐 지나가더라고요. 내가 지금껏 도대체 무슨 생각을 했나……. 나 자신이 너무 부끄러웠어요. 내가 힘들고 괴로워도 시보 씨만큼은 어떻게든 살려 보겠다고, 그리고 소담 씨 아버님을 죽인 진범을 꼭 잡겠다고. 나에게 일어난 일들을 밝혀내는 것이 시보 씨와 소담 씨를 위해 내가 해야 할 일이라고…… 아니, 경찰의 의무라고 생각했어요. 그런 마음으로 여기에 온 거예요."

"팀장님……."

"미안해요. 소담 씨, 시보 씨."

잠깐의 정적을 지나, 소담 씨는 용기 내어 자신의 심정이 담긴 말을 건넸다.

"무슨 수가 있을 거예요. 죽을 각오로 하면 뭐든지 다 할 수 있다고 하잖아요. 사실 저도 말은 못 했지만…… 그 마음으로 버티고 있거든요."

"그래요……. 그렇죠, 소담 씨……."

민 팀장이 고개를 숙이며 미안해하자, 마치 장례식장에 들어선 듯 분위기가 숙연해졌다.

"에이, 왜 그러세요? 저희는 팀장님이 이렇게 돌아오셔서 얼마나 감사한지 몰라요. 정말이에요."

"고마워요. 앞으로는 절대 이런 일 없을 거예요. 약속해요."

소담 씨가 옅은 미소를 띠며 말했다.

"속은 좀 괜찮으세요? 식사도 못 하셨을 것 같은데⋯⋯."

"사실 속이 살짝 쓰리네요. 물 좀 더 마실 수 있을까요?"

"잠깐 계세요. 금방 가져올게요."

부엌으로 뛰어가는 소담 씨를 바라보다 민 팀장에게로 눈을 돌렸다. 그동안의 맘고생을 보여 주듯 민 팀장은 그새 매우 핼쑥해져 있었다.

"지금이라도 식사하시죠? 금방 차려요."

"아니에요. 여기도 오래 못 있어요. 사실 간단히 뭐 좀 먹으려고 모텔에서 나왔을 때 경찰들이 들이닥쳤어요. 신고를 누가 한 건지, 아니면 그냥 우연히 들어온 건지 모르겠지만 만약 그때 안 나왔으면 바로 잡혔을 거예요."

"정말요? 어휴, 큰일 날 뻔했네요."

"경찰에게 발각될까 무작정 뛰쳐나왔어요. 최대한 조심히 온다고 왔지만 사방에 워낙 CCTV가 많아서 여기도 안전하지 못할 거예요. 가능한 빨리 다른 곳으로 가야 해요."

"그럼 어디로 가시게요?"

"일단 서울로 올라가서 알아봐야 할 것 같아요. 아니면 어제처럼 모텔에서⋯⋯."

"안 돼요, 팀장님. 이번처럼 경찰이 갑자기 들이닥치면 어떡해요? 한 번은 운이 좋았다지만 또⋯⋯."

"조심하면 괜찮을 거예요."

"그러지 말고 저도 같이 올라갈⋯⋯."

"아니에요. 시보 씨는 그냥 여기 있어요. 나 혼자 움직이면 돼요. 그게 더 안전할 거예요."

소담 씨는 부엌에서 찻잔을 들고 와 민 팀장에게 건넸다.

"팀장님, 여기요. 꿀이 있어서 꿀물 좀 타 왔어요. 이거라도 드세요."

"꿀물이요? 아우……. 고마워요, 소담 씨."

"뭐라도 드셔야 하는 거 아니에요?"

"바로 나가셔야 한대요."

"왜요?"

민 팀장은 단숨에 꿀물을 들이켠 뒤 말했다.

"사정이 있어서 그래요. 시보 씨, 그날이 얼마나 남은 거죠? 시보 씨가 죽는다던…… 그날이요. 3일? 4일?"

"아……. 대략 3~4일이요. 아마 4일째 되는 날 자정 12시에서 새벽 1시 사이일 거예요. 제 예상이 맞는다면요."

"그래요. 기억해 둘게요. 그날은 노량진에 가지 말아요. 무슨 일이 있어도 가선 안 돼요. 알았죠?"

"잠깐만요, 팀장님. 그게 다예요?"

민 팀장은 조금이라도 빨리 이곳에서의 상황을 정리하려는 듯 보였다.

"시보 씨, 시보 씨가 정말 나 때문에 그렇게 된 거라면, 그전까지 진범을 잡아서 절대 그런 일이 일어나지 않게 할게요. 그러니 기도해 줘요. 아까 그 영상처럼 무슨 단서가 될 만한 것이 있으면 알려 주고요. 그렇게만 해 주면 돼요. 만약 나와 상관없이 그런 일이 일어나는 거라면…… 아니, 내가 무슨 수를 써서라도 방법을 찾을게요."

"뭐라고요? 팀장님, 지금 저보고 가만히 앉아서 기도나 하라는 말씀이세요? 아니요! 저도 같이 갈 거예요. 옆에서 도와줄 조력자가 있으면 좋잖아요. 그리고 팀장님 옆에 있어야 팀장님이 저를 구해 주실 거 아니에요. 안 그래요, 소담 씨?"

"그건 오빠 말이 맞는 것 같아요. 같이 움직여요, 팀장님."

"아니, 물론 그러면 좋겠지만 그건 내 욕심인 것 같아서…….생각하는 것보다 훨씬 더 위험할 수도 있으니……."

"괜찮아요. 처음부터 위험한 거 알고 팀장님 돕겠다고 나선거니까요. 그리고 위험하면…… 팀장님이 구해 주실 거잖아요.하하. 안 그런가요? 그러니 너무 미안해하지 않으셔도 돼요. 아하하."

이렇게 심각한 상황에서도 농담처럼 말할 기운이 있다니, 내가 말하고도 스스로가 황당해 헛웃음이 나왔다.

"맞아요. 팀장님이 옆에서 오빠 지켜 주셔야죠. 그리고 저도……."

나는 소담 씨가 따라나서겠다는 얘기를 하기 전에 황급히 말을 가로막았다.

"안 돼요. 소담 씨는 여기 있어요."

"오빠, 말했잖아요. 난 오빠랑 같이 움직일 거예요. 혼자 여기 있는 건 정말 싫어요. 그게 더 무섭다고요. 만약 여기 있다가 위험에 빠지면 누가 날 도와주죠? 그리고 팀장님이 항상 오빠 옆에 있을 수는 없잖아요. 안 그래요?"

"그건…… 집에는 부모님이 일찍 들어오신다고 하셨어요. 이 일이 마무리될 때까지 가게 일 쉬시라고 할게요. 그리고 저는 팀장님 옆에 찰싹 붙어서 안 떨어질 거니까 걱정 안 해도 돼요."

"그게 말이 돼요? 부모님 생계까지 막으면서 여기에 있으라고요?"

"아, 안 돼요. 안 돼. 무조건 안 돼요."

옆에서 대화를 듣던 민 팀장은 "음……." 하고 잠시 고민하는 듯하더니 조심스레 입을 열었다.

"틀린 말은 아니에요. 여기도 안전하진 않으니까. 소담 씨가 시보 씨랑 같이 있다는 걸 그쪽에서 알고 있으니, 소담 씨가 혼자 남겨졌을 때 무슨 짓을 할지도 장담할 수 없고요. 다 같이 움직이는 거로 하죠."

"저기, 팀장님……."

소담 씨는 이전보다 더 진지해진 얼굴로 말했다.

"오빠, 이 일이 오빠와 팀장님 일만은 아니잖아요. 우리 아빠를 죽인 진짜 범인을 찾는 일이기도 해요. 더는 안 된다고 하지 말아요."

"시보 씨, 소담 씨의 눈을 보니 이제 그만 포기해야 할 것 같네요. 너무 걱정하지 마요. 내가 시보 씨랑 소담 씨 안전을 최우선으로 할 테니."

"네, 팀장님……. 소담 씨, 대신 절대 나서지 말아요. 내 옆에

만 있어야 해요. 알았죠?"

"네에! 오빠 옆에 딱 붙어 있을게요!"

소담 씨가 밝게 웃으며 내 팔에 팔짱을 끼자 민 팀장의 얼굴에 기분 좋은 웃음이 번졌다. 독처럼 퍼지는 웃음을 도무지 이기지 못해, 결국엔 나도 웃음을 터뜨리고 말았다.

"아, 팀장님. 어디로 갈지 아직 못 정하셨으면, 아빠가 천호에 계시는 친구분께 부탁해 보신다고 하셨는데 거기로 가는 게 어떨까요?"

"그래요? 그러면 좋은데…… 매번 신세를 져서 그러죠."

"그런 생각 마세요. 그럼 아빠한테 한번 여쭤볼게요."

나는 아빠에게 상황을 설명하고 친구분 집 주소를 문자로 받을 수 있었다. 아빠 역시 소담 씨가 집에 남아 있기를 바랐지만, 소담 씨의 굳은 의지를 전해 듣고는 별말 없이 이해해 주었다.

집을 나오기 전, 민 팀장의 신변을 숨기기 위해 변장이란 걸 좀 했다. 내 옷 중 가장 세련된 외투를 입히고 모자까지 씌우니 나이가 한참 어려 보이긴 했지만, 어딘지 모르게 형사 복장일 때보다 더 눈에 띄었다. 그렇다고 모자 하나만 쓰기엔 부족하다고 느끼던 찰나, 알 없는 안경테가 생각나 민 팀장에게 씌워 주었다. 그새 많이 자란 수염 때문인지 안경과 모자만으로도 쉽게 알아보지 못할 정도였다. 더군다나 며칠 고생한 탓인지 초췌하기도 해서 더 그런 듯했다. 나 역시 머리의 상처를 가리기 위해 깊게 모자를 눌러썼다.

우리는 수원역에 도착해, 전철을 기다리며 잠시 앉아 있었다.

"팀장님, 바로 천호동으로 가실 거죠?"

"둘이 먼저 가요. 난 들를 데가 있어요. 친구를 만나야 해서……."

"경찰청에 있다는 그분이요?"

"맞아요. 영상 분석한 것도 확인하고, 몇 가지 더 알아볼 게 있어서 만나기로 했어요. 위험할 수 있으니 두 사람은 먼저 천호동에 가 있어요."

나는 마음이 불편했지만 고개를 끄덕이며 물었다.

"더 알아볼 건 뭐예요?"

"고남석 형사에 대해 알아보려고요. 그리고 김범진 형사도 알아봐 달라고 한 게 있는데…… 그건 직접 만나서 확인해야 할 것 같아요."

"김 형사는 왜요?"

"전에 김 형사가 의심스럽다고 했었잖아요. 그래서 같이 알아봐 달라고 했어요. 김 형사 혼자 이 모든 사건을 움직였을 것 같진 않아서요. 누가 뒤를 봐 주는 사람이 있거나 공범이 있을 가능성이 커요. 그런 이유로 김 형사 최근 통화 내역을 확인해 볼 생각이에요. 최근 통장 입출금 내역도요."

"그게 확인 가능해요?"

"뭐……. 경찰이라도 절차에 따라야 해서 어렵죠."

"그런데 어떻……."

"시보 오빠! 왜 그렇게 눈치가 없어요? 불법으로 알아보시는 거잖아요."

"아……. 죄송해요, 팀장님."

"아니에요. 소담 씨 말이 맞아요. 적법한 절차가 아니니 못 들은 걸로 해 줘요. 소담 씨도요. 알았죠?"

소담 씨는 어깨를 들썩이며 무슨 소린지 모르겠다는 듯 말했다.

"네? 뭐가요?"

"그래요. 하하."

"혼자 눈치가 없었네요. 아하하. 그럼 다 같이 가시죠. 저희가 근처에서 기다리고 있을게요."

"그럴 필요 없……."

"맞아요, 팀장님. 저희 도움이 필요할지도 모르잖아요."

"가는 길에 무슨 일이 있을지는 또 어찌 알아요?"

"거참 둘 다 끈질기네. 알았어요. 대신 근처까지만이에요."

소담 씨는 약속한다는 듯 해맑게 웃으며 새끼손가락을 들어 보였다. 나는 민 팀장의 말을 여러 번 곱씹으며 잠시 생각을 가다듬었다.

"팀장님, 그럼 팀장님 생각으로는 김 형사 뒤에 누가 더 있다는 거죠?"

"그래요. 누군가 뒤에서 도와주거나 함께했을 가능성이 높아요. 김 형사는 혼자 뭔가를 치밀하게 계획하고 처리할 위인이 못돼요. 누군가가 뒤에서 조종하고 있거나 공범이 있는 게 확실해요."

"혹시 채비로 팀장 아닐까요?"

"채비로 경정이요? 여기서 왜 채비로 경정 이름이 나와요?"

"어, 제가 말씀 못 드린 게 있는데…… 어제 TV에서 팀장님 공개 수배 뉴스를 봤거든요. 거기서 채비로 팀장이 나왔고요. 그때 그 채비로 팀장이 이연우 경위 눈에서 본 얼굴과 같은 사람이라는 걸 알게 됐어요."

"뭐예요? 정말이에요?"

"네, 제가 경찰서 정문에서 봤던 사람은 교통 관리계 최남길 경감이 아니라 채비로 팀장이었어요."

"어쩐지……. 최남길 경감님도 조사해 봤지만 특별히 관련된 사실을 찾을 수 없었어요. 그랬군요. 채비로라……."

"이연우 경위 눈에 보인 사람이라면 이번 살인 사건과 연관이 있는 게 아닐까요?"

채비로라는 이름을 들은 후 민 팀장은 한동안 아무 말이 없었다. 이젠 민 팀장에 대해서도 얘기를 해야 할 것 같은데……. 내가 본 다른 것들을 하나씩 꺼낼수록 마음 한편이 점점 무거워져 가는 기분이었다.

"그리고 노량진역에서 제 시체를 봤다던 날에요……."

"네, 다른 무슨 일 있었어요?"

"그날 사실은……."

어렵게 입을 뗐지만, 목에 걸린 말이 도무지 밖으로 나오지 않았다. 내가 자꾸만 머뭇거리자 두 사람은 걱정스러운 얼굴로 나를 바라봤다.

"뭐예요? 말해 봐요."

"아니, 아니에요. 생각해 보니 아닌 것 같아요. 제가 착각했나 봐요. 죄송해요."

"그래요? 작은 것도 단서가 될 수 있으니 뭐든 생각나면 바로 말해 줘요. 자, 전철 들어오네요. 탑시다."

"오빠, 괜찮아요?"

나는 애써 입꼬리를 올리며 고개를 끄덕였다.

아빠에게 들은 이야기가 계속 마음에 걸렸다. 할아버지는 학생을 살리기 위해 시체가 보였던 장소에 오지 못하게 했지만, 결국 그 학생은 다른 곳에서 죽고 말았다. 만약 죽는다는 사실을 민 팀장에게 알려 그날 그 장소에 가지 않는다고 치자. 그런데 그 학생처럼 다른 장소에서 죽는다면? 그 장소를 피한다고 죽음까지 피할 수 있다는 보장은 없지 않은가.

하지만 또 소담 씨는? 똑같이 삼자가 관여해서 그녀를 살렸음에도 지금까지 사고 한 번 없이 건강하게 살아 있다. 다른 점이라고는 내가 직접 붙잡아…… 아, 설마……. 그래! 그거구나! 그 순간만 피한다고 되는 것이 아니라, 시체를 본 장소에서 죽음을 피해야만 살아남을 수 있는 거였어! 내 추측이 맞는다면 민 팀장과 나도 사건이 일어나는 그날, 그 장소에서 직접 죽음을 피해야만 한다.

그런데 할아버지 이야기 속 학생과 소담 씨 사이에는 다른 점이 또 하나 있었다. 바로 당사자가 자신의 죽음을 알았다는 것과 몰랐다는 것. 할아버지는 다가올 죽음에 대해 사실대로 얘기하셨던 반면, 나는 한 번도 당사자에게 죽음을 알려 본 적이 없었던 것이다. 만에 하나 그 학생의 죽음에 이 부분도 영향이 있었던 거라면…… 그럼 나는? 나는 어떻게 해도 죽음을 피할 수 없다는 건가?

"시보 씨? 시보 씨!"

"아, 네! 왜 그러세요?"

"아니, 뭐라고 그렇게 혼자 중얼거려요? 이제 여기서 갈아타야 해요."

"팀장님, 제 말이 맞죠? 오빠는 생각만 하면 누가 업어 가도 모른다니까요."

"아하하……. 제가 또 그랬나요? 죄송해요."

민 팀장은 내 안색을 살피는 듯하더니 조심스레 물었다.

"근데 무슨 생각을 그렇게 했어요? 뭐가 좀 떠올랐어요?"

"아아, 아니요. 그냥……. 근데 왜 여기서 갈아타요? 경찰청은 종로에 있잖아요."

"서울역에서 만나기로 했어요. 어서 가죠."

민 팀장은 서울역 근처 빌딩에 친구를 만나러 들어간 뒤, 얼마 지나지 않아 다시 우리 앞에 모습을 드러냈다. 소담 씨와 나는 편히 앉아 대화를 나누길 권했지만, 민 팀장은 마음이 급한 듯 자리를 옮기자며 곧바로 카페를 나섰다.

우리는 택시를 타고 함께 천호동으로 향했다. 도착지에 내려 아빠 친구분에게 전화를 거니, 이내 근처 연립 주택에서 대문이 열리는 소리가 들렸다.

"안녕하세요. 혹시 류완구 님 되시나요?"

"네가 시보구나. 야아, 오랜만이다. 벌써 이렇게 컸구나. 나 모르겠어?"

"아니요, 얼굴 뵈니 생각나요. 안녕하셨어요?"

"너 중학교 때까지 봤는데 그 뒤로 처음 본다. 야아, 정말 많이 컸네. 그래, 아버지는 잘 계시고?"

"네, 잘 계세요. 아, 여기는 강소담 씨라고 하고요. 여기는 민 팀……."

"안녕하세요. 민우직이라고 합니다."

"종식이한테 들었어요. 같이 고시 공부하는 형이라고. 그런데 좀 나이가……."

"하하. 제가 늦게 시작을 해서……. 하하."

민 팀장은 머리를 긁적이며 멋쩍게 웃었다.

"아이고, 내가 실례가 되는 말을 했네. 미안해요."

"아닙니다. 괜찮습니다. 하하."

"그래. 여기 이 친구는 여자 친구라면서? 아버지가 특별히 잘 챙겨 달라고 하더라. 하하하."

아빠 친구분은 그렇게 말하며 너털웃음을 터뜨렸다.

"아? 그게……."

"정말요? 아버님이 그렇게 말씀하셨어요?"

"아버님? 이야, 벌써 아버님이라고 불러? 종식이 이 넘은 뭔 복이 있어 벌써 이리 예쁜 며느리를……. 하하하. 내가 별소리를 다하네. 하하하."

"아하하하. 며느리, 하하."

아빠도 참 못 말린다는 생각을 하면서도 한편으로는 기분이 좋았다. 내가 헤벌쭉 웃고만 있자 민 팀장이 대신 나서서 상황을 정리해 주었다.

"어르신, 저희는 어디로 가면 될까요?"

"아이고, 내 정신 봐라. 이쪽이에요. 마침 옥탑방에 세가 안 나가서 비어 있으니 거기서 지내요. 근데 얼마나 있을 거니?"

"고시원 공사 끝나면 금방 나갈 거예요. 한 3~4일 정도면 될 것 같아요."

"그래, 알았다. 그때까지 편하게 써. 여기 키. 난 여기 3층에 사니깐 무슨 일 있으면 언제든 말하고. 얼른 올라가 쉬어요."

"감사합니다."

"하하. 어여 올라가."

옥상으로 올라가니 넓은 평상이 하나 놓여 있었고, 그 뒤로 옥탑방이 있었다. 민 팀장과 소담 씨는 평상에 앉아 주변을 주욱 둘러보았다. 옥탑방은 작은 거실에 방이 2개 있는 아담한 곳이었다. 밖으로는 저 멀리 천호 대교가 그리고 작지만 한강도 보였다.

해가 서쪽으로 많이 기울어 붉은 햇살에 눈이 부셨다. 나는 소담 씨 옆에 앉아 조금씩 물들어 가는 노을을 가만히 바라보았다. 민 팀장은 그런 노을을 맞으며 노트에 뭔가를 적는 데 열중했다.

나와 소담 씨는 잠시 담소를 나누다 옥탑방 안을 청소했다. 청소를 마친 뒤에는 방을 하나씩 차지하고 잠깐 잠이 들었는데, 뒤척거리다 눈을 떴을 땐 민 팀장이 엎드린 자세로 아까 그 노트를 보고 있었다. 벌써 8시가 넘어 창밖으로 어둠이 내려앉은 시간이었다.

"팀장님, 식사 어떻게 하실 거예요?"

"시보 씨, 이제 팀장 말고 민 선배나 우직이 형이라고 불러요. 편하게 하죠."

"그럼 팀장…… 아니, 형님부터 말 편하게 하세요. 그럼 저도 편할 것 같아요."

"그런가? 알았어요. 아니, 알았어. 그럼 편하게 말 놓을게."

"네, 형님. 하하……. 저기, 근데 그날…… 소담 씨 아버님 택시 안에서 있었던 일 말이에요. 혹시 기억나세요?"

"그날…… 사실 택시에 언제 어떻게 탔는지는 기억이 잘 안 나. 그날도 전체 회식이었는데, 아마 내가 술에 많이 취해서 먼저 택시에 태워 보냈나 봐. 정신을 차려 보니 집 근처였고, 택시 기사…… 그러니까 소담 씨 아버님하고 시비가 붙어서 그만……."

"그다음은요? 블랙박스 영상을 보고 음성도 정확히 들었는데, 소담 씨가 좀 이상하다고 해서요."

"어떤 부분이?"

"소담 씨 말을 빌리면, 아버님의 평소 모습이 아니라고 하더라고요. 아버님은 모범 운전사인데다 욕도 잘 못하시는 성품이라고. 손님에게 항상 친절하셨대요. 근데 그날 팀장님에게만 유독 정반대로 행동을 하셨다는 거죠."

"그래? 음, 그때는 술에 취해 잘 몰랐지만, 다시 생각해 보면 좀 이상하긴 했지. 별거 아닌 거로 신경 거슬리는 말을 막 하더라고. 마치 일부러 화를 돋우는 것처럼. 그러고 보니 그러네. 좀 더……."

똑똑.

그때 방문 노크 소리가 들렸다.

"아, 네! 들어와요."

문이 열리고, 그 사이로 소담 씨가 얼굴을 삐죽 내밀었다.

"일어났어요? 많이 피곤했죠?"

"깜빡 잠이 들었네요. 무슨 얘기하고 계셨어요?"

"소담 씨, 민 팀…… 아니지. 우직 형님이 편하게 하라고 해서 형님이라 부르기로 했어요. 형님도 말 놓기로 했고요. 소담 씨도 오빠…… 라고 하기는 좀 그런가?"

민 팀장은 내 말에 고개를 갸웃거렸다.

"그러게. 소담 씨가 날 오빠라고 하는 건 좀……"

"저도 시보 오빠라면 모를까 팀장님한테 오빠라고 하는 건…… 좀 아닌……."

"왠지 기분이 좋지만은 않은데. 하하. 그래, 오빠는 좀 그렇지. 아하하."

민 팀장은 어색하게 웃으며 말했다.

"하하. 그럼 저한텐 형님이니까 우직 삼촌은 어때요?"

"우직 삼촌? 그럴게요. 입에 붙을지는 잘……."

"좋네요! 삼촌. 하하. 그렇게 앞으로 불러 줘요."

똑똑똑.

"어, 잠깐만요. 제가 나가 볼게요."

나는 갑자기 들려온 현관문 두드리는 소리에 잠깐 대화를 멈추고 밖으로 나갔다. 혹시 몰라 발걸음을 최대로 죽인 채였다.

똑똑!

"안에 없어?"

"아아, 네! 잠시만요."

철컹! 삐그덕.

"안에 있었네. 좀 어때? 쉴 만해?"

"네, 너무 좋아요. 정말 감사합니다."

"다행이네. 근데 저녁은?"

"안 그래도 지금 어떻게 할까 고민하고 있었는데……."

"그래? 그럼 내려와 같이 먹어."

"네? 아니요. 저녁까진 너무 죄송한데……."

"아니, 뭐가 죄송해? 친구 아들이면 내 아들이고, 내 아들 친구면 그놈들도 내 아들이지. 잔말 말고 내려와. 알았지?"

"아……. 네, 그럼 신세 좀……."

"뭘 신세? 그려, 얼른 내려와."

"네! 금방 내려가겠습니다."

어르신 덕분에 따뜻한 밥상에 둘러앉아 맘 편히 식사를 할 수 있었다. 저녁상을 치운 뒤에는 다시 옥탑으로 올라와, 평상에서 하늘을 올려다보며 잠시 여유를 가졌다. 민 팀장은 아까전 서울역에서 만난 친구와 나눈 이야기를 들려주었다.

⬤

"승철아! 고맙다, 이렇게 나와 줘서."

"야아, 뭐냐? 이게 무슨 꼴이야?"

"이런 꼴 보여서 미안하다."

"됐다. 자, 받아. 내가 해 줄 수 있는 건 이것뿐이니까."

"뭔데? 어, 야! 아니야. 괜찮아."

"뭐가 괜찮아! 쫓기는 자식이. 얼른 받아! 너 카드 쓰지 말고 주는 거야. 근데 왜 그랬어? 너답지 않게."

"어, 그게…… 그놈의 술을 끊어야지……. 아무튼 고맙다. 그런데 내가 말한 건 좀 알아봤어?"

"음. 찾아봤는데 고남석이랑 비슷한 이름이 꽤 많더라고. 내가 봐서는 퇴직한 고남석 씨를 사칭한 게 아닌가 싶은데."

"그래, 나도 그럴 것 같았어. 혹시 내가 보내 준 영상도 확인해 봤고?"

"응, 예상대로 편집된 영상이야. 교묘하게 편집을 했더라고. 손등에 보이는 건 칼에 베인 상처 같은데, 날카로운 사시미칼같기도 하고……."

"사시미칼? 일단 상처는 맞는다는 거지?"

"응, 맞아. 근데 그 외엔 특별히 찾을 수 있는 게 없더라고. 아주 잘 조작했던데. 보통 실력이 아니야."

"그래……. 김 형사 건은 어때?"

"조사해 봤는데, 최근…… 아니, 최근이 뭐야. 예전부터 채비로 계장이랑 자주 통화를 했더라고. 일 때문에 통화를 했진 모르겠지만. 김범진 형사랑 채비로 계장이랑 많이 친했나 봐?"

"그랬지, 두 사람. 최근에도 연락이 잦았단 말이지?"

"그래. 그래서 한 6개월간 통화 내역을 자세히 살펴봤는데, 채비로 계장이 가장 많고 그다음이 한 달 내에 몰려 있었어. 이진성이라는 사람하고 말이야. 통화를 많이 했더라고……."

"뭐? 이진성?"

"왜? 아는 사람이야?"

"그럼, 알지. 내가 죽였다는 사람이니……."

"뭐?"

"……."

"야! 농담하지 말고. 아이, 자식. 괜히 놀라……."

"승철아, 내 사건 확인 못 했구나? 이진성, 내가 죽였다고. 지금 날 쫓고 있는 이유 중 하나가 이진성 씨 살인 용의자라서야."

"정말? 나는 네가 부탁한 거 조사하느라……."

"김 형사가 이진성 씨와 통화한 시점은 언제야?"

"1달 전쯤부터 시작됐어."

"그래, 1달……."

"야, 그럼 김범진 형사는 뭔가 알고 있는 거네."

"그러게. 뭔가 알고 있는 게 분명해. 아니면 이 자식이 날 살인자로 만들었거나. 안 봐도 훤해."

"그럼 채비로 계장도 연관된 걸까?"

"그럴 수도 있겠지. 동작에 있을 때부터 가까운 사이였으니……. 가까운 게 뭐야? 아주 짝짜꿍이 잘 맞았지. 채비로, 김범진."

"그 둘 뒤를 밟아 봐야겠네. 그러면 뭔가 나오지 않겠어? 어떻게, 내가 해 줘?"

"말이라도 고맙다. 너도 일 많잖아. 만약에 잘못되면 너한테도 똥물 튈지 몰라. 내가 알아서 할게."

"이 자식이, 지금 네가 날 걱정하냐? 걱정하지 말고 채비로 쪽은 내가 알아볼게. 채비로 계장, 경찰청에서도 말 많은 사람이다. 넌 그 김 형사라는 놈에 대해서나 알아봐."

"그래 주면 고맙지……. 고맙다, 승철아. 역시 너밖에 없다."

"됐다, 자식아. 친구끼리 무슨……. 닭살 돋게. 아흐. 아, 참고로 통장 쪽은 깨끗해. 아마 차명 계좌를 사용한 것 같은데 채비로 계장도 확인해 볼게. 또 모르니."

"승철아, 조심해라. 채비로도 김범진도 진짜 만만한 인간들 아니다. 금방 눈치챌 수 있어. 괜히……."

"야! 야! 내가 여기 경찰청에서 놀고먹는 줄 아냐? 걱정 붙들어 매고 너나 잘해. 지금 경찰에 쫓기는 건 너잖아. 난 네가 걱정이다."

"야! 나야말로 강력계에서 잔뼈가 굵은 형사야. 걱정 마라. 하하."

"꼴에 존심은. 하하, 알았다. 원숭이도 나무에서 떨어진다는 말이 괜히 있는 거 아니니까 항상 조심하고. 무슨 일 있으면 이 휴대폰으로 전화해."

"오호, 공짜로 주는 거야?"

"아이고, 공짜라면 그저 좋아서는. 야, 밥은 잘 챙겨 먹어라. 알았지? 무슨 일 있으면 연락하고."

"고맙다, 승철아."

"뭐가 고마워? 쓸데없는 소리 말고 조심하기나 해."

이야기를 듣고 나니 알고는 있었지만 보통 사건이 아니라는 생각이 들었다. 이진성 씨와 김범진 형사가 알고 지내던 사이라는 것과 채비로 계장까지 연루되어 있다는 사실에 세게 머리를 얻어맞은 듯한 기분이었다. 시체 눈에서 본 사람들이 실제로 사건에 연루되어 있다니. 내가 살인자를 볼 수 있다는 건가?

문제는 이번 살인 사건들을 지휘하는 팀장이 바로 채비로 계장이라는 것이었다. 유력한 용의자일 수 있는 사람이 사건을 총괄하고 있다……. 민 팀장과 소담 씨도 걱정하는 기색이 역력했다.

나는 분위기를 전환해 보려 일부러 더 밝은 목소리로 말했다.

"어서 씻고 잘 준비하시죠?"

"어, 그럴까? 소담이 먼저 씻어."

"아니에요. 팀장님…… 아, 삼촌 먼저 씻으세요."

"하하. 알았어. 그럼 먼저 씻고 나올게."

"형님, 아니면 같이 씻을까요?"

"시보는 이제 형님이라고 잘하네. 난 아직 좀 어색한데."

"어색이요? 하나도 안 어색하신 것 같은데? 하하. 몇 번 형님이라고 부르고 나니 편해요."

"그래, 어서 씻자고. 소담이도 빨리 씻어야 하니."

"네, 형님!"

나는 방에서 얼른 속옷을 챙겨 뛰다시피 욕실로 향했다. 물론 민 팀장과 거리낌 없는 사이라고 느끼는 것도 있었지만, 앞으로의 계획에 대해 좀 더 대화를 나누고 싶었기 때문이다.

"형님, 앞으로 어떻게 하실 생각이세요?"

"음……. 고민이야. 어디서부터 시작해야 할지……. 김범진 형사 뒤를 무작정 쫓는다고 뭘 알아낼 수 있을지 걱정이야. 김 형사 혼자 한 일이 아니라면 분명 누군가와 접촉을 할 텐데, 언제 어디서 만날 줄 알고 계속 쫓고 있냐 말이지. 시간도 없는데……. 직접 부딪쳐 보는 수밖에 없을 것 같아."

"직접요? 어떻게요?"

"생각해 봤는데, 김 형사를 만나서 직접 물어보는 것도 좋은 방법 같아. 채비로 계장에 대해서도 물어보고."

"에이, 순순히 말을 할까요?"

"말하게 만들어야지. 그게 내가 할 일이고."

"오, 형님만의 비법이라도 있는 건가요?"

"비법? 하하. 비법이라면 비법이지. 시보, 그 전에 먼저 할 일이 있어. 내일부터는 나 혼자 움직일 거니까 둘은 여기서 기다리고 있어. 알았지?"

"왜요? 같이 움직이는 게……."

"같이 움직이면 미행할 때 눈에 잘 띄고 빨리 이동하기도 어려워. 혼자 움직여야 따라붙기도 편하고……. 혼자 다니는 게 더 안전하고 좋아. 그리고 너희들 데리고 다니면 힘들어. 하하하. 그리고 내가 다녀올 동안 두 사람이 해 줄 일이 있어. 내일 자세하게 설명해 줄게."

"그래요? 음, 그렇다니 어쩔 수 없죠. 알겠어요, 형님."

나는 물로 얼굴을 벅벅 닦다가 "아!" 하며 민 팀장을 바라보았다.

"그리고 아까 하다 만 얘기요. 소담 씨 아버님……."

"아, 그렇지! 소담이 들으면 힘들어할까 봐 그래?"

"힘든 것도 있지만 형님도 말하기 그러실 것 같고 소담 씨도 불편할 것 같아서요. 제가 먼저 듣고 소담 씨에게 전하는 게 좋지 않을까요?"

"그럼 좋지. 아까 어디까지 얘기했더라. 그래, 그날 나도 좀 이상하다 했어. 빨리 술에 취하는 편이 아닌데 유달리 금방 취했단 말이지. 소담이 아버님이 불필요하게 많이 언짢아하시기도 했고……. 근데 원래 그런 분이 아니라는 거잖아. 그렇지?"

"네, 소담 씨 말로는……."

"소담 씨 말로는? 평소에도 그렇다는 거야? 아니면 소담이를 못 믿는 거야?"

"그런 건 아닌데…… 운전하다 보면 성격이 나빠진다고 하잖아요. 운전을 오래 하셨으니 또 모를 일이지 않나 싶어서요."

"그렇지. 그럴 수 있지. 나도 술에 취해 욱했었으니……. 아무튼 그랬어."

"그 외에 특별히 생각나는 건 없으세요?"

"특별히…… 아, 눈을 마주쳤을 때 좀 불안해 보였어. 나랑 눈을 제대로 못 마주쳤던 것도 있고. 그때는 날 무시하는 것처럼 느껴졌지만 지금 생각해 보면 그랬던 것 같기도 해. 그 외에는 없어. 술에 취해서 기억도 잘 안 나고."

"아버님이 불안해하셨다고요……."

손님을 태우고 운행 중이던 택시 안에서 불안해야 했던 이유가 뭘까? 민 팀장이 타기 전에 무슨 일이 있었던 걸까?

욕실에서 나온 후, 민 팀장은 방으로 들어가 노트를 꺼내 뭔가를 쓰기 시작했다. 나는 소담 씨에게 씻으라고 말하려고 방문 앞에서 그녀를 불렀지만, 안에선 아무런 인기척도 들려오지 않았다. 살짝 방문을 열고 머리만 밀어 넣어 살펴보니, 소담 씨는 불을 켜 둔 채로 곤히 잠이 들어 있었다. 아무래도 잠시 누워 있다가 그대로 잠이 든 것 같았다.

소담 씨의 방과 거실 불을 끄고 방으로 들어가니, 민 팀장은 그새 이불을 깔고 그 위에 누워 노트를 심각하게 보고 있었다.

"형님, 그 노트는 뭐예요? 매번 뭔가를 쓰시던데?"

"사건 노트. 사건이 있을 때마다 나만의 방식으로 사건을 정리하고 있어. 노트 안에 차곡차곡 기록을 남겨 놓으면, 깜빡했거나 그냥 지나칠 수도 있는 것들을 찾을 수 있거든. 내가 처음 강력반에 발령받았을 때 첫 사수가 알려 준 방식이야. 처음엔 사수가 하는 방법 그대로 기록하다가, 나도 짬밥이란 걸 먹으면서 내 스타일로 기록하게 됐지."

"이번 사건들도 모두 정리해 놓으셨겠네요?"

"그렇지."

"야아, 멋져요. 진짜 형사 같아요!"

"뭐? 그럼 지금까진 진짜 형사 같지 않았다는 거야?"

"아……. 말이 그렇게 되는 건가요? 하하하."

"하하. 연우에게도 이 방법을 알려 줬었는데……. 연우는 뭐든지 잘했어. 아, 그래! 연우의 사건 노트를 찾아보면 뭔가 나올지도 몰라. 내가 왜 이 생각을 못 했지?"

"그런 게 있다면 벌써 경찰들이 찾아서 보관하고 있지 않을까요?"

"그러면 더 좋지."

제13화

덫을 놓다

"그게 무슨 말씀이세요?"

"유가족에게 전해 줬을지도 모르잖아."

"아, 그러네요. 근데 과연 김범진 형사가 모르고 있을까요? 이연우 경위가 사건 노트를 썼다는 걸요."

"알고 있다고 해도 김 형사는 그게 뭔지 모를 거야. 중요한 증거라고도 생각지 못할 거고. 내 부사수였을 때 똑같이 기록 방법을 알려 주려 했지만, 귀찮게 이런 걸 왜 시시콜콜 기록하는지 모르겠다고 배우려 하지도 않았어. 그 후론 나도 더 이상 권하지 않았지. 그래서 아마 기억 못 할 거야."

"그럼 내일이라도 이연우 경위 집에 가 봐야 하지 않을까요?"

"그러게. 할 일이 하나 더 생겼네. 일찍 일어나야 할 것 같은데 이만 잘까?"

나는 잠시 망설이다 조심스레 물었다.

"저기, 형님. 그 노트 쓰는 법이요. 사건 기록하는 방법 좀 가

르쳐 주시면 안 돼요?"

"오호, 경찰 되기로 마음먹은 거야?"

"아니요. 저 말고…… 소담 씨요."

"맞다, 소담이 경찰 공무원 준비한다고 했지? 야아, 벌써 챙기는 거야? 알았어. 기회 될 때 알려 줄게. 이제 보니까 아주 사랑꾼이네. 하하."

"헤헤. 감사합니다. 피곤하실 텐데 어서 주무세요."

내일도 바쁜 하루가 될 것 같다. 소담 씨는 안 깨워도 괜찮을까? 많이 피곤했을 텐데 잘 챙겨 주지 못한 것 같아 미안한 마음이 들었다. 나는 눈을 감은 후에도 한동안 그녀를 생각하다 그대로 잠이 들었다.

아주 잠깐이었던 것 같은데 눈을 떠 보니 어느덧 환한 아침이었다. 식사를 마친 우리는 거실에 둘러앉아 앞으로 해야 할 일에 대해 논의를 했다. 민 팀장은 소담 씨와 나의 임무를 노트에 자세히 써 가며 설명했다. 이연우 경위의 집을 방문하여 사건 노트를 찾으라는 것이었는데, 단서가 될 만한 다른 것들도 함께 찾아야 했다.

민 팀장은 이연우 경위의 사건 노트를 다른 루트로 찾아보기 위해 따로 갈 곳이 있다고 했다. 그리고 옥탑방을 나서기 전 친구에게 받은 폴더 폰 번호를 알려 주었다. 연락할 때는 휴대폰 대신 가능한 한 공중전화를 이용해 연락하라는 당부도 남겼다.

이연우 경위의 집으로 가는 내내 소담 씨는 많이 긴장했는지 아무런 말이 없었다.

　우리는 임무를 수행하기 전 마지막 정리를 위해 가까운 놀이터로 향했다. 잠긴 목을 풀고 아침에 연습했던 것을 다시 연습한 뒤, 손에 찬 땀을 닦고 주머니에서 휴대폰을 꺼냈다. 사건 노트와 함께 맡게 된 또 다른 막중한 임무가 있었기 때문이다.

　"어이, 시보! 야아, 먼저 전화도 하고."

　"안녕하세요, 김 형사님."

　"어쩐 일이야? 이제 좀 걱정이 되나?"

　"아, 네. 그래서 전화드렸어요."

　"어? 진짜? 그래, 잘 생각했어. 지금 어디야?"

　"집에 가는 길이에요. 아, 수원 부모님 집이요."

　"민우직하고 같이 있어?"

　"아니요. 같이 있었으면 전화 못 했죠. 사실 민 팀장님한테 속아서 그동안 함께 있었거든요."

　"같이 있었지? 그럴 줄 알았어."

　"근데 김 형사님 말씀대로 TV에 민 팀장님 공개 수배 뉴스가 나오지 뭐예요. 그걸 보니까 진짜 범인이라는 걸 알겠더라고요. 김 형사님, 그동안 못 믿어 정말 죄송합니다."

　"아니야, 아니야. 괜찮아. 그럴 수 있지. 지금이라도 연락 줘서 고맙네."

　"그렇게 말씀해 주셔서 감사해요. 근데…… 제가 눈치챈 걸 알았는지 어제 나간 뒤로 연락이 없네요. 민 팀장님이요."

　"그래? 하아……. 뭐, 어쩔 수 없지. 근데 여전히 팀장님, 팀장님 그러네."

"아…… 입에 배서……. 죄송해요, 그럼 뭐라고……."

"됐고 편하게 해. 그래서 민우직이 뭐라고 하면서 속인 거야?"

"자신은 살인자가 아니라고, 누명을 쓰고 있는 거라고요. 그리고 김 형사님이 진짜 범인이라고……. 아니죠? 민우직 그 사람이 또 거짓말하는 거죠? 그렇죠?"

"어? 어 어, 그렇지! 야아, 그 민우직 그놈 참……. 다 거짓말이야. 그놈이 사람을 몇 명이나 죽인 줄 알잖아?"

"아……. 그렇구나. 정말 무서운 사람이네요."

"그치! 그렇지. 무서운 놈이야. 근데 뭐…… 다른 말은 없었고?"

"네? 아…… 그 누구죠? 그 채비…… 비 뭐였는데……."

"혹시 채비로?"

"아! 맞아요. 채비로 형산가? 아무튼, 그 채비로라는 사람하고 김 형사님하고 짝짜꿍해서 자신을 모함하고 있는 거라고 했어요. 이것도 거짓말이겠죠?"

"……."

"김 형사님, 그렇죠? ……김 형사님?"

"어? 어어, 그렇지. 민 팀장님이 그런 말을 했어? 그리고 또, 또 뭐라고 해?"

"그게…… 아니, 아니에요. 이건 제가 직접 들은 게 아니어서요. 잘못 들은 건지도 모르고……."

"괜찮아. 내가 알아서 판단할 테니 얘기해 봐."

"그러면…… 그게 그러니까…… 전화하는 걸 엿들었거든요. 근데 김 형사님 얘기를 하는 듯했어요."

"누구랑?"

"누구라고 하는지는 제대로 못 들었는데 처음에 엄청 화를 내더라고요. '김 형사랑 너랑 둘이 어떻게 나한테 이럴 수 있냐!' 하면서 화를 내는데……. 그러면 김 형사님이 아는 분 아닐까요?"

"그래? 음……. 그다음은?"

"살려 달라고 하면서 좋은 방법이 있다고……. 김 형사님을 자기 대신 범인으로 만들면 어떻겠냐고 하던데요?"

"뭐? 날 범인으로 만든다고 했어? 정말? 제대로 들은 거 맞아?"

"네, 정확히 들은 건 아니지만 대충 그런 말이 오갔어요."

"정말이지? 지어낸 말 아니지? 시보! 너 거짓말이면……."

"아니, 그래서 제가 말 안 하려고 했는데…… 죄송해요. 그냥 못 들은 거로 하세요. 범인으로 만든다고 범인이 되나요, 그게."

"아아, 알았어. 내가 좀 흥분했네. 시보야, 잘 들어. 지금 사는 세상이 말이다 겉으로는 아무 일 없이 조용히 흘러가는 것 같아 보여도 속으로는 깜짝 놀랄 일들이…… 아니, 깜짝이 뭐냐? 눈이 뒤집힐 정도로 끔찍한 일들이 벌어지고 있는 게 이 세상이다, 그 말이야! 네가 아직 어리니까 잘 몰라서 그러는데 내 말 잘 새겨들어. 그리고 또, 다른 건 없었어?"

"더는 몰라요. 이제 저 어떡하죠?"

"뭘 어떡해? 민우직한테 연락 오거나 찾아오면 바로 전화해."

"그럴게요. 근데 민우직이 이 사실을 알면 저도 가만두지 않을 텐데요. 저는 괜찮을까요?"

"음……. 그래, 그럴 수 있지. 혹시 모르니까 경찰 붙여 줄게."

"그건 안 돼요. 경찰 붙어 있는 거 알면 더 위험하죠. 민우직 그 형사가 얼마나 눈치가 빠른데요. 안 돼요."

"그래? 그렇지. 약삭빠른 놈이지, 민우직."

"전 그냥 부모님 집에 있을게요. 그래도 되죠?"

"음……. 그렇게 해. 부모님 집에 잘 숨어 있어, 그럼."

"민우직 그 사람, 꼭 잡아 주세요."

"그래, 알았어. 걱정 마."

"그럼 끊을게요."

휴대폰을 들고 있던 손에 땀이 고였고, 머리에선 식은땀이 흘러내리고 있었다. 옆에서 안절부절못하며 듣고 있던 소담 씨도 통화를 끊은 후에야 길게 숨을 몰아쉬었다. 민 팀장이 작성해 준 대본을 보며 통화했지만 그래도 긴장되기는 마찬가지였다.

아침에 여러 번 연습했는데도 실전에 들어가니 머릿속이 하얘졌다. 다행히 노트 속 내용대로 이야기가 이어져 별문제 없이 통화를 마칠 수 있었다. 민 팀장은 대화가 이렇게 이어질 거라는 걸 어떻게 알았을까? 김 형사가 의외로 단순한 걸까?

"휴우, 진짜로 속아 줄지 모르겠네요."

"그러게요. 팀장님 말대로 하긴 했지만 잘돼야 할 텐데……."

"잘될 거예요, 오빠. 이번에도 잘 넘어갔으면 좋겠네요."

우리는 여러 상황에서도 잘 대처할 수 있도록 충분히 연습한 뒤 아파트 안으로 들어갔다. 이 경위 집 앞에 도착해서는 마지막으로 숨을 고른 뒤 초인종을 눌렀다.

딩동. 딩동.

"안 계시나?"

초인종을 한 번 더 눌러 보려던 그때 안에서 발소리가 들려왔다.

"누구세요?"

"안녕하세요. 경찰입니다. 잠시 뵐 수 있을까요?"

"경찰이요? 무슨 일로 오셨죠?"

"다름이 아니라 이연우 경위님 사건 때문에 그렇습니다."

"남편 일로는 이미 다 진술했는데요."

"알고 있습니다. 추가로 확인할 것이 있어서 그렇습니다."

"걱정 마시고 문 좀 열어 주시겠어요? 여기 보이시죠? 경찰입니다."

소담 씨는 인터폰 카메라 앞으로 경찰 배지를 내밀며 말했다.

"네, 잠깐만요."

띠리딕!

이내 현관문이 열리고 이 경위 부인이 모습을 보였다.

"들어오세요."

"죄송합니다. 우선 이연우 경위님 죽음에 깊은 애도와 위로의 말씀드립니다."

"감사합니다. 그런데 또 무슨 일로……"

"이연우 경위님 소지품에서 확인할 것이 있어서 그렇습니다. 이 경위님 서재나 방 좀 확인할 수 있을까요?"

"저번에 다 확인하고 가셨는데 또요? 도대체 무슨 일로 그러시죠?"

"번거롭게 해드려 죄송합니다. 그 당시 놓친 것이 있어 추가 조사가 필요해, 어쩔 수 없이 다시 방문하게 됐습니다."

"그래요? 서재가 따로 있지는 않고요. 저기 거실하고 안방에 남편 소지품이 있어요. 아직 정리를 못 해서…… 그대로예요."

"아……. 네, 사모님. 힘드시겠지만 양해 부탁드리겠습니다. 그럼, 잠시만 실례하겠습니다."

"실례하겠습니다. 남 형사님, 제가 안방을 확인하겠습니다."

"어? 어…… 그래요. 그럼 난 거실부터 확인할게요."

연습은 했지만, 막상 소담 씨가 남 형사라고 부르니 쉽게 대답이 나오지 않았다.

"형사님, 마실 거라도 드릴까요?"

"아, 아닙니다. 괜찮습니다. 얼른 확인만 하고 가겠습니다."

"그럼 수고하세요. 전 아이 방에 있을 테니 필요한 게 있으시면 말씀하시고요."

"그러겠습니다. 감사합니다. 자! 강 형사, 빨리 확인하고 갑시다."

"네, 남 형사님."

나는 거실에 있는 책상을 먼저 살폈다. 하지만 사건 노트라 할 수 있는 노트는 보이지 않았다. 혹시 도움이 될 만한 것이 있는지 샅샅이 뒤져 봤지만 아무것도 찾지 못했다. 소담 씨 역시 방 주위를 꼼꼼히 살피고 있었는데, 역시 사건과 관련된 것은 찾지 못한 듯 보였다.

나는 다른 곳도 확인하기 위해 이연우 경위 부인이 있는 아이 방으로 갔다.

똑똑!

"저기…… 죄송하지만 혹시 남편분이 중요한 물건들을 따로 모아 두는 곳이 있을까요?"

"중요한 물건이요? 음……. 저번에 경찰이 왔을 때도 말했는데, 거실이나 안방 아니면 없을 거예요."

"그래요. 그럼 방은 안방이랑 아이 방이 다인가요?"

"아니요. 옷 방이 하나 더 있어요."

"그럼 옷 방도 잠시 볼 수 있을까요?"

"그러세요."

이 경위 부인은 건너편 방으로 걸어가 행거 위를 가리켰다.

"저기 위쪽이 남편 옷들이에요."

"죄송하지만 확인 좀 해 봐도 될까요?"

"네."

옷 사이사이를 들춰 보고 있을 때 소담 씨가 방으로 들어오며 말했다.

"사모님, 죄송한데 아이 방도 좀 확인해 봐도 될까요?"

"아이 방이요? 상관은 없지만…… 아이 방엔 아무것도 없을 텐데요?"

"혹시나 해서요. 그럼 잠깐만 확인해 보겠습니다."

"네."

아무리 둘러봐도 특별히 사건과 관련된 물건은 없어 보였다. 그때, 아이 방을 확인하던 소담 씨가 다급하게 나를 불렀다.

"저기 시보 오…… 아, 시보 형사님! 여기요!"

"찾았어요, 강 형사?"

"이리 잠깐 와 보시겠어요."

소담 씨가 들고 있는 건 아이의 그림이었다. 이 경위 부인은 고개를 갸우뚱하며 의아한 눈빛으로 바라보고 있었다. 소담 씨는 내가 다가가자 말없이 그림의 뒷면을 보여 주었다.

"어……."

뒷면엔 영문자와 숫자가 조합된 단어들이 쓰여 있었는데, 민 팀장의 사건 노트에서 봤던 것과 상당히 비슷한 모습이었다.

"형사님, 그림에 뭐가 있나요?"

"사모님, 이 그림 좀 가져가도 될까요?"

"그건 아이가 그린 그림이라……."

"그럼 혹시 이 그림 말고 다른 그림들도 볼 수 있을까요?"

"잠시만요. 아이 그림을 모아 둔 게 어디 있을 텐데."

이 경위 부인은 그렇게 말하며 방 안의 구석 자리를 살폈다.

"강 형사, 어떻게 찾았어요?"

"그림이 귀여워서 잠깐 보는데 글씨가 비치더라고요."

"아이가 이면지에 그림을 그린 거네요."

"밖에 나와 있는 걸 보면 최근에 그린 그림인 것 같아요."

이 경위 부인은 큰 박스 하나를 내밀며 말했다.

"여기요. 우리 애가 그린 그림들이에요. 남편이 회사에서 이면지를 가져오면 거기에 그림을 그렸거든요. 집에서 쓰다 남은 이면지도 있지만요."

"회사요?"

"네, 경찰서를 회사라고…… 모르세요?"

"아, 아니요. 알죠. 그럼요."

"물론 알죠. 혹시나 다른 회사를 말씀하시나 해서요."

이 경위 부인은 잠시 의심 어린 눈초리로 쳐다봤지만, 다행히 소담 씨의 임기응변에 금방 눈빛이 풀렸다.

"아니요. 동작 경찰서 말이에요."

"그럼 좀 살펴보겠습니다. 어서 찾아보죠, 남 형사님."

이 경위 부인이 아이 방에서 나가자 나도 모르게 큰 한숨이 새어 나왔다.

"휴우, 경찰서를 회사라고 부르나 봐요?"

"그러게요. 하마터면 큰일 날 뻔했어요. 어서 찾아봐요."

우리는 그림 뒤에 적힌 글들을 꼼꼼히 살펴보았다. 대부분의 이면지는 경찰서 민원 관련 내용이거나 보도 자료 공지들이었다. 이번에도 소담 씨가 처음 발견한 종이 외에 특별히 사건과 관련되어 보이는 것은 없었다.

다시 그림들을 정리해 박스 안에 넣고 아이 방에서 나오려 할 때, 스케치북 사이에 작은 종잇조각이 삐죽 나와 있는 것이 보였다. 혹시나 하는 마음에 스케치북을 펼쳐 보니, 그 안에 또 다른 이면지 2장이 들어 있었다. 아직 그림을 그리지 않은 깨끗한 백지였는데, 뒷면엔 처음 발견한 종이에 쓰인 것과 비슷한 단어들이 적혀 있었다.

암호 같은 단어들이 적힌 3장의 이면지를 챙겨 현관으로 나서던 그때, 이 경위 부인이 갑자기 우리를 불러 세웠다.

"저기, 형사님. 그 그림, 사진이라도 찍어 두면 안 될까요?"

"남 형사님, 저희가 사진을 찍어서 가져가는 건 어떨까요? 그림은 돌려드리고요. 대신 사용 안 한 나머지 2장은 가져가겠습니다. 그래도 괜찮으시죠?"

"네, 그렇게 해 주시면 감사하죠."

"아닙니다. 저희가 더 감사하죠."

나는 그림 뒷면의 전체 모습과 확대한 모습 등, 하나도 놓치지 않기 위해 최대한 꼼꼼히 사진을 찍었다. 그 모습을 지켜보던 이 경위 부인이 가라앉은 목소리로 조심스럽게 물었다.

"그런데 민 팀장님은 아직 찾지 못했나요?"

"네, 아직……."

"믿기지 않아요. 민 팀장님이 그랬다니……."

"아, 그게……. 그렇죠."

"저기…… 사모님, 혹시 뭐라도 알고 계신 게 있으신가요?"

소담 씨가 나서서 물었다.

"아니요. 그런 게 아니라…… 민우직 팀장님은 우리 가족이나 마찬가지였어요. 아이 생일 때마다 선물도 챙겨 주시고, 힘든 일 좋은 일 안 가리고 저희와 함께해 주셨어요. 그런 민 팀장님이 연우 씨를……."

"아……. 사실 그래서……."

"남 형사님! 시간이 많이 지나서…… 이제 그만 가시죠."

"네? 아, 네! 가야죠."

민 팀장을 조금이라도 대변하고 싶었지만, 소담 씨가 말을 끊는 바람에 애기하지 못했다.

"그런데 어디 관할 경찰서에서 오셨다고 하셨죠?"

"아, 그걸 말씀 안 드렸네요. 하하. 그게……."

어디라고 말해야 할지 잠시 고민하고 있을 때 소담 씨가 나서서 말했다.

"저희는 서울 지방 경찰청 정보과에서 나왔어요."

"네. 형사님들, 하루라도 빨리 범인을 잡아 주세요. 아직 장례도 못 치르고 있어요. 민우직 팀장님은 아니라고 생각해요. 꼭 범인을 잡아서…… 부탁드려요……. 흑흑. 죄송해요, 바쁘실 텐데. 어서 가 보세요."

"많이 힘드신 거 압니다. 꼭 빠른 시일 안에 범인을 잡겠습니다. 그럼, 이만 가 보겠습니다."

"감사합니다. 안녕히 계세요."

"네, 수고하세요."

이 경위 부인에게 인사한 뒤 엘리베이터를 타고 내려오는 동안 우리는 아무 말도 하지 못했다. 엘리베이터가 1층에 멈춰 문이 열린 후에야, 우리는 누가 먼저라 할 것 없이 크게 한숨을 내쉬며 아파트를 빠져나왔다.

"시보 오빠, 아까 민 팀장님은 범인이 아니라고 말하려고 했던 거죠?"

"네, 어떻게 알았어요?"

"딱 보니 그럴 것 같아서 제가 말을 끊은 거예요. 그러다 민 팀장이 아니라 누가 범인이냐고 물으면 어떡하려 했어요? 설마 김 형사라고 하려고 했어요?"

"그건 아니지만, 현재 수사 중이라고 하면 되죠."

"그러니까요. 경찰에 아시는 분들도 있을 텐데 확인 차 연락할 수도 있는 거고, 그럼 우리가 여기 온 걸 진짜 경찰들이 알게 될 거 아니에요. 그런 생각을 왜 못 해요?"

"이 경위님 부인분도 민 팀장님이 진짜 범인이 아니라고 생각하잖아요. 지금……. 알았어요. 소담 씨 말이 다 맞아요, 정말 큰일 날 뻔했네요. 아주 그냥 뭐…… 내가 일을 다 망칠 뻔했네. 허어!"

"오빠, 지금 삐졌어요? 아니, 잘못했으면 잘못했다고 그냥 인정하고 넘어가면 되지. 하, 진짜!"

"에? 뭐요? 아휴……. 됐어요. 그만하고, 빨리 민 팀장님께 연락해서 만나자고 해야겠어요. A4 용지에 쓰여 있는 내용을 보여드리면 뭔지 아실 거예요."

소담 씨의 한 마디 한 마디에 계속 짜증이 묻어나는 것처럼 들렸다. 처한 상황이 이러니 소담 씨도 나도 점점 예민해지고 있는 듯했다.

우리는 아파트 단지에서 나와 서둘러 공중전화를 찾았다. 다행히 큰길가에서 멀지 않은 곳에 공중전화 부스가 있어, 늦지 않게 민 팀장에게 전화를 걸 수 있었다.

"여보세요."

"형님, 저 시보예요."

"어, 시보. 갔던 일은 잘됐어?"

"네, 그런데 왜 그렇게 작게 얘기하세요? 잘 안 들려요."

"어…… 미안해. 잠시만, 지금……."

"형님? 무슨 일 있으세요?"

"……아니야. 나오느라. 뭐 좀 찾았어? 김 형사한테도 전화했지?"

"네, 전화해서 형님이 하라는 대로 했어요. 이 방법이 통할까요?"

"그거야 하늘에 맡겨 봐야지. 이 경위 집에서는? 빈손이야?"

"아니요. 사건 노트는 아니지만 찾긴 찾았어요."

"그래? 뭔데?"

"A4 용지에 낙서처럼 뭐가 쓰여 있는데요. 영어와 숫자들이 조합되어 있고, 문장도 아니라서 무슨 말인지 도통 모르겠어요. 근데 팀장님 사건 노트에서 봤던 것과 비슷해 보이기는 했어요. 김범진 형사 이름도 적혀 있고요. 직접 보셔야 할 것 같아요."

"알았어. 그럼 일단, 천호동에 가 있어. 난 여기서 좀 더 할 일이 있어서. 끝나면 바로 갈게. 가서 얘기해."

"아니, 지금 이것보다 중요한 게……."

"이만 끊어."

뚜 뚜.

민 팀장은 어딘가 다급한 목소리로 말하며 전화를 끊어 버렸다.

"왜요? 무슨 일 있어요?"

"아니요. 뭔가 바쁜 일이 있으신가 봐요. 천호동에서 보자고 하시네요."

나는 분위기를 풀어 보려 괜히 더 미소 띤 얼굴로 말했다.

"소담 씨, 배 안 고파요?"

"너무 긴장해서 그런지 배가 고픈지도 모르겠어요."

"많이 긴장했나 보네요. 그래도 시간이……. 점심시간도 지났는데 가까운 곳에서 뭐라도 좀 먹죠? 저기 있는 뼈다귀 해장국집 어때요?"

"오빠, 저는 배가 안 고프기도 하고 집에 들러서 옷이랑 필요한 것 좀 챙겨야 할 것 같아서요. 오빠는 여기서 식사하고 천호에서 만나요. 괜찮죠?"

"네? 같이 움직이죠. 밥은 뭐, 천호에 가서 먹어도 되고요. 같이 가요, 소담 씨. 혼자 위험해요."

"조심히 다녀올게요. 저는 괜찮아요."

"아니에요. 나도 밥 생각 없어졌어요. 어서 가요."

자리를 피하려는 듯한 소담 씨의 행동에 나도 덩달아 말투가 딱딱해져 갔다.

"정말 괜찮은데……. 오빠, 배 안 고파요?"

"아니, 몇 번을 말해요! 괜찮다니까."

"오빠! 또 왜 그래요? 사람이 왜 이렇게 잘 삐져요?"

"내가 뭘…… 아니, 그러는 소담 씨 왜 그렇게 예민해요?"

"제가 뭘요? 아니, 아까부터 쪼잔하게 왜 그래요? 별것도 아닌 거로……."

"쪼잔하게? 소담 씨! 지금 말 다 했어요?"

"왜 소리를 질러요? 시보 오빠, 정말……."

"정말 뭐요?"

"정말 실망이에요. 그럼 이제 각자 알아서 하면 되겠네요. 난 집으로 갈 거니까 따라오지 마세요."

"뭐라고요? 그래요. 아쉬울 것 없어요. 마음대로 해요! 나도 모르겠으니!"

그대로 돌아선 소담 씨는 빠른 걸음으로 자리를 떠나 버렸다. 말이 좀 심했나 싶었지만, 그녀의 가시 돋친 말을 듣다 보니 화가 치밀어 올랐다. 단지 혼자 보내는 것이 걱정돼 그랬던 것뿐인데, 꼭 이렇게까지 고집부려 일을 키워야 하는 건지…….

소담 씨는 가는 내내 한 번을 뒤돌아보지 않았다.

나는 해장국집으로 들어가 해장국을 하나 시켰다. 나름 국물까지 싹 비우며 맛있게 먹었다고 생각했는데, 속이 더부룩하니 체한 듯한 느낌이었다.

해장국집에서 나와 소담 씨에게 전화를 걸었을 땐 무슨 일인지 전원이 꺼져 있었다. 일부러 꺼 놓은 건 아니겠지? 나는 걱정되는 마음에 택시를 타고 그녀의 원룸으로 향했다. 택시 안에서 혹시나 한 번 더 전화해 봤지만, 역시나 전원이 꺼져 있다는 안내만 흘러나올 뿐이었다. 혹시 무슨 일이 생긴 건 아니겠지? 가는 동안 온갖 생각들로 불안해 손을 가만히 두지 못했다.

나는 한 블록 앞에서 내려 걸어갔다. 다행히 여기까지 경찰이 와 있지는 않은 것 같았다. 원룸 앞에서 그녀에게 다시 전화를 걸었다. 이번에는 신호가 갔지만 전화를 받지는 않았다. 다행이다 싶으면서도 일부러 휴대폰을 꺼 놓았던 것 같아 소담 씨가 야속하게 느껴졌다.

일부러 전화를 안 받는 것 같은데 올라간들 문을 열어 줄지 모르겠다. 그래도 아무 일 없다는 걸 확인해야 마음이 놓일 것 같아 걸음을 옮겼다. 게다가 중요한 단서인 A4 용지도 소담 씨가 가지고 있었다.

나는 소담 씨의 원룸 현관문 앞에 섰다. 혼자 발을 구르다 겨우 마음을 다잡고 벨을 누르려던 순간, 조용하던 문이 난데없이 벌컥 열렸다. 깜짝 놀란 나는 허우적대며 문 뒤로 몸을 피했다.

"꺄악!"

"으아! 어……. 소담 씨……!"

"뭐예요? 언제부터 여기 있었어요? 놀랐잖아요."

"아휴, 내가 더 놀랐어요."

"초인종은 안 누르고 거기 숨어서 뭐 해요?"

"숨은 게 아니라 뒤로 피한…… 아니, 벨을 누르려고 하는데 나와서 나도 모르게……. 근데 옷 갈아입었네요. 머리도 감았어요?"

다투고 헤어진 것도, 허우적대며 피한 것도 뻘쭘했는지 입에서 자꾸만 괜한 말이 튀어나왔다.

"네, 샤워하고 옷 갈아입었어요. 왜요? 여기는 왜 온 거예요?"

"아……. 아니, 휴대폰은 왜 껐어요?"

"배터리가 없어서 꺼진 거예요. 집에 와서 충전시켰고요."

"아, 그래요. 조금 전에 전화는 왜 안 받았어요?"

"씻고 있을 때 전화가 왔나 봐요. 부재중 전화는 확인했지만, 뭐……. 그냥 전화 안 했어요. 왜요?"

소담 씨는 여전히 화가 풀리지 않은 듯 토라진 목소리로 말했다.

"아니, 난……. 알았어요. 그랬다니 다행이에요. 난 또……."

"난 또 뭐요? 왜 말을 하다 말아요."

"난 또 무슨 일이 생긴 줄 알고 걱정했다고요."

"걱정했어요?"

"네, 그럼 걱정 안 해요? 연락이 안 되는데."

"치, 화내고 삐칠 때는 언제고."

"내가…… 에후, 지금도 배 안 고파요?"

"네, 배는 정말 안 고파요. 아깐 빨리 씻고 싶어서 그랬어요. 거기선 불편해서 못 씻겠더라고요. 아무리 그래도 남자들이 있다보니……. 그리고 핸드폰 충전도 하고 필요한 것도 좀 챙겨 가려고요."

소담 씨의 얘기를 들으니 속상했던 마음이 거품처럼 사라지는 기분이었다. 그동안 그녀를 좀 더 배려하지 못하고, 뭘 필요로 하는지도 몰랐던 내 자신이 참으로 한심했다. 누구라도 그런 불편한 상황에선 신경이 곤두설 수밖에 없을 텐데……. 거기다 대고 화까지 냈으니 스스로가 부끄러워 얼굴이 다 화끈거렸다.

버스 정류장에 도착했을 때도 소담 씨의 얼굴은 여전히 굳어 있었다. 마음을 어떻게 풀어 주어야 할까, 하는 고민에 자꾸만 그녀를 힐끔힐끔 엿보지만, 무심하게도 소담 씨는 한 번을 바라봐 주지 않았다.

그때 소담 씨의 휴대폰에서 벨 소리가 울렸다. 그녀는 휴대폰을 들어 확인하더니, 화면에 찍힌 번호를 나에게 보여 주며 말했다.

"경찰서예요. 어쩌죠? 받을까요?"

"아니에요. 우선 받지 말고, 혹시 또 오면 그때 받아요."

때마침 버스가 정류장에 들어섰다. 맨 뒷좌석으로 가 앉자 또다시 소담 씨의 휴대폰 벨이 울렸다. 소담 씨는 바로 통화 연결 버튼을 눌렀고, 나는 통화 내용을 듣기 위해 휴대폰 가까이 귀를 가져다 댔다.

"여보세요."

"안녕하십니까. 동작 경찰서 안민호 순경이라고 합니다."

"아, 네. 무슨 일이시죠?"

"강소담 씨 맞으십니까?"

"네, 그런데요?"

"강소담 씨 아버님 일로 연락드렸습니다. 참고인으로 서에 좀 와 주셨으면 합니다."

"참고인이요?"

"네, 몇 번 연락도 드리고 집으로 찾아가기도 했는데 매번 안 계셔서요. 많이 바쁘십니까?"

"아……. 아니요, 제가 잘 모르는 번호는 안 받아서요. 그리고 요즘 배터리가 금방……."

"아, 네. 그럼 언제쯤 오실 수 있으십니까? 가급적 빨리 와 주시면 감사하겠습니다."

"저기, 죄송한데 스케줄 좀 확인하고 연락드리면 안 될까요?"

"아……. 스케줄……. 그럼 지금 이 번호로 연락 주십시오. 제가 곧 나가 봐야 해서, 가능하면 바로 좀 연락 주시면 감사하겠습니다."

"아, 네. 알겠습니다."

"네, 감사합니다."

전화를 끊은 소담 씨는 잔뜩 긴장된 표정으로 나를 봤다.

"오빠, 들었어요? 경찰서에 오라는데 어떡하죠? 내일 간다고 할까요? 아니면 지금 바로 갈까요?"

"팀장님께 물어봐야 할 것 같은데……. 지하철역에 내리면 공중전화 찾아서 전화해 보고 결정해요."

"근데 빨리 연락 달라고……."

"아……. 그렇죠."

예상치 못한 전화에 잠시 정적이 흘렀다.

"오빠, 그냥 지금 가는 게 어떨까요?"

"네? 괜찮겠어요?"

"빨리 가서 뭔지 알아보는 것도 좋을 것 같아서요. 참고인이면 특별히 문제 될 것도 없잖아요."

"그래도 혹시 몰라서요. 팀장님 행방을 물어볼지도 모르고…… 그리고 만약 경찰의 유도 신문에 걸려들면 소담 씨가 위험해질 수도 있어요."

"설마 유도 신문을 하겠어요? 나한테 뭐가 나온다고……."

"그래도 모르니 일단 팀장님께 물어보죠."

"어! 또 전화 왔어요."

"일단 여기서 내려요."

"아, 네. 그럼 안 받을게요."

"어……. 그래요. 내려요, 소담 씨."

버스에서 내려 지하철역 매표소까지 꽤 멀리 걸었는데도 공중전화 부스가 보이지 않아, 결국 근처에 있던 역무원에게 휴대폰을 빌려야 했다. 하지만 민 팀장은 모르는 번호여서 그런지 전화를 받지 않았다. 끊고 문자를 보내자 바로 다시 전화가 걸려 왔다.

"시보! 누구 폰이야?"

"여기 지하철 직원분에게 부탁했어요. 지금 그게 중요한 게 아니고요, 경찰이 소담 씨에게 전화를 했어요. 소담 씨 아버님 사건 때문에 동작 경찰서로 와 달라고요."

"그래? 음……. 그럼 내일 오전에 가겠다고 해. 자세한 건 집에서 말해 줄게."

"아, 네. 그럼 그렇게 할게요. 그런데 지금 어디……"

"나중에 집에서 얘기해. 이만 끊는다."

뚜 뚜 뚜.

민 팀장은 이번에도 서둘러 전화를 끊어 버렸다. 나는 전화가 끊긴 화면을 멍하니 바라보다, 혹시나 하는 생각에 통화 내역과 문자를 삭제했다.

"오래 기다리셨죠. 여기요. 감사히 잘 썼습니다."

"네, 그럼."

역무원이 떠난 후 나는 소담 씨에게 민 팀장의 말을 전했다.

"소담 씨, 내일 오전에 가겠다고 전화하라네요."

"아, 네. 그럴게요."

소담 씨는 휴대폰을 꺼내 동작 경찰서로 전화를 걸었다. 전화를 받은 경찰관은 안민호 형사가 자리를 비운 상태라 대신 말을 전해 주겠다고 했다.

우리는 지하철을 타고 천호동으로 갔다. 옥탑으로 가기 전, 오늘 저녁과 내일 아침에 먹을거리를 사기 위해 시장에 들렀다. 시장으로 가는 길은 사람들이 많아 거리가 혼잡했다. 혹여 소담 씨를 놓칠지도 모른다는 생각에 어쩔 수 없이 손을 잡고 걸었다. 덜컥 손을 잡자 소담 씨는 조금 놀란 듯했지만, 그럴 수밖에 없는 사정을 이해한 듯 아무 말 없이 내 뒤를 따라 걸었다.

한산한 곳에 접어들어 손을 놓으려는데, 이번에는 소담 씨가 손을 꼭 쥐었다. 내 손을 잡은 그녀의 손이 느껴지자 갑자기 가습이 뛰고 얼굴이 뜨거워졌다. 붉어진 얼굴과 날뛰는 심장 소리를 들키지 않으려 더 크게 웃으며 이야기했다. 그녀도 약간 불그스름해진 얼굴로 미소를 띠고 있었다. 그 미소에 그녀에게 느꼈던 야속한 마음이 한여름의 아이스크림처럼 녹아내렸다.

저녁 식사 준비가 다 되어 갈 때쯤 민 팀장에게 전화를 걸었다. 그런데 통화 연결음이 울리자마자 전화가 끊어졌다. 아차! 식사 준비에 정신이 팔려, 깜박하고 내 휴대폰으로 전화를 건 것이다.

얼마 지나지 않아 모르는 번호로 전화가 왔다. 민 팀장 전화였다. 늦으니 먼저 식사하라는 말과 함께, 다시는 내 휴대폰으로 연락하지 말라는 말을 남기고 다시 전화를 끊어 버렸다. 일부러 그런 것도 아닌데……. 살짝 서운한 마음이 들었지만 속으로 삼켰다.

저녁 식사 후 오랜만에 둘만의 시간이라 소담 씨와 함께 한강으로 산책을 나갔다. 그녀는 천호동 한강 공원은 처음이라고 했지만, 가는 길을 잘 알고 있었다. 가면서 나는 민 팀장에게 들었던 택시 안에서 일어난 일들을 소담 씨에게 전했다. 소담 씨는 별다른 반응을 보이지 않고, 그저 가만히 듣고만 있었다.

아무 말이 없던 그녀는 한강 공원에 들어서자 밝게 웃으며 말했다.

"오빠! 저기 봐요. 한강이에요. 야경이 너무 예뻐요."

"정말 예쁘네요. 근데 소담 씨, 괜찮아요?"

"네, 괜찮아요. 무슨 이유가 있었겠죠. 그렇게 생각할래요."

"그래요. 소담 씨 말대로 아버님에게 무슨 이유가 있었을 거예요."

"네, 지금은 아무 생각 없이 야경이나 볼래요."

"근데 여기 와 본 적 있어요? 처음 온 것 같지 않게 길을 잘 찾네요."

"아까 시장 갔을 때 한강 공원 이정표를 봤거든요. 휴대폰으로 미리 검색해 봤죠."

"아, 그래서 한강에 가고 싶다고 한 거구나."

소담 씨는 미소가 가득 띤 얼굴로 말했다.

"아……. 좋다. 너무 예뻐요."

"네, 정말 예쁘네요. 소담……."

'소담 씨처럼요.'

"네?"

"아니, 아니에요."

"오빠, 팔짱 껴도 돼요?"

"아, 네. 그럼요. 나야 뭐……. 하하."

나는 멋쩍게 웃으며 고개를 돌렸다.

"우리…… 언제까지 여기 있어야 해요?"

"아……. 소담 씨, 힘들죠? 조금만 참아요. 내 생각으로는 3일 이내에 마무리될 것 같아요."

"진짜 범인을 잡을 수 있을까요?"

"그래야죠. 그렇지 않으면…… 아니, 꼭 그래야 해요."

"오빠, 힘들면 언제든 얘기해요. 큰 힘은 못 되겠지만 옆에서 들어 줄 수는 있어요."

소담 씨는 수줍게 웃은 뒤 말을 이어 갔다.

"이젠 제가 오빠를 지켜야죠. 오빠가 날 구해 줬으니. 안 그래요?"

"말은 고맙지만, 소담 씨는 이제 나한테…… 아아, 아무튼 안 돼요. 소담 씨가 위험해서 안 돼요. 아무것도 하지 말고 내 뒤에 얌전히 있어요. 알았죠?"

"크크. 알았어요, 알았어. 근데 오빠가 죽는 거랑 이 사건이랑 정말 연관이 있을까요?"

"모르겠어요. 연관이 없다고 해도 3일 내에 모두 끝날 거예요. 그게 어떤 결과든……."

소담 씨는 내가 정한 기간이 의아하다는 목소리로 말했다.

"오빠는 팀장님이 3일 이내에 모두 해결할 거라고 보는 거예요?"

"그게 아니라……. 아니, 그렇겠죠. 네."

"뭐예요? 내가 모르는 뭔가가 더 있는 거예요? 그런 거죠?"

"소담 씨……."

"말해 봐요. 제 말이 맞죠? 그죠?"

나는 잠시 망설이다, 이내 마음을 다잡고 입을 열었다.

"소담 씨, 내가 죽는다는 그날……."

나는 잠시 말을 멈췄다. 목구멍이 꽉 막히는 기분이었다. 소담 씨는 어떤 말로도 재촉하지 않고 그저 지그시 내 눈을 바라봤다.

"그날 사실…… 민우직 팀장님도 죽어요……."

"뭐라고요? 그게 대체 무슨 말이에요?"

"제가 팀장님 시체를 봤거든요."

"정말이에요? 팀장님도 알고 계세요?"

"아니요. 모르세요, 아직……."

"그럼 빨리 말씀드려야 하지 않아요? 그래야 무슨 대책이라도……."

"알아요. 그래서 몇 번 말하려고 했는데 말할 타이밍을 매번 놓쳤어요. 그리고 여기로 오기 전에, 아빠한테 할아버지와 있었던 이야기를 듣게 됐어요. 할아버지도 나처럼 시체를 보셨잖아요."

"네, 그런데요?"

"한 번은 할아버지가 시체로 발견한 고등학생을 살리려고, 그 학생에게 죽을 수도 있으니 이 길에 다시는 오지 말라고 말을 해 줬대요. 그래서 그 학생은 그날 이후부터 그 길로 다니지 않았고요."

"그래서…… 살았어요?"

"아뇨, 죽었어요. 할아버지가 시체를 본 장소가 아닌 다른 곳에서요."

"그래도 시체를 본 장소가 아니잖아요. 그럼 우연히 다른 곳에서 죽은 거 아닐까요?"

"맞아요. 그럴 수도 있겠죠. 하지만, 만약에…… 정말 만약에 말이에요. 할아버지가 그 학생에게 죽는다는 사실을 알려 준 것이 또 다른 나비 효과를 가져온 거면 어쩌죠?"

소담 씨는 내 말에 입술을 앙 다물고 잠시 생각을 정리하는 듯하더니 이내 입을 열었다.

"오빠 말은, 죽는다는 사실을 그 학생에게 알려 줘서 결국엔 죽었다는 거예요? 그건 너무 비약 아닐까요?"

"네, 나도 비약이면 좋겠어요. 하지만 만일이라는 경우가 있잖아요. 혹시라도 그러면 어떡해요? 팀장님께 알려드렸는데 다른 곳에서 죽게 되면요?"

"하지만…… 그래도 말해야죠. 팀장님은 지금 누명을 벗기 위해 저렇게 노력하고 계시는데 알려드려야 하지 않을까요? 그래야 팀장님도 무슨 대비를 할 거 아니에요. 우선 살고 봐야죠."

"대비요?"

"네, 오빠가 죽는다고 했을 때 팀장님이 대책을 세워 보자고 그러셨잖아요. 팀장님도 자신이 죽는다는 걸 알면 뭐라도 대책을 세우시겠죠. 그냥 아무것도 모른 채 돌아가시게 할 순 없잖아요."

"그건 그렇지만, 죽는다는 걸 알게 돼서 미래가 바뀌면요? 확실한 건 아니지만 꺼림칙해요. 우리가 모르는 변수가 있으면, 그러면……."

"오빠, 정말 그렇게 생각해요?"

"그럴 수 있잖아요. 나비 효과처럼."

소담 씨는 확고한 내 목소리에 만약을 가정해 보듯 다시금 생각에 잠겼다.

"그럼…… 오빠는요? 죽는다는 사실을 알게 돼 다른 곳에서 죽게 된다면 오빠는요. 오빠는 자신이 죽는다는 사실을 알고 있잖아요. 그럼 오빠도 다른 곳에서……."

"아……. 말이 그렇게 되나요? 그러네요. 그럼 나도 다른 곳에서 죽게……."

"아니에요. 아닐 거예요. 그러니 늦기 전에 팀장님에게 알려 드리는 게 어때요?"

나는 머리가 복잡해 섣불리 대답하지 못했다. 소담 씨는 깊은 고민에 빠지지 않으려는 듯 일부러 웃음을 섞어 가며 말했다.

"아니면 좀 더 같이 생각해 봐요. 확실한 게 아니니까 너무 신경 쓰지 말고요. 무엇보다 내가 오빠 옆에 있잖아요. 그러니까 힘내요."

"네, 소담 씨. 고마워요. 소담 씨 말대로 좀 더 생각해 봐야겠어요. 아직 시간이 있으니 팀장님께는 당분간 비밀로 해 줘요. 알았죠?"

"알겠어요. 근데 팀장님은…… 어떻게 죽는 거예요?"

"총에 맞아 죽은 것 같아요. 그리고 팀장님 시체 눈에서 채비로 팀장을 봤고요."

"채비로 팀장은 그때 이연우 경위님 눈에서도……."

"네, 맞아요. 그래도 아직 범인이라고 확정 짓진 않으려고요. 팀장님이 알아보고 계시니 뭔가 더 나오겠죠."

소담 씨는 고개를 끄덕이며 숨을 크게 들이마셨다.

한동안 망설이던 그녀는 나의 죽음에 대해서도 조심스레 물었지만, 그 부분에 대해서는 나도 뭐라 할 수 있는 대답이 없었다. 내 시체를 마주하는 것부터가 쉬운 일이 아니었기 때문이다.

그래도 속에 있던 것들을 모두 꺼내 두니 이제야 조금 살 것 같았다. 소담 씨는 자신이 그렇듯, 힘이 들 땐 기대어도 된다며 어깨를 툭툭 두드려 보였다. 나는 그런 소담 씨가 귀여워 한동안 소리 내어 웃다, 내 팔을 쥐고 있는 작은 손을 살며시 감싸 쥐었다.

제14화

진범을 찾아서

한강 공원을 다녀왔더니 등에 땀이 축축했다. 소담 씨는 먼저 씻겠다며 욕실로 들어갔다. 나는 잠시 더위를 식히기 위해 밖으로 나갔다. 선선한 바람이 불기는 해도 생각보다 시원하지 않았다. 한여름이 성큼 다가온 듯했다.

한강 공원에서 소담 씨와 나눴던 대화를 잠시 되뇌었다. 그녀의 말대로 미리 대비할 수 있게 민 팀장에게 알려 주는 것이 좋을까? 아니면 민 팀장 모르게 살릴 방법을 강구해야 하는 걸까?

고민에 빠져 있다, 불현듯 한강에서 그녀와 키스한 순간이 떠올랐다. 뭐야? 뜬금없이 여기서 왜? 이유는 모르겠지만 입술에 닿은 촉감이 너무 생생하게 느껴졌다. 아니, 잠깐. 여기까지만! 그만 생각하고 다시 돌아가서 어떤 방법이 좋을지 좀 더 생각해 보자 생각하는데…… 또 그녀가 생각난다. 나는 허공에 팔을 휘저으며 도망치듯 옥탑방 안으로 뛰어 들어갔다. 하필이면 이럴 때 소담 씨가 욕실에서 나오고 있었다. 그녀의 젖은 머리카락과 반짝거리는 얼굴 그리고 섹시한 눈웃음…… 아니! 무슨 헛소리야! 예쁜 눈웃음이 눈에 들어왔다. 나는 붉어진 얼굴을 들키지 않으려 급히 방으로 뛰어 들어갔다. 빨리 욕실로 들어가는 게 좋을 것 같아 허둥지둥 잠옷을 챙긴 뒤 재빠르게 욕실로 내달렸다. 그런데 그만…….

"어머! 뭐예요? 오빠! 노크를 해야죠!"

"어! 어어……. 미, 미안해요."

"씻고 있었으면 어쩔 뻔했어요?"

"미안해요. 아무도 없는 줄 알고. 아무것도 모, 못 봤어요."

"뭘 못 봐요? 당장 나가요!"

나는 쾅 소리가 나도록 문을 닫고 욕실에서 나왔다. 어디로든 도망치고 싶은 심정이었기에, 나는 소담 씨가 나오자마자 몸을 숨기듯 잽싸게 욕실로 들어갔다.

다 씻은 후 수건으로 몸을 닦고 있을 때 거실에서 말소리가 들렸다. 나는 민 팀장 목소리에 반가운 마음으로 서둘러 욕실을 나섰다.

"오셨어요?"

"어, 시보! 씻고 있었구나. 파렴치한. 하하하하. 소담이한테 다 들었어. 나 없다고 말이야, 그러면 못 써! 하하하."

"네? 아니에요, 그런 거……. 소담 씨가 장난치는 거예요."

"무슨 장난이요? 사실이잖아요. 옷 입고 있는데 노크도 안 하고 들어왔잖아요."

"네? 소담 씨, 아니……."

"변명은 그만하고, 앞으로 오빠 별명은 파렴치한이에요. 크 크, 크하하."

"그래, 파렴치한! 역시 사랑싸움은 재밌어. 하하하."

"정말! 아니라니까요! 소담 씨 이제 그만 해요. 형님도 그만하시고요."

"하하. 알았어. 소담, 이제 그만하자고. 파렴치한이 파렴치한이라고 듣기 싫다잖아. 하하. 음픕, 파하하하."

"프흐흐. 네, 크히히."

두 사람을 웃음을 참으려다 도저히 못 참겠는지 더 크게 웃음을 터뜨렸다.

"아이, 정말!"

민 팀장은 내려가지 않는 입꼬리를 하고서 눈가를 닦으며 말했다.

"하하. 집에 밥 좀 남은 거 있어? 찬밥이라도 괜찮은데."

"저녁 식사 못 하셨어요?"

"응, 오늘 먹을 시간이 안 나서."

"잠깐 기다리세요. 금방 차릴게요."

"그래, 소담아. 고마워."

"형님, 기다리시는 동안 우선 씻으세요."

"어어, 그럴까. 이제 화 좀 가라앉았어?"

"형님!"

"하하. 농담, 농담. 그럼 씻고 나올게."

지내다 보니 어째 두 사람 죽이 참 잘 맞는 것 같다.

저녁을 먹은 뒤 우리는 상에 모여 앉았다.

"이 경위 집에서 가져온 것 좀 보여 줘."

"네, 이거예요."

소담 씨는 준비해 두었던 A4 용지를 민 팀장에게 건넸다.

"오빠랑 살펴보긴 했는데 도저히 무슨 의미인지 모르겠더라고요."

나는 설거지를 잠시 멈추고 말했다.

"네, 무슨 암호 같기도 하고 그냥 이것저것 낙서한 것 같기도 하고요. 아, 그리고 한 장은 휴대폰으로 찍어 왔어요. 보여드려요, 소담 씨."

민 팀장은 사진 속 단어들을 훑어보며 말했다.

"수고했어. 쉽지 않았을 텐데."

민 팀장은 소담 씨와 함께 이 경위 집에서 가져온 종이를 좀 더 유심히 살펴보았다. 설거지를 끝낸 나는 뒤늦게 민 팀장 옆에 앉으며 물었다.

"뭐라고 쓰여 있는 거예요?"

"어, 그게…… 연우가 이걸 어떻게 알았는지 모르겠네. 물증이 남아 있다면 좋겠는데…… 일단 이 단어들은 사건 노트에 작성한 내용 중 일부를 A4 용지에 써 놓은 것 같아. 아니면 여기에 써 놓은 걸 노트에 정리했을 수도 있고. 아, 경찰서 증거품 보관실도 확인해 봤는데 사건 노트는 찾지 못했어."

"어떻게 경찰서에 들어가셨어요?"

"아니, 내가 들어간 건 아니고 최 형사한테 부탁했지."

"삼촌, 그 최 형사라는 분은 믿을 수 있는 거예요?"

"응, 믿어도 돼. 그건 날 믿어."

민 팀장은 조금도 망설이지 않고 확신 가득한 목소리로 대답했다.

"사건 기록은 사건 노트에 바로 쓰기도 하지만, 정리가 안 될 때는 이렇게 종이에 썼다가 정리하는 경우도 있어. 아니면 일부러 사건 노트에 있는 내용을 이 종이에 급히 쓴 걸 수도 있고."

"그럼 이게 사건 기록인 거죠? 알파벳 제이, 숫자 영에 구, 다시 알파벳 에프, 또 숫자 구, 그리고 알파벳 디, 숫자 사(j09f9d4)라고 쓰여 있는데……. 혹시 암호인가요?"

"맞아. 내가 알려 준 기록 방식이야."

"그럼 무슨 내용인지 아시겠네요?"

"어, 이건 채비로라고 쓴 거야."

"채비로 팀장이요? 이게 어떻게……."

"한글 자음 열네 자를 알파벳 a부터 n까지로 정하고, 기본 모음 열 자를 숫자 0부터 9까지로 정한 거야. 그래서 채비로를 이 방식대로 쓰면 'j09f9d4'가 나오는 거고. 이해하겠어?"

"저는 무슨 말인지 잘……. 소담 씨는 이해돼요?"

"잘 봐. ㅏ가 숫자 0, ㅑ는 숫자 1. 이렇게 ㅣ까지 숫자로 정한 거야. 거기에 자음 ㄱ은 a, ㄴ은 b로 그렇게 ㅎ까지 하면 n이 되는 거지. 이렇게 쓰면 이해가 좀 되지?"

$ㅏ = 0, ㅑ = 1, ㅓ = 2, ㅕ = 3, ㅗ = 4$

$ㅛ = 5, ㅜ = 6, ㅠ = 7, ㅡ = 8, ㅣ = 9$

$ㄱ = a, ㄴ = b, ㄷ = c, ㄹ = d, ㅁ = e, ㅂ = f, ㅅ = g$

$ㅇ = h, ㅈ = i, ㅊ = j, ㅋ = k, ㅌ = l, ㅍ = m, ㅎ = n$

"어머! 그럼 이걸 외우고 있다가 자신만 알게 쓸 수 있는 거네요. 우와⋯⋯."

"헷갈려서 어떻게 써요? 너무 어려운데요?"

"그렇지. 처음은 어려워. 그래도 계속 이렇게 노트에 남기다 보면 어렵지 않아. 단, 자음과 모음 시작을 어떤 알파벳과 숫자로 시작하느냐에 따라 내용이 달라지지. 나는 자음은 k로 시작하고 모음은 7부터 시작하거든. 순서가 다르니 나도 잠깐 보고는 이해하기 힘들지만 몇 번 대입해 보면 알 수 있어. 이렇게 들으니 쉽지? 해 보면 그렇게 어렵지 않아."

"이게 어렵지 않다고요? 글로 써 주시니 겨우 이해가 가지만, 말만 들어서는 하나도 모르겠어요. 그리고 이 암호가 무슨 의미인지 알려면 직접 다 써 봐야 할 것 같은데요."

"어렵긴 해도 비밀 글은 이렇게 써 놓으면 글자 같지 않아서 무심히 넘길 것 같아요. 와아, 신기해요. 저도 이렇게 일기를 써 봐야겠어요."

"오호, 소담 씨. 벌써 경찰 준비하는 거예요?"

"아이, 아니요. 일기는 비밀 글이니⋯⋯. 경찰은 나보다 시보 오빠가 하는 게 더 나을 것 같은데요?"

"저는 소질 없는 거 보면 몰라요? 이것만 봤는데도 머리가 지끈거려요. 아하하."

"하하. 이 정도로 지끈거리면 어쩌나? 더 복잡하게 하는 방법도 있는데."

"여기서 더 복잡하게 한다고요? 이런⋯⋯."

"요령이 생기면 그리 어렵지 않아. 쓸데없는 걱정 말고 둘 다 경찰 돼서 만나자고. 동작 경찰서에서 기다리고 있을 테니. 알았지?"

민 팀장은 장난스럽게 웃으며 말했다.

"또 그러신다. 나머지도 뭐라고 쓰여 있는 건지 빨리 알려 주세요."

"아, 그래. 여기는 간단하게만 쓴 것 같아. 아마 여기에 대충 적어 놓고 다시 노트에 정리한 걸 거야. 채비로 부친이 UK그룹 심 회장과 유착 관계에 있다고 쓰여 있는데 구체적으로 어떤 내용인지는 없어. 대신 대민당 대표와 만나 2억 원을 넘겼다는 내용이고. 참고로 채비로 부친은 국회의원 4선 의원이야."

"그럼 이 경위가 이 사실을 알고 있다가⋯⋯."

"채비로 형사라는 사람이 이 경위를 죽인 게 맞네요."

"그럴 수도 있겠지만 이것만으로 단정 지을 수는 없어. 혹시 연우가 어떤 물증을 가지고 있었다면 모를까. 과연 어디에 숨겨 놓았을까?"

"형님은 어디인지 전혀 모르시겠어요?"

"음……. 집이 아니라면 경찰서나 차? 근데 그럼 벌써 확보해서 증거물에 있었을 거야. 그래, 이미 그들 손에 있을지도 모르겠네."

"그런데 여기요. 김범진이라는 이름은 왜 그대로 한글로 써 놓았을까요?"

"그건 나도 모르겠어. 아마 김범진도 이 사실을 알고 있었지 않을까? 그래서…… 아, 그래! 범진이가 내사한 사건일 수도 있겠다."

"내사요? 그럼 김범진 형사도 알고 있는 내용이겠네요."

"다른 종이에는 뭐라고 쓰여 있는 거예요, 삼촌?"

"음, 이것들은 나랑 연우가 수사했던 사건들 기록이야. 이 사건은 마무리된 거라 이번 사건하고는 무관해."

"그러게요. 여기에도 김 형사 이름이 상단에 낙서처럼 쓰여 있는데요?"

"응, 이게 김범진 형사가 맡았던 사건이었는데 진척이 없어서 우리 팀으로 넘겨졌었어."

"그래요? 그럼 이것도 김 형사가 내사한 사건이겠네요. 근데…… 이 휴대폰 사진 속 내용이 살인 사건의 증거가 될 수 있을까요?"

"당연히 안 되지. 물증이 있어야 해. 말했지만, 김 형사에게 거짓 정보를 흘린 이유도 그것 때문이야. 채비로가 공범이라면 채비로와 어떻게든 접촉할 거로 생각했어. 근데 오늘은 별 움직임이 없더라고. 집에 들어가는 것까지 보고 오는 길이거든.”

“벌써 김 형사를 미행하신 거예요? 그래서…….”

“벌써가 뭐야. 시보 얘기 듣고 바로 만날 줄 알았는데 아니더라고. 내일은 만나겠지. 내일은 새벽 일찍 김 형사 집 앞에서 대기해야 할 것 같아.”

“이번에는 저도 같이 가도 되죠?”

“맞아요, 삼촌. 김 형사를 미행하다가 또 다른 사람을 미행해야 하는 일이 생길지도 모르잖아요. 정말 채비로 형사를 쫓아야 하는 일이 생길 수도 있고요.”

“어……. 안 그래도 소담이 말대로 그럴 수 있을 것 같아서 부탁하려 했어. 그럼 시보가 좀 도와줄래?”

“네, 물론이죠! 오늘은 일찍 자 둬야겠어요.”

“하하. 수험생 아니랄까 봐. 그래도 준비성 하나는 좋네. 그래, 먼저 들어가. 난 아직 잠이 안 와서 좀 있다 들어갈게.”

“그럼요. 제가 준비성 하나는 있죠. 그럼 저 먼저 들어가겠습니다. 소담 씨도 잘 자요. 내일 조용히 나갈 테니 푸욱, 자요.”

“네, 오빠. 걱정 말고 잘 자요.”

나는 방문을 닫은 후에야 미소를 내려놓을 수 있었다.

사실 잠을 자러 방에 들어온 것은 아니었다. 조용히 생각할 시간이 필요했다. 민 팀장에게 사실대로 말을 해야 할지, 아니면 비밀로 하고 방법을 찾아야 할지 여전히 결정하지 못한 상태였다. 그렇다고 민 팀장을 구할 수 있는 좋은 방법이 있는 것도 아니었기에 혼자 고민에 빠져 이러지도 저러지도 못했다.

죽는다는 사실을 알려 죽음을 피할 수 있다면 다행이겠지만, 그로 인해 미래가 바뀌어 다른 곳에서 죽는다면 오히려 그게 더 낭패였다. 심지어 그때는 언제 어디서 죽는지를 모르니 대책을 세울 수도 없게 된다.

그럼 직접 민 팀장을 구하는 방법뿐인데…… 대체 내가 무슨 수로 구한단 말인가? 다른 것도 아니고 총에 맞아 죽었다. 총이라니……. 그렇다면 내가 할 수 있는 방법은 사건 장소로 가지 못하게 막는 것뿐이다. 하지만 어떻게 그곳에 못 가게 하지? 무작정 못 가게 만류해야 하나?

머리가 아프다. 그런데 눈꺼풀은 무겁고 답은 없고…… 결국 고민만 하다 결정짓지도 못한 채 그대로 잠이 들어 버렸다.

하얀 안개가 자욱한 철도 위에 누군가가 서 있다. 나인 듯했다. 적막할 정도로 조용한 주위를 둘러보던 그때, 누군가 내 이름을 애타게 불러 왔다. 소담 씨인가? 여자 목소리인 듯했지만 남자 목소리인 것도 같았다. 겁에 질려 나를 찾는 듯한 그 목소리는 말이 뚜렷하지 않았지만 마치 도와 달라는 것처럼 들렸다. 나는 소리가 들리는 곳으로 걸어갔다. 마음은 빨리 뛰어가고 싶지만 그저 천천히 걷고만 있다. 아무리 뛰라고 말을 해도 몸이 말을 들어 먹지 않는다. 이내 자욱하게 깔려 있던 안개가 서서히 걷히고, 사라진 안개 뒤로 세차게 비가 쏟아지기 시작했다. 그 비를 난 그대로 맞고 서 있다.

그리고 서서히 누군가의 형체가 눈에 들어왔다. 사람인 듯 사람 같지 않은 형체가 앞에 있었고, 그 형체 뒤로 한 사람이 쓰러져 있는데…… 민 팀장이었다. 지하철역에서 총에 맞아 쓰러져 있던 그 모습 그대로였다.

나는 시체를 본 순간 겁에 질려 소리를 질렀다. 하지만 아무런 소리도 나지 않았다. 그때, 앞에 서 있던 형체가 갑자기 나에게로 달려들었다. 깜짝 놀라 벌러덩 뒤로 넘어지며 있는 힘껏 비명을 질렀다.

"아악!"

그리고 눈을 떴다.

하아…… 꿈이었구나. 무슨 이런 꿈을 꾼담……. 눈을 몇 번 깜빡이는데 민 팀장의 얼굴이 보였다. 아직 꿈인가? 민 팀장은 날 흔들어 깨우며 괜찮냐고 묻고 있었다. 그러고는 지금 나가야 한다며, 내 손을 이끌고 무작정 욕실로 향했다.

꿈이라면 얼른 깨고 싶다는 생각에 찬물로 세수를 하니 그제야 정신이 좀 드는 듯했다. 아까 본 섬뜩한 장면은 다행히 꿈이었다. 나한테 달려든 그 형체는 뭐였지? 민 팀장은 아닌 것 같았는데……. 불길한 꿈인가? 괜히 께름칙하다.

준비를 마친 뒤 민 팀장과 함께 밖으로 나가려는데, 기다렸다는 듯 소담 씨의 방문이 열렸다. 배웅 인사를 하러 나오는 건가 싶었는데 막 잠에서 깬 차림새가 아니었다.

"소담 씨, 어제 그렇게 잔 거예요?"

"아니요? 저도 같이 나가려고요."

"네? 안 돼요. 소담 씨는 여기에 있어요."

"싫어요. 저도 오빠랑 같이 갈 거예요. 삼촌한테도 허락받았어요."

"뭐요? 형님! 정말이에요?"

민 팀장은 눈을 피하며 얼버무리듯 대답했다.

"어……. 어어, 그래. 어제 하도 졸라서 말이야."

"아니, 그래도 말리셔야……."

"그냥 옆에 얌전히 있겠다고 하니 같이 가자. 여기도 어떨지 모르니 함께 있는 게 더 안전할지도 몰라."

"맞아요. 여기로 경찰이 올지 어찌 알아요?"

"아니, 그래도……."

"포기해. 소담이는 쉽게 포기 안 해."

"네! 전 포기 안 해요. 오빠가 포기하세요."

"아휴, 저 고집……. 그럼 내 옆에 꼭 붙어 있어야 해요?"

"그럼요. 오빠 옆에 이렇게 꼭 붙어 있을 거예요."

소담 씨는 내 옆에 찰싹 붙으며 팔짱을 꼈다.

"또 시작이다. 하하."

나는 걸음을 멈춰 서며 물었다.

"근데 대중교통으로 이동해요? 팀장님 차는 압류당했잖아요. 차 없이 어떻게 김 형사를 미행하시게요?"

"걱정 마. 어제 미리 차 렌트했어. 요 근처에 있더라고. 거기로 가서 이동하면 돼."

"저는 어젯밤에 들었는데 차량 공유 서비스라고, 카 쉐어링 신청하셨대요."

"자, 어서 가자고."

아직 해가 뜨지 않아 밖은 깜깜했다. 길에는 다니는 사람이 없어 한산했다.

얼마 가지 않아 작은 소형차 헤드라이트가 '삐삑!' 소리를 내며 한 번 깜빡였다. 민 팀장은 차 안에 있는 내비게이션에 김 형사 집 주소를 입력하고 바로 시동을 걸어 출발했다. 신사동까지 꽤 먼 거리였지만, 새벽이라 도로에도 차가 많지 않은 덕분에 빠르게 이동할 수 있었다.

도착한 곳은 신사동의 한 고급 빌라촌 근처였다. 민 팀장은 골목의 한적한 곳에 차를 세웠다. 해가 떴는지 서서히 날이 밝아지는 듯하더니, 갑자기 비가 한두 방울씩 떨어지기 시작했다. 그리고 곧이어 장대비가 세차게 쏟아졌다. 아직 김 형사의 모습은 보이지 않았다. 우산을 쓰고 나오면 얼굴 확인이 어려워 놓칠 수 있지 않을까? 그런 걱정을 하고 있을 때 민 팀장이 차 시동을 걸었다.

"저 차야. 저기 보이지? 앞에 가는."

"네? 저 차요? 저 외제 차 말이에요?"

"어, 맞아. 베엔츠!"

"와아, 잘 사나 봐요. 고급 빌라에 외제 차까지."

"그런가 보네."

"왜요? 모르고 계셨어요?"

"내 부사수일 때 집에 가 봤었는데 이렇게 부자는 아니었거든."

"그럼 형사 월급이 많은가 봐요? 야아, 그럼 형님도?"

"아니에요. 경찰 월급을 아무리 모아도 신사동 고급 빌라에 저 외제 차를 몰 정도는 안 되죠. 맞죠, 삼촌?"

"그렇지. 조금만 기다려 봐. 그 이유를 알게 될 거야."

거세게 내리던 비가 어느새 조금씩 잠잠해지고 있었다. 김 형사의 차는 빗길 속에서도 속도를 줄이지 않았다. 단속 카메라가 있는 곳에서만 속도를 줄이고, 그 외의 도로에서는 과속으로 내달리고 있었다. 우리는 겨우겨우 따라붙었다.

"어디로 가는 걸까요? 경찰서로 가는 것 같진 않은데요."

"아니야. 여기로 가도 돼. 좀 돌아서 그렇지."

"왜 굳이 이렇게 돌아서……."

"잘 보라고."

"아파트로 들어가는데요? 저희는 안 들어가요?"

"기다려. 금방 나올 거야."

소담 씨는 김 형사가 들어간 아파트를 보며 물었다.

"그런데 왜 여기로 온 거죠?"

"글쎄, 왜일까?"

"아! 혹시……."

"어! 혹시…… 시보, 뭐?"

"딴 살림 차린 거 아니에요?"

"음, 그럴 수도."

민 팀장은 그렇게 대답하며 허허 웃었다.

"어, 나왔다."

"어디요?"

"저기 저 차!"

민 팀장이 가리키는 곳을 서둘러 따라가 봤지만 그곳엔 작은 소형차밖에 보이지 않았다.

"형님, 저건 소형차잖아요."

"맞아. 저 차로 바꿔 타고 경찰서로 가는 거야."

"에? 왜 소형차로 바꿔 타요?"

"왜 그럴 것 같아?"

잠시 고민하던 소담 씨는 고개를 끄덕이며 입을 열었다.

"김 형사 월급으로 벤츠 같은 외제 차를 몬다는 건 로또가 됐거나 다른 큰돈이 생겼다는 건데……. 로또가 아니라면 뇌물을 상당히 많이 받아먹었다는 거겠죠."

"정답! 맞아. 증거는 아직 없지만 내가 아는 김 형사 형편으론 절대 저런 외제 차를 살 수 없어. 고급 빌라야 말할 것도 없고. 분명 부정한 돈을 받았을 확률이 높아."

"그럼 비리 형사라는 거잖아요. 이번 살인 사건도…… 가능성이 높겠네요."

"그럴 것 같아. 어제 김 형사를 미행하면서 나도 깜짝 놀랐어. 지금까지 이 동네에 사는 줄 알았는데 아파트에 들어가지 않고 차만 갈아탄 뒤 다시 나가는 거야. 순간 방심해서 놓칠 뻔했다니까. 근데 더 놀라운 건 처음 김 형사가 나온 그 빌라가 동네에서 가장 최고급 빌라였다는 거지. 분명 뒤가 구린 게 확실해. 미행하면서 느꼈어. 오늘 채비로와 만날 거라는 것도."

"어디서 만날까요? 설마 경찰서에서 만나는 건 아니겠죠?"

"아니, 경찰서에선 만나지 않을 거야. 이번 살인 사건 수사에서 형사과를 제외했기 때문에 서는 불편하겠지. 분명 밖에서 만날 거야."

"그럼 지금 경찰서가 아니라 다른 곳으로……."

"아니, 이 길이면 경찰서로 가는 길이야. 거의 다 왔어."

"경찰서 근처에서 대기해도 괜찮을까요?"

"좀 위험하겠지. 그래서 말인데, 시보랑 소담이가 해 줘야 할 일이 있어."

우리는 경찰서 근처에 도착해 머리를 맞댔다.

"이른 시간이라 바로 외출하진 않을 거야. 그래도 혹시 모르니 시보는 저기 맞은편에 있어 주고, 소담이는 안 형사 만나러 가서 상황 좀 봐 줘. 만약 김 형사가 그전에 나오면 나는 뒤를 쫓을 거니까, 소담이는 나오면 시보랑 합류해. 그리고 다시 만나자고."

나는 굳게 마음을 먹듯 고개를 힘차게 끄덕이며 말했다.

"지금 갈까요?"

"음, 아직 시간이 있는데……. 둘이 카페에 가서 뭐 좀 먹고 들어가는 게 어때?"

"형님은요?

"난 차에 있을게. 카페 들어가면 경찰서 정문이나 잘 지켜봐 줘. 김 형사 차가 보이면 바로 문자 주고. 알았지?"

"삼촌, 뭐라도 사다 드릴까요?"

"괜찮아. 신경 써 줘서 고마워."

"그럼 조심하세요."

"그래, 너희도 조심해."

우리는 맞은편 카페에 들어와 모자를 푹 눌러쓰고 구석진 창가 끝자리에 앉았다. 잠깐이었지만 세차게 내린 빗줄기로 온몸이 흠뻑 젖은 탓인지 커피가 더 따뜻하게 느껴졌다. 나는 샌드위치를 반밖에 먹지 못하고 내려 두는 소담 씨를 걱정스레 바라보며 말했다.

"소담 씨, 너무 긴장 말아요. 형님도 아무 일 없을 거라 하셨잖아요."

"그래도…… 혹시나 실수하면 어쩌나 걱정돼요. 삼촌에 대해 계속 물어보면 어떡해요? 삼촌이 말한 대로만 얘기하면 정말 아무 문제 없을까요?"

"괜찮을 거예요. 실수해도 돼요. 형님 말씀대로 소담 씨가 형님과 직접적인 관계가 있다고는 생각 못 할 거예요. 형님이 알려 준 대로만 하면 문제없을 테니 너무 겁먹지 말아요."

"네, 그럴게요."

"혹시라도 문제 생기면 바로 전화해요. 내가 당장 달려갈게요. 알았죠?"

소담 씨는 고개를 끄덕이며 대답했다.

"고마워요."

끝도 없이 쏟아지던 장대비가 언제 그랬냐는 듯 고요하게 멎어 있었다.

잠시 하늘을 올려다보던 소담 씨는 크게 심호흡을 한 뒤 경찰서로 향했고, 나는 다시 창가 자리로 돌아와 커피를 홀짝이며 경찰서 정문을 주시했다.

삼십 분쯤이 지났을 때 김 형사의 차가 경찰서 정문 쪽으로 나오는 것이 보였다. 나는 곧장 민 팀장에게 문자를 보내 상황을 전했다. 이내 김 형사는 정문을 빠져나갔고, 그 뒤를 민 팀장이 멀찍한 거리를 유지하며 따라갔다.

그로부터 30분이 더 지나자 정문으로 소담 씨가 걸어 나오는 것이 보였다. 그녀는 카페로 들어와 조금은 지친 표정으로 내가 남긴 커피를 마셨다.

"소담 씨, 괜찮아요?"

"네, 목이 좀 말라서요."

"커피 한 잔 더 시킬까요?"

"아니, 이거면 됐어요."

나는 잠시 소담 씨를 바라보다 조심스레 입을 열었다.

"……뭐라고 하던가요?"

"휴……. 그냥 아는 게 있는지 물어본 것뿐인데 저 혼자 유도신문에 걸려든 기분이었어요. 상대방은 아무 짓도 하지 않았는데 혼자 돌부리에 걸려 넘어지는 것처럼요."

"안녕하세요. 강소담이라고……. 어제 연락 주셨던 형사 분……."

"강소담 씨 되십니까?"

"네."

"아, 이렇게 일찍 오실 줄 몰랐습니다. 여기 앉으세요."

"네."

"비도 오는데 오시느라 고생하셨습니다."

"아니에요. 근데 무슨 일로……."

"다름이 아니라, 부친 되시는 분이 강시민 씨 맞으시죠?"

"네, 그런데요?"

"강시민 씨를 살해한 용의자가 밝혀졌습니다."

"그건 들어서 알고 있어요."

"어? 누구한테 들으셨습니까?"

"네? 김 형사님이 말씀해 주신 것 같은데……."

"아, 그래요. 김범진 팀장님하고 연락이 되셨습니까?"

"네……. 아빠를 죽인 범인을 찾았다면서……."

"그렇군요. 요즘 뉴스에도 나와서 아실 겁니다. 민우직 형사 라고."

"네, 알고 있어요. 이것 때문에 오라고 하신 건가요?"

"아! 아닙니다. 이 정도는 전화로도 알려드릴 수 있죠. 뭐 급 한 일이라도 있으십니까?"

"아니요. 괜찮아요."

"그럼 몇 가지 확인 좀 하겠습니다."

"네."

"제가 댁에 직접 찾아갔었을 때 기억나십니까?"

"언제 말씀이세요?"

"그때 김범진 팀장님하고 갔었는데 기억 안 나십니까?"

"아, 네. 그때 형사님이 오셔서 아빠한테 온 택배를 드린 적이 있어요. 그분이 김범진 팀장님……."

"네, 맞습니다. 그때 받은 블랙박스 영상을 확인해 봤습니다. 혹시 보셨습니까?"

"네? 아니요, 저는……."

"블랙박스 영상이 결정적인 증거가 됐습니다. 그 택배를 보낸 사람이 누군지 혹시 아십니까?"

"아니요. 택배 상자에는 누가 보냈는지 안 쓰여 있어서."

"그렇죠. 그런데 그 택배를 보낸 사람이 이진성 씨라고 밝혀졌습니다. 혹시 이진성이라는 분을 아십니까?"

"이, 이진성이요?"

"네."

"아니요……. 처음 들어 보는데요."

"처음이요. 그럼 혹시, 아버님이 사고를 당하신 이후에 모르는 사람이 연락하거나 찾아오지는 않았습니까?"

"음……. 아빠가 그렇게 되시고 병원비 때문에 전셋집을 내 놨었어요. 그리고 지금 사는 원룸으로 이사했고요. 그래서 특별히 절 찾아오거나 연락을 한 사람은 없었어요."

"그렇습니까? 그럼 병원으로 누가 찾아오거나 하지는 않았습니까?"

"네, 특별히……. 근데 왜 그러시는 거예요?"

"그 택배를 보낸 사람이 죽었습니다. 혹시나 이진성 씨가 강소담 씨를 찾아가지는 않았는지 해서 말입니다."

"누군지 모르는 사람이에요."

"아, 잠시만요……. 강소담 씨, 여기 사진 좀 봐 주시겠습니까? 이 사람이 이진성 씨입니다. 기억 안 나십니까?"

"처음 보는 사람이에요. 이 사람이 공범인가요? 영상을 보냈으니 공범은 아닌가요?"

"그건 아직 확실하지 않습니다. 근데 이 영상을 왜 강소담 씨에게 보냈을까요? 강소담 씨가 이사한 곳을 어떻게 알고……. 분명 병원으로 찾아가서 소담 씨를 미행했을 것 같은데 말입니다. 정말 못 보셨습니까? 혹시 기억나는 거라도 없으십니까?"

"어……. 네, 정말 기억에 없는 사람이에요. 처음 봤어요. 그게 저희 아빠 죽음과 연관 있는 건가요?"

"아닙니다. 그것보다…… 아, 아닙니다."

"실례되는 말씀이지만 왜 아직도 민우직이라는 사람을 못 잡는 거죠?"

"죄송합니다. 공개 수배 중이니 곧 잡힐 겁니다."

"정말인가요?"

"네, 조금만 기다려 주시면. 그리고 남시보 씨라고 아시죠?"

"네? 그건 왜요?"

"혹시 최근에 만나셨습니까?"

"아⋯⋯. 네."

"그렇군요."

"그건 왜⋯⋯."

"남시보 씨가 민우직 팀장님을 돕고 있어서 그렇습니다. 알고 계셨습니까?"

"어⋯⋯."

소담은 당황스러운 마음에 안 형사의 눈을 제대로 쳐다보지 못했다.

"알고 계셨군요. 민 팀장님이 소담 씨 아버님을 살해한 용의자인 걸 알고도 만나신 겁니까?"

"아니⋯⋯. 그게 아니라, 그런 사실을 모르고 시보 오빠한테⋯⋯."

"그럼 모르고 도운 게 맞는 겁니까? 아, 혹시 지금 남시보 씨와 민 팀장님이 함께 있습니까?"

"아니요, 아니에요. TV에 민 팀장님이 나온 후로는 팀장님을 만나지도 보지도 못했어요."

"팀장님⋯⋯. 네, 그래요. 시보 오빠라고 하는 걸 보니 가까운 사이신가 봅니다."

"네, 제 생명의 은인이라 그 일로 많이 친해졌어요."

"아, 그렇죠. 들어서 알고 있습니다. 그럼 민 팀장님과도 직접 만나 보셨습니까?"

"네, 오빠랑 한 번……."

"혹시 뭐라고 하던가요? 아니면 남시보 씨에게 뭐 들은 거라도?"

"아…… 아니, 별다른 건……."

"소담 씨, 혹시나 해서 말씀드리는데 범죄자를 은닉 또는 도피하게 한 자는 3년 이하의 징역 또는 500만 원 이하의 벌금을 처할 수 있습니다. 그러니 솔직하게 말씀하셔야 합니다."

"형사님, 저는 정말 잘 몰라요. 민 팀장님이 누명을 써서 쫓기고 있다고 들었어요. 자신은 절대 죽이지 않았다고……."

"누구를 말입니까? 강소담 씨 아버님 말씀입니까?"

"아니요. 이진성 씨요."

"이진성 씨 말입니까?"

"네, 그래서……."

"잠시만요, 소담 씨. 조금 전에 이진성 씨를 모른다고 하지 않았습니까?"

"저기, 아니……. 그게…… 형사님이……."

"제가 말입니까? 민 팀장님이 이진성 씨를 죽였다고는 말하지 않았는데……."

"어……. 아니, 그러니까, 그렇죠. 말씀하시지 않았는데요. 이진성 씨 같다는 거죠. 자신이 사람을 죽였다는 누명을 받고 있다고……. 그렇게 팀장님이 말씀하셔서…… 이진성 씨가 그 사람이구나. 그런 것 같아서 말한 거예요. 네에."

"그렇습니까?"

"네, 아…… 네."

무슨 말을 했는지 기억도 안 날 만큼 횡설수설하다가 더 이상 입을 열면 안 될 것 같아 눈을 내리깔며 안 형사의 시선을 피했다.

"일단 알겠습니다. 강소담 씨, 민우직 팀장님은 강소담 씨 아버님을 죽인 범인입니다. 수사에 도움이 될 수 있도록 솔직히 말씀해 주셔야 합니다. 알고 계시지만, 결정적인 증거를 보낸 이진성 씨를 죽인 범인이기도 합니다. 강소담 씨가 위험해질까 봐 말씀드리는 겁니다. 혹시나 민 팀장님한테 연락이 오거나 접근해 오면 바로 저희에게 연락 주셔야 합니다. 누명이다 뭐다 그런 말 믿지 마시고요. 아셨습니까?"

"그렇게 할게요. 형사님께 연락드리면 되나요?"

"네, 고생하셨습니다. 아! 그리고 남시보 씨와 잘 아는 사이시니 하나 부탁드립니다. 혹시 남시보 씨가 민 팀장님을 돕고 있다면, 민 팀장님이 자수할 수 있도록 설득해 달라고 전해 주십시오. 팀장님이 지금 계속 도망 다닌다고 해결될 문제가 아니라서 말입니다. 자수하면 정상 참작은 되니까요. 이런 말 죄송하지만, 강시민 씨 살인 사건은 직접적인 살인이 아니라서 어느 정도 감형…… 아, 이건 제가 직접 남시보 씨에게 전하는 게 맞겠네요. 죄송합니다."

"아니에요. 그럼 안녕히 계세요."

"고생하셨습니다. 비 오는데 조심히 가십시오."

"오빠, 내가 잘못한 건 없겠죠?"

"그럼요. 잘했어요. 고생했어요."

"자꾸 마음에 걸려요. 무슨 실수라도 한 건 아닌지. 이진성 씨 얘기할 때 뭔가……."

"팀장님도 문제없을 거라고 했고, 그렇게 크게 생각 못 할 거예요. 지난 일이니 너무 신경 쓰지 말아요."

"……근데 안 형사님 말이에요."

"네, 왜요?"

"민 팀장님 얘기할 때 표정을 보니 뭔가 좀……. 그러니까 어떻게 설명해야 할지 모르겠지만 민 팀장님을 걱정하는 것처럼 보인달까?"

"그래요? 그럴 수 있죠. 그래도 같은 경찰이고 함께 일했던 동료 선배였으니까요."

"그래서 그런 거겠죠?"

"그럴 거예요. 이쪽 상황은 어느 정도 정리됐으니 팀장님한테 전화하고 올게요."

카운터로 가 전화를 쓸 수 있을지 묻자, 카페 직원은 흔쾌히 자신의 휴대폰을 쓰라며 건네주었다. 한참 울리던 신호음이 곧 끊어질 것 같을 때쯤 민 팀장의 목소리가 들려왔다.

"어, 여보세요?"

"형님. 저예요, 시보. 카페 직원 휴대폰 빌렸어요."

"아, 그래. 소담이는 나왔어?"

"네, 조금 전에요. 지금 어디에 계세요?"

"그게…… 시청 앞에 있는 호텔인데."

"아, 더 밀리엄이요?"

"이름을 잘 모르겠는데 잠시만…… 오, 맞네? 어떻게 딱 알았대?"

"시청 앞 호텔이면 거기밖에 없잖아요. 저희도 그쪽으로 갈까요?"

"지금 로비에 있는 카페로 들어왔는데 김 형사가 누굴 기다리고 있어. 일단 여기로 와. 그럼 끊을게."

"저기 형……"

뚜 뚜 뚜.

이번에도 말을 끝맺지 못한 채 전화가 끊어지고 말았다. 하는 수 없이 다시 자리로 돌아가려는데, 바로 뒤에 소담 씨가 서 있었다. 깜짝 놀라 움찔하는 내 모습에 소담 씨는 재미있다는 듯 깔깔대며 웃었다.

바깥엔 다시금 비가 부슬부슬 내리고 있었다. 카페 앞에서 택시를 기다리는데, 경찰서 정문으로 걸어 나오는 안 형사의 모습이 눈에 들어왔다. 나는 순간적으로 재빨리 가로등 뒤에 몸을 숨겼다.

"오빠, 왜 그래요?"

"소담 씨, 맞은편 경찰서 정문에 안 형사예요."

"아! 그러네요. 어쩌죠?"

"소담 씨는 괜찮으니까 침착하게 행동해요. 알았죠?"

그녀는 안 형사와 눈이 마주쳤는지 가볍게 목 인사를 했다.

"안 형사가 날 봤어요."

"이쪽 보지 말고, 안 형사가 가면 말해 줘요."

"어, 택시를 탔어요. 이제 나와도 될 것 같아요."

"혹시 모르니까 난 여기 있을게요. 택시 좀 잡아 줄래요?"

"네, 그럴게요."

나는 택시가 소담 씨 앞에 서는 것을 보고 난 후에야, 가로등 뒤에서 나와 택시에 올라탔다.

잠시 후 호텔에 도착한 우리는 서둘러 안으로 들어가, 카페 라운지를 찾기 위해 주변을 두리번거렸다. 밖에서 봤던 평범한 외관과 달리 호텔 내부는 세련되고 화려했다.

갑자기 내 손을 덥석 잡은 소담 씨는 로비 깊숙한 곳으로 날 끌고 갔다. 얼떨결에 들어선 카페 라운지는 호텔 크기에 걸맞게 매우 고급스러워 보였다. 고급이 뭔지 잘 모르는 나도 '참 있어 보인다.'라는 생각이 들 정도였다. 내가 카페 인테리어에 정신이 팔려 있을 때, 그녀는 민 팀장을 찾기 위해 주변을 조심스럽게 살피고 있었다. 그때 갑자기 누군가 내 팔을 끌어당겼다.

"어!"

당기는 힘에 순간 넘어질 뻔했지만, 넘어지지 않도록 그의 손이 나를 지탱해 주었다.

"조용히 하고 따라와."

나를 잡아당기고 잡아 준 것은 다름 아닌 민 팀장이었다. 놀라긴 했지만, 민 팀장을 본 순간 왠지 모를 안도감이 들었다. 민 팀장은 아무 말 없이 자신이 앉아 있던 테이블로 우리를 데리고 갔다. 예상대로 안쪽에선 김범진 형사와 채비로 경정이 만나고 있었다.

"둘이 만난 지 얼마나 됐어요?"

"채비로 경정이 온 지는 얼마 안 됐어."

"여기서는 둘이 무슨 얘기를 하는지 들을 수 없는데 괜찮아요?"

"가까이 가고 싶어도 갈 수가 있어야지."

김 형사와 채 경정은 무슨 얘기를 하는지, 가끔 채비로 경정의 희미한 목소리만 들려올 뿐이었다.

"형님, 제가 가까이 가서 들어 볼까요?"

"뭐? 안 돼. 김범진이 네 얼굴을 알잖아. 여기 있다 뒤를 쫓는 게 좋을 것 같아."

상황을 지켜보던 소담 씨가 나지막이 입을 열었다.

"그럼 이건 어떨까요? 지금 테이블 구조가 C자 모양이잖아요. 그래서 카페를 등지고 앉아 있는 김 형사는 이쪽을 볼 수 없어요. 저랑 오빠가 연인인 척 가까이 가면 괜찮지 않을까요? 채비로 팀장은 저희 얼굴을 모르니까요."

"아니야. 그래도 위험할 수 있어."

"아니, 형님. 그럼 여기서 그냥 기다려요? 무슨 대화를 하는지 알아야 할 거 아니에요."

"이번엔 삼촌이 저희를 믿을 차례예요. 오빠, 가요."

"그래요, 형님. 여기서 잘 지켜보고 계세요. 하하."

소담 씨는 내 팔에 팔짱을 끼고 살짝 몸을 기댔다. 그 상태로 우리는 채 경정이 보이는 곳까지 걸어갔다. 혹시나 채 경정이 알아보지 않을까, 나는 모자를 좀 더 깊게 눌러 썼다. 소담 씨도 나를 바라보는 척 최대한 얼굴을 숨겼다. 채 경정은 우리를 힐 끔 한 번 쳐다보더니 하던 이야기를 잠시 멈췄다. 우리가 그곳 을 지나쳐 옆 테이블에 앉은 걸 확인한 후에야, 김 형사를 바라 보며 다시 대화를 이어 갔다.

다행히 눈치채지 못한 것 같았다. 옆쪽이긴 했지만, 우리가 앉은 자리는 그들의 시선에서 보이지 않는 곳이었다. 그때 살 짝 큰 소리가 들려왔다.

"김 팀장! 오해라니까! 난 그런 적 없어."

"솔직히 저도 믿지는 않았습니다. 그래도 혹시나 해서……."

"그래, 오해 풀어. 민가가 우리를 이간질하려고 하는 거야."

"예, 그럼 그렇죠. 알겠습니다. 그런데 어쩝니까? 뭔가 알고 있는 눈치였습니다. 계장님이 연관되어 있다고 어느 정도 생각 하는 것 같던데 말입니다."

"상관없어. 지가 안다고 뭘 할 수 있겠어? 그런 걱정할 시간 에 빨리 잡기나 해. 우리 쪽에서 잡는 것보다 김 팀장이 잡아야 한다고. 그래야 손쓰기도 편하고……. 광수대에 잡히면 좀 복 잡해져. 내가 아무리 이번 사건 총괄이라도 광수대 애들을 다 통제할 순 없잖아. 혹시나 그 와중에 뭐라도 밝혀지면 큰일이야. 알지?"

"아, 네! 그럼요. 갈 만한 곳은 다 찾아봤는데 이 쥐새끼가 어디에 숨었는지 못 찾겠단 말입니다. 광수대에서도 소재 파악이 안 되는 겁니까?"

"CCTV까지 분석해서 찾고 있는데……. 아! 그때 얘기한 그놈…… 그놈하고 같이 있다고 했잖아?"

"시보라는 놈 말씀입니까?"

"시보? 이름은 모르겠고. 그놈을 잡아서 족쳐 보지 그래?"

"그렇게 할까 생각 중이었는데 먼저 연락이 와서요. 그놈도 모르고 도왔다고, TV 보고서야 진범인지 알았다고 해서……."

"야! 김 팀장! 지금 그 자식 말을 믿는 거야? 야아, 김 팀장 그렇게 안 봤는데 정말 순진한 친구네. 이런 친구가 어떻게 그렇게 사람을……."

"저기, 계장님! 지금 무슨 말씀하시는 겁니까? 말씀 가려서 하시죠."

"뭐? 이 새…… 허어, 그래. 미안해. 아무튼 그 시보라는 놈 잡아서 나한테 데리고 와. 내가 한번 봐야겠어."

"그 녀석을요? 에이, 굳이 계장님까지 나서실 필요가 있을까요? 제 선에서 처리하겠습니다."

"그래? 그래도 되겠어?"

"아이, 그럼요. 그 시보라는 놈, 겁 많고 세상 물정도 모르는 어리바리한 놈입니다."

"흠, 그럼 어디 한번 믿어 보지. 근데 그놈이 먼저 연락했다면서? 그게 좀 걸리는데……. 혹시…… 아니지?"

"예? 뭐가 말씀입니까?"

"김 팀장하고 나에 대해 얘기한 거 말이야. 그놈은 아니겠지?"

"아……. 그게……."

"뭐야? 그놈이야? 시보 그놈?"

"……."

"맞네! 허허, 허허……. 허어어어, 김 팀장! 지금 나랑 장난해? 지금까지 어떻게 형사 짓 하면서 밥을 먹고 살았지? 어이가 없네. 김 형사! 지금 장난하냐고?"

"아니, 아닙니다. 그놈이 거짓말로 지어냈다고 생각하시는 겁니까?"

"야! 그 어리바리한 놈이 지어냈겠어? 민우직이 시켜서 했겠지! 이…… 아우, 정말……."

"민우직 그놈이요?"

"그래, 이 병…… 아휴, 그걸 눈치 못 챈 거야?"

"아……. 시정하겠습니다."

"뭘 시정해? 당장 그놈 잡아서 내 앞에 데리고 와! 어서!"

"네, 알겠습니다."

"뭐 해? 가 봐!"

"네!"

채비로 경정의 호통에 놀란 김범진 형사는 자리에서 벌떡 일어나 뛰쳐나갔다. 그런 김 형사를 쳐다보는 채 경정의 눈빛에서 경멸감을 느낄 수 있었다.

"한심한 새끼. 저러니까 팀장을 못 맡기겠다는 말이 나오지. 하아, 내가 저걸……. 근데 이 자식은 왜 아직도 전화가 없어?"

채비로 경정은 테이블에 놓여 있던 휴대폰을 들어, 화를 내뱉듯 크게 숨을 내쉬며 어딘가로 전화를 걸었다.

"지금 어디야? 그래, 안쪽에 있으니 들어와."

그러고는 신경질적으로 휴대폰을 테이블에 내려놓았다. 지금 이곳으로 들어오라고 지시하는 것을 보니, 아무래도 근처에서 대기하고 있던 사람인 것 같았다.

"자식! 김 형사보다 낫네. 아이씨, 근데 이거 어쩌지? 김 형사 이 자식을……."

소담 씨와 나는 김 형사가 카페 밖으로 나가는 것을 보고, 민 팀장이 있는 테이블로 돌아가려 자리에서 일어났다. 그때, 카페 입구로 안민호 형사가 들어왔다.

나는 황급히 소담 씨의 팔을 끌어당기며 다시 자리에 앉았다. 그녀는 무슨 일이냐고 묻듯 동그래진 눈으로 나를 쳐다봤다.

"입구에 안 형사요. 안 형사가 들어왔어요."

"네? 정말요?"

안 그래도 동그랗던 그녀의 눈이 이내 왕방울처럼 커졌다.

도대체 안 형사가 왜 여기에 있는 거지? 설마 경찰서 앞에서부터 나를 미행한 걸까? 형님은 당연히 몸을 숨겼겠지? 당장이라도 터질 듯 조마조마한 가슴이 무색하게, 어렴풋하던 발자국 소리가 점점 가까워지고 있었다. 지금이라도 다른 곳으로 피해야 할지 아니면 이대로 있어야 할지 안절부절못하고 있을 때,

옆에서 채비로 경정의 목소리가 들렸다.

"어이, 여기! 이리 와 앉아."

"안녕하십니까, 계장님."

"그래, 안 형사. 뭐 좀 마실래?"

"아닙니다. 그런데 무슨 일로 보자고 하셨습니까?"

"에이, 뭐가 그렇게 급해? 잠깐, 저기!"

채 경정은 지나가던 웨이트리스를 불렀다.

"뭐 마실래?"

"아……. 네, 시원한 커피 마시겠습니다."

"하하. 그래, 덥지? 여기 아이스 아메리카노 두 잔 갖다 줘요. 아, 그리고 시원한 물 좀 먼저 가져다주고."

"네, 손님."

웨이트리스는 주문을 받는가 싶더니, 옆 테이블에 앉아 있는 우리에게로 걸어왔다.

"손님, 주문하시겠어요?"

"네? 어……. 메뉴판 좀……."

"네, 가져다드리겠습니다."

잠시 후 웨이트리스는 메뉴판과 물 잔을 가져와 내려놓고, 안 형사가 앉아 있는 옆 테이블에도 물 잔을 내려놓았다. 채비로 경정은 웨이트리스가 멀찍이 사라진 걸 확인한 후 입을 열었다.

"그래, 안 형사. 그 흉기, 조사는 해 봤어?"

"네, 말씀하신 대로 조작된 게 맞았습니다. 어떻게 아셨습니까?"

"그렇지? 조작된 것 같았어. 그렇잖아. 민 팀장이 누굴 죽일 사람은 아니니. 안 그래?"

"아……. 네, 하지만……."

"왜 그래? 좀 전에 김 형사 나가는 거 봤어?"

"네."

"그래. 솔직히 김 형사를 믿을 수가 있어야지. 사건 조작한 게 한두 번도 아니잖아."

"아, 그 소문이 정말 사실입니까?"

"소문? 이 사람아, 소문이 뭐야? 그거 모르는 사람이 서에 있는 줄 알아?"

"그럼 계장님은 김범진 팀장이 이진성 씨 살인 사건의 범인이라고 생각하시는 겁니까?"

"에이, 너무 나갔다. 그건 아니지. 김 형사가 왜? 그냥 범인을 못 찾으니까 민 팀장을 대신 잡아넣으려고 하는 것 같아 그러지. 이 친구, 참."

"아, 네. 근데 왜 민우직 팀장을……. 그럼 이연우 경위는 누가……."

"왜? 연우 사건도 조작된 거야?"

"그건 아직 조사 중이지만 이진성 씨 사건만 봐도……."

"어어, 이 사람! 사람 잡겠네. 사건별로 봐야지. 민 팀장이…… 그래, 아닐 거야. 하지만 다른 증거가 나오지 않은 상태에서 이진성 씨 건으로 김 형사를 의심하는 건 아니지. 안 그래?"

"네, 맞습니다. 제가 좀 많이 나갔습니다. 시정하겠습니다."

"그래, 하나씩 확인해 보자고."

"그런데 왜 민우직 팀장을 이진성 씨 살인 사건의 용의자로 만든 걸까요? 그걸 계장님은 어떻게 아셨습니까?"

"내가 여기 그냥 앉아 있는 줄 알아? 김 형사가 민 팀장에게 안 좋은 감정이 있다는 것도 알잖아. 자리도 자리고. 그런 건 밝혀지면 다 알게 돼. 그것보다 더 시급한 게 있어. 시보라고 알지?"

"네? 남시보 씨 말씀입니까?"

"뭘 그리 놀래? 남시보? 남씨였나? 아무튼, 그 사람 좀 알아보고 나한테 보고해. 그리고 김 형사도 잘 지켜보고."

"네, 알겠습니다. 조사 후 보고드리겠습니다. 지금 바로 좀 확인할 것이 생각나서 먼저 일어나 보겠습니다. 그럼 다시 연락 드리겠습니다."

"저기, 안 형사! 연락은…… 알지?"

"네, 알려 주신 번호로만……. 알고 있습니다."

"그래, 혹시 몰라서 그래. 그럼 수고해."

"네, 가 보겠습니다."

"오케이!"

채비로 경정은 김 형사를 의심하고 있었다. 이게 어떻게 된 일이지? 대화를 듣고 나니 머리가 더 복잡해졌다. 그것보다 이젠 내가 문제였다. 채 경정은 내가 거짓말을 하고 있다는 걸 단번에 간파했다.

민 팀장한테 가야 할지 좀 더 채 경정을 지켜봐야 할지 고민하고 있을 때였다.

"나야. 그래, 고생이 많아."

채 경정이 누군가와 통화하는 소리가 들려왔다.

"알아, 안다고. 그래서 지금 범진이한테 안 형사 붙여 놓은 거 아니야. ⋯⋯나도 아니라고 생각해. 근데 지금 증거가 다 그렇게 나오는데 어떡해? ⋯⋯이 자식이! 네가 그런다고 뭐가 달라지냐? 야! 지금 협박하는 거야? 우식아! 네가 우직 형님 생각하는 거 잘 알아. 하지만⋯⋯. 우직아! 아니, 우식아! 이름도 비슷하네. 그래, 너라도 우직 형님 챙겨야지. 누가 챙기겠냐. ⋯⋯아니, 그렇게 한다고 풀릴 일이 아니잖아."

채 경정은 민 팀장이 진범이 아니라는 것에 대해 우식이라는 사람과 계속해서 대화를 이어 갔다.

"그래, 증거를 찾아야지. 네 말대로 범진이가 진짜 범인이라고 해도 뭐가 달라지냐? 증거가 없잖아. 우식아, 잘 들어. ⋯⋯아니, 들어 봐, 좀! 이진성 관련해서 증거가 조작됐다는 거 확인했다. 그래도⋯⋯. 야아, 우식아. 네 마음 알겠는데, 그렇게 막무가내로⋯⋯. 알았어. 알았으니까 진정하고, 지금 범진이가 범인이라는 증거가 없는데 어떻게 범진이를 구속하냐? 범진이까지 구속하면 언론이 가만히 있겠어? 지금 가뜩이나 경찰에 대한 이미지도 안 좋은데 경찰이 범인이라고 알려져 봐. 그걸⋯⋯."

나와 소담 씨는 조용히 눈을 맞추었다. 민 팀장이 누명을 쓰고 있다는 걸 정확히 알고 있는 데다가, 민 팀장을 궁지에 몰아넣으려는 것이 아니라 오히려 민 팀장 편에 가까워 보였다.

"야! 너만 걱정돼? 나도 걱정되고, 지금 조사 중이니 좀 더 기다려 보라는 거잖아. 그러니까 우식……. 알았어. 그러니까 너도 더 조사해 보고. 그리고 우직 형님하고 연락되면 나 좀 보자고 해. 아니, 뭘 만나야……. 뭐? 너 지금 나 못 믿는 거야? 야! 자꾸 그때 그 일로…… 하아."

채 경정은 한동안 말없이 얘기를 듣더니, 찬물을 들이킨 후 살짝 침착해진 목소리로 말했다.

"우식아, 좀 진정하고. 우직 형님한테 연락해서 내가 만나자고 한다고 전해 줘. ……에이, 그러지 말고. 연락되면 그렇게 전해 주라고. 알았지? 그리고 앞으로 그 얘기는 하지 마라. …… 그래, 알았어. 나중에 다시 연락할게. 그래, 고생해."

딱!

채 경정은 싸늘한 표정으로 휴대폰을 테이블에 던지듯이 내려놓으며 중얼거렸다.

"아휴! 성질 같으면……. 이게 아주 좋은 건수 하나 잡아서. 젠장!"

분을 삭이던 채 경정은 자리에서 일어나 계산대 쪽으로 걸어갔다.

그런데 우식? 우식이 누구지? 어디서 들어 본 것 같은 이름인데……. 얘기하는 거로 봐서는 민 팀장을 꽤 잘 알고 있는 사람 같았다. 그리고 채 경정은 민 팀장을 우직 형님이라고 불렀다.

아, 휴대폰으로 녹음이라도 할 걸. 미처 그 생각을 하지 못했다.

채 경정이 카페 밖으로 나가는 것을 보고, 소담 씨와 나도 겨우 자리에서 일어났다. 뒤를 돌아보니 민 팀장이 우리가 있는 쪽으로 오고 있었다.

"별일 없었지? 뭐라고 해?"

"이걸 어디서부터 어떻게 말씀드려야 할지……."

"잠깐만요. 휴대폰으로 녹음했는데 거리가 있어서 제대로 됐을진 모르겠어요."

"야아, 소담. 형사 소질 있네. 어떻게 녹음할 생각을 다 했어?"

"아니에요. 잘 듣고 내용을 전달해야 하는데 다 기억할 자신이 없어서요. 여기 이어폰도 있어요."

"여하튼 잘됐네. 한번 들어 볼게. 일단 뭐라도 좀 시켜. 여러 번 들어 봐야 할 것 같으니까. 여기요!"

"네, 주문하시겠어요?"

"형님 뭐 드……."

"난 아이스커피로."

"저도 같은 걸로요, 오빠."

"그럼 아이스 아메리카노 3잔이요."

"감사합니다. 곧 준비해드리겠습니다."

웨이트리스가 주문을 받고 돌아가자, 민 팀장은 녹음한 내용을 주의 깊게 듣기 시작했다. 반복해서 녹음을 듣던 민 팀장은 주문한 커피가 나온 후에야 귀에서 이어폰을 빼 소담 씨에게 건넸다.

"어때요? 잘 안 들리세요?"

"아니, 그렇게 안 들리진 않았어. 잘 녹음됐고, 조금 안 들리는 부분이 있기는 한데 그것만 좀 물어볼게."

"휴우, 다행이네요."

"자, 일단 커피 좀 마시고."

우리 셋은 커피를 마시며 잠시 숨을 가다듬었다.

"들어 보니 채비로가 머리를 좀 쓴 것 같던데. 안 형사한테 김 형사 조사를 시켜? 그리고 최 형사가 채비로와 왜 연락을 했는지 모르겠네."

"우식이라는 사람이 최 형사님을 말하는 거였어요?"

"어, 맞아. 근데 안 형사는 증거가 조작되었다고 하는 것 같던데 맞나? 그 부분이 잘 안 들려서 말이야. 안 형사가 알아낸 게 아닌 것 같은데……. 채비로가 알고 있는 사실을 안 형사한테 확인해 보라고 한 것 같았어. 혹시 기억나?"

나는 두 사람의 대화 내용을 찬찬히 되짚어 보았다.

"맞아요. 안 형사가 채 팀장한테 어떻게 알게 됐는지 두 번……. 맞다! 두 번 물어봤어요. 근데……."

"근데 뭐?"

"잠깐만요. 채 팀장이 어떻게 그 사실을 알게 되었는지는 말하지 않은 것 같아요. 아닌가? 잘 기억이……."

"그래, 내가 듣기로도 얘기 안 했어. 끝나면 알려 준다고 하고 넘어갔지."

"그런데요, 삼촌. 잘 기억은 안 나지만 채비로 형사가 김범진 형사를 의심하고 있는 것 같던데요? 안 형사도 그렇고요. 정말 김 형사가 진짜 범인일까요?"

"그럴 수도 있고, 확실한 건……."

나와 소담 씨는 숨을 죽이고 민 팀장의 입을 바라보았다.

"확실한 건 난 범인이 아니라는 거지. 하하하. 이제 좀 믿지?"

"그거야 예전부터……."

"에이, 알고 있어. 날 여전히 의심하고 있다는 거."

"아니에요, 삼촌!"

"소담이 얼굴 빨개지는 거 봐. 하하. 알았어."

"아닌데 정말……."

"그래요, 형님. 아니에요."

"알았어, 알았다니까. 더 의심스럽게 왜 그래? 하하하."

민 팀장은 입가에 웃음을 씻어 내리는 듯 커피 한 모금을 마셨다.

"아무튼, 지금 김 형사랑 안 형사가 시보 널 찾고 있을 거야. 잘 들어. 강제로라도 널 채비로에게 데려가려 할 텐데, 지금 상황에서 그렇게 되면 모두 위험해질 수 있어. 그러니 그 전에 내가 먼저 채비로를 만나 볼 생각이야."

"직접 만난다고요?"

"응. 채비로도 날 만나고 싶어 하는 것 같으니, 너는 무슨 핑계를 대서라도 김 형사랑 만나는 걸 피해. 어떤 일이 있어도 만나지 마. 알았지?"

"네, 형님. 그럼 언제 만나러 가실 거예요?"

"지금 만나시죠?"

"지금? 어?"

"깜짝이야!"

"뭘 그렇게 놀라십니까? 귀신이라도 보셨습니까, 민 팀장님?"

"안…… 안 형사!"

제15화

비밀 접선

"안 형사, 언제부터 여기 있었나?"

"지금 그게 중요한가요?"

안 형사는 표정 하나 바뀌지 않고 담담하게 말했다.

"안 형사, 알았네. 나랑 가세. 시보랑 소담이는 아무 상관 없네. 그냥 내가……."

"형사님, 삼촌은 저희 아빠를 죽인 진짜 범인이 아니에요."

안 형사는 피해자 유족인 소담 씨의 말에 놀라며 말했다.

"네? 강소담 씨, 그게 무슨 말입니까?"

"안 형사, 잠시 여기 앉게. 사람들이 보네."

민 팀장의 말에 잠시 주변을 살핀 안 형사는 의자에 조용히 몸을 앉혔다.

"안 형사, 혹시 혼자인가? 아니면 지금 밖에……."

"아닙니다. 혼자입니다. 사실 아까 전부터 카페에 계신 걸 봤습니다."

"그래? 그럼……."

"팀장님, 이제라도 자수하시지요. 제가 돕겠습니다."

"자수요?"

민 팀장은 나와 소담 씨를 바라보며 말했다.

"잠시 안 형사랑 둘만 얘기하고 싶은데…… 괜찮지?"

내가 쉽게 일어나지 못하고 망설이자 안 형사가 말을 덧붙였다.

"남시보 씨, 강소담 씨. 걱정 마시고 잠시 자리 좀 피해 주시겠습니까?"

"그래, 커피 들고 저쪽에 잠시 가 있어."

"오빠, 가요."

소담 씨는 고개를 가로저으며 내 팔을 잡아당겼다.

"그럼…… 얘기 나누세요. 저쪽에 있을게요, 형님."

"민 팀장님, 형님 삼촌 하며 의리가 참 좋습니다."

"어? 어, 안 형사. 아니, 민호야. 너도 형님이라고 불러."

소담 씨와 나는 안 형사와 민 팀장이 앉은 자리에서 조금 떨어진 테이블에 앉았다.

우리가 앉은 자리에선 두 사람의 대화를 들을 수가 없었지만, 그래도 혹시 모를 상황을 대비하기 위해 민 팀장이 있는 자리를 계속 지켜보았다. 안 형사는 채비로 경정과 한패가 아니었나? 바로 체포해 갈 줄 알았는데 저렇게 민 팀장과 대화를 나누고 있다니.

나는 답답해서 머리가 아플 지경인데 소담 씨는 아무렇지 않게 앉아서 커피만 마시고 있었다. 어쩜 저렇게 천하태평일 수 있는지 속을 알다가도 모르겠다.

나는 뽀로통한 표정으로 그녀를 쳐다봤다. 그런 내 표정을 못 읽었는지, 그녀는 싱긋 웃으며 말했다.

"오빠, 뭘 그렇게 걱정해요. 커피나 마셔요."

"소담 씨는 걱정 안 돼요?"

"걱정한다고 해결이 되나요? 그냥 커피나 마시면서 기다려 보죠. 무슨 일이 생길 거였으면 벌써 생겼어요. 그렇잖아요. 안 형사가 우리를 보고 있었으면 경찰들을 불러 체포했을 거예요."

"그래도 무슨 일이 벌어질지 모르는데 준비는 해야죠. 만약 팀장님을 체포하려고 하면 우리라도 나서서 막아야 하고…… 또 무슨 얘기를 나눌지도 모르잖아요. 아니겠지만 혹시 모르니까……."

"그럴 줄 알고 녹음하고 있어요."

"지금요?"

"빙고! 제 휴대폰이 어디 있게요? 바로 저 테이블 의자에 있어요. 그러니 궁금해하지 말고 커피나 편히 마시자고요."

맞다. 소담 씨의 말대로 체포하려면 벌써 해야 했다. 하지만 김 형사와 함께 민 팀장에 대해 뭔가 알아내려고 일부러 저러는 걸지도 모른다. 그게 아니면…… 안 형사는 김 형사가 범인이라고 생각하는 걸까? 아니지. 민 팀장이 진범인지 아닌지를 재차 확인하려는 것일지도 모른다.

"오빠! 안 형사가 일어났어요. 어머, 이쪽으로 와요!"

"그, 그러네요."

나는 경직된 얼굴로 안 형사를 뚫어지게 보았다.

"강소담 씨, 남시보 씨. 최대한 눈에 띄지 않게 다니셔야 할 것 같습니다. 더 각별히 주의하세요. 그리고 우리 민우직 팀장님, 잘 부탁드립니다. 그럼."

"네? 아, 네……."

넋이 나간 표정으로 멀어지는 안 형사의 뒷모습을 바라보다, 우리는 너 나 할 것 없이 수군거리며 대화를 주고받았다.

"뭐지? 소담 씨, 지금 안 형사가 우리 걱정해 준 거 맞죠?"

"그런 것 같은데요. 그것보다 '우리 민우직 팀장님'이라고 한 거 맞죠?"

"네, 그럼 안 형사가 우리 편? 아니, 형님을 믿는 걸까요?"

"그럴까? 하하."

"어, 형님!"

소담 씨가 서둘러 자리에서 일어나 두리번거리자 민 팀장이 휴대폰을 내밀며 말했다.

"이거 찾아?"

"아……. 네, 깜빡하고 놓고 왔지 뭐예요."

"자, 여기. 잘 가지고 다녀."

"형님, 이제 어디로 이동할까요?"

"천호로 돌아가지."

"벌써요? 채 형사나 김 형사 뒤를 더 밟아야 하지 않나요?"

"안 형사랑은 무슨 얘기하신 거예요?"

"그건 가서 얘기해 줄게. 혹시 모르니 어서 나가자."

소담 씨는 의아하다는 듯 나를 바라봤다.

"형님, 안 형사를 못 믿으시는 거죠? 경찰이 이곳으로 올 것 같아 그러세요?"

"어, 맞아. 그러니 어서 자리부터 옮기자고."

우리는 호텔에 주차해 놓은 렌터카를 타기 위해 지하 주차장으로 내려갔다. 하지만 렌터카 앞엔 이미 경찰차가 서 있었다. 아무래도 경찰에 발각된 듯했다. 우리는 경찰이 눈치채기 전, 급히 밖으로 빠져나와 바로 택시를 잡아타고 호텔을 벗어났다.

천호동 옥탑으로 가는 길에 종로3가 근처에서 민 팀장이 택시를 세웠다. 택시 운전기사가 계속 힐끔힐끔 쳐다보는 것이, 왠지 민 팀장을 알아본 것 같았다. 택시에서 내린 우리는 종로3가 번화가로 들어갔다. 민 팀장은 차라리 사람이 많은 곳이 더 나을지도 모른다고 했다.

"형님, 안 형사하고 무슨 얘기 하셨어요?"

"특별한 건 없고, 자수하라고 하더군. 채비로가 만나고 싶어 한다고도 했고. 장소와 시간 정해서 알려 준다며 연락처를 물어보는 거야."

"그래서요? 연락처 알려 주셨어요?"

"아니, 시보 연락처로 연락하라고 했지. 미안해."

"아니에요. 잘하셨어요. 혹시 그 휴대폰 번호 알려 주신 줄 알고……."

"오빠! 삼촌은 형사예요. 그걸 모르시겠어요."

"그렇죠. 헤헤. 별 걱정 다 했네요, 제가."

민 팀장은 작게 웃음을 터뜨리며 말했다.

"소담아, 너무 그러지 마. 요즘 부쩍 시보를 잡네. 하하. 시보는 벌써 잡혀 사는 거야?"

"아니에요, 삼촌. 제가 뭘 잡았다고…….."

"알았어. 하하. 농담이지. 하하하."

웃고 떠들며 길을 걷다 지하철역 입구에 거의 다 왔을 무렵, 횡단보도 앞 인도에 한 아이가 쓰러져 있는 것이 보였다. 머리카락이 피로 흠뻑 젖어 있었고, 끔찍하게도 한쪽 다리는 꺾여 있었다. 그리고 그곳에서 1미터도 안 되는 거리에 성인 두 명도 쓰러져 있었는데, 역시나 피가 흥건하게 고여 보도블록을 따라 흘러내리고 있었다.

나는 시체들을 보고 놀란 나머지 한 걸음도 앞으로 나아가지 못했다. 입에서는 '아' 하는 소리도 나오지 않았다. 온몸이 부들부들 떨려 그 상태로 한동안 그곳만 바라보고 서 있었다. 사람들이 시체 주위를 지나쳐 가고 있었지만, 다들 아무렇지 않은 모습이었다.

순간, 시끄럽던 주변 소음들이 한순간 조용해졌다. 누군가 날 흔들며 뭐라 말하고 있는데, 그 소리조차 들리지 않았다.

"남시보, 괜찮아? 왜 그래? 남시보! 내 말 안 들려?"

"뭐예요? 시보 오빠 왜 이래요?"

점점 눈이 흐릿해졌다. 하지만 오히려 정신은 더 또렷해져

갔다. 이상했다. 어지럽거나 머리에 통증이 느껴져야 했지만 그렇지 않았다. 눈에 비친 전경만이 점점 더 뿌옇게 흐릿해질 뿐이었다.

그러다 어느 순간, 눈앞이 맑아지며 주변 소리가 한꺼번에 쏟아지듯 밀려 들어왔다.

"어……. 잠시만요. 잠깐만."

"오빠! 괜찮아요? 왜 그래요?"

"이대로 좀…… 놔둬요! 제발!"

"소담아, 괜찮을 거야. 잠시 혼자 두는 게 좋겠어."

내가 밀려드는 감각들을 감당하지 못하고 소리치자, 소담 씨와 민 팀장은 나에게서 한 걸음 뒤로 물러났다.

이유도 없이 눈물이 났다. 눈물이 흐르자 모든 소리가 선명히 들리기 시작했다. 또 신기한 현상을 겪는다. 아이와 사람들 시체는 또 초자연 현상인 건가?

그때 아이의 눈이 반짝거렸다. 가까이 다가가 눈을 들여다보니, 햇빛이 반사된 트럭 앞 유리가 보였다. 트럭에 치여 죽은 건가? 그럼 저 뒤의 남녀도…….

"시보야, 무슨 일이야? 이제 괜찮은 거야?"

걱정스러운 얼굴로 보고 있던 소담 씨와 민 팀장을 뒤로하고 나는 남녀의 시체가 있는 곳으로 걸어갔다. 빨리 뛰어가고 싶었지만 마음과 다르게 몸이 따라 주지 않아, 터벅터벅 그곳까지 힘겹게 걸어갔다.

먼저 남자 시체로 다가가 눈을 살펴보았다. 내 생각이 맞구

나. 남자 눈에도 덤프트럭 운전석 핸들을 잡고 있는 남자가 보였다. 옆에 누워 있는 여자 시체의 눈도 보고 싶었지만, 그녀는 눈을 감고 있었다. 함께 있는 걸 봐서는 여자도 트럭에 치여 숨진 것이 분명해 보였다.

두 시체 모두 눈 뜨고 보기 힘들 정도로 처참했다. 아마 횡단보도에서 신호를 기다리고 있던 중 트럭이 인도 끝까지 밀고 들어와 사고가 난 듯했다.

"시보, 혹시 뭐가 보이는 거야?"

"설마…… 여기에 시체가 있는 거예요? 아니, 시체 환영이……."

"그런 거야? 그런데 뭘 그렇게 자세히 보는데? 어?"

"형님……. 여기 여자와 남자가 트럭에 치여 죽어 있어요. 역시 보이지 않는 거죠? 저한테만 보이는 거죠?"

"정말이야? 여긴 아무도 없어."

"그래요. 하지만 나에겐 보여요. 너무 끔찍하네요. 그래서…… 눈물이 났나 봐요."

"괜찮아, 시보야?"

나는 잠시 숨을 고르고 말했다.

"이제 괜찮아요. 소담 씨, 여기 장소와 시간을 기억해 줄래요? 휴대폰에라도 저장해 주겠어요?"

"네, 알겠어요. 그럴게요."

나는 정신을 차리려 눈을 세게 감았다 뜨며 민 팀장을 바라보았다.

"형님, 지금 노량진역에 가야겠어요. 저 혼자 다녀올게요.

"노량진역은 왜? 아니야, 가려면 다 같이 가. 근데 노량진역은…… 괜찮겠어?"

"괜찮아요. 또 쓰러지더라도 가서 확인해 봐야 할 것 같아요."

"뭘 확인해야 되는데?"

"제 눈이요. 내 눈에 뭐가 보이는지 봐야겠어요."

"눈……."

내 말을 들은 민 팀장과 소담 씨는 쉽게 말을 잇지 못했다.

"알았다. 우선 가 보자. 근데 정말 여기에 두 사람이 죽어 있는 거야?"

"네, 어린아이도요."

"뭐? 트럭에 치여 죽었는지는 어떻게 알아? 트럭도 보였어?"

"그 사람들 눈동자에 비쳐요."

민 팀장은 잠시 기억을 되짚으며 말했다.

"채비로를 연우 눈에서 봤다고 했잖아? 그럼……."

"맞아요. 지금까지는 시체들 눈 속에 보이는 잔상이 사건과 연관되어 있을 거라 막연하게 생각했지만, 이 시체들 눈동자 속 잔상을 보니 직접적인 죽음의 원인일 수도 있겠다 싶어요. 이연우 경위 눈에서 봤던 사람이 채비로 팀장이 확실하다면…… 그가 이연우 경위를 죽인 범인일 수도 있다는 거죠."

"정말 그렇게 생각해?"

"이 시체들 눈에 보인 게 맞는다면요."

"하지만 이건 알아 둬. 네가 본 것이 사실이라도 증거가 될 수는 없어. 너에게만 보이는 것이라 증명할 방법이 없으니까."

"네, 그 정도는 생각하고 있어요."

"그래……. 그래도 유력한 용의자를 찾았으니 이제 물증만 찾으면 되겠다. 안 그래?"

"그래야죠. 그래도 아직 단정 지어 말할 수 없어요. 그래서 제 눈을 보려는 거예요. 좀 더 확실하게 확인하려고요."

민 팀장은 근심 어린 눈빛으로 나를 가만히 바라보다 입을 열었다.

"근데 시보야, 네가 시체를…… 단순히 그냥 보는 걸까? 방금 일도 그렇고 네가 시체를 볼 때마다 너무 힘들어하고, 정신을 잃고 기절하기도 하는 거로 봐서는 너에게 뭔가 위험을 알리는 징후는 아닌지……. 다른 건 아니고 걱정이 돼서 그래."

"삼촌, 걱정된다면서 지금 겁주고 계시잖아요."

"소담 씨, 그러지 말아요. 난 괜찮아요."

"아, 미안하다. 그런 뜻이 아닌데 걱정돼서……."

"아니에요, 형님. 정말 괜찮아요. 형님이 저한테 왜 미안해요. 다들 그만하고 어서 가요."

아무렇지 않은 척 괜찮다고는 했지만 민 팀장의 말이 계속 귀에 맴돌았다. 내 눈에만 보이는 초자연 현상들이 정말 나에게 위험을 알리는 걸까? 그러고 보니 내 시체에서는 피를 흘린 흔적을 찾아볼 수 없었다. 다른 시체들과 달리 상태가 온전했다. 그렇다면 나는 몸에 이상이 생겨 죽게 되는 걸까?

이런저런 생각에 빠져 있는 동안 전철은 노량진역을 향해 달리고 있었다. 우리는 노량진역까지 가는 동안 서로 아무런 대화도 하지 않았다.

"오빠, 다 왔어요. 정말 괜찮겠어요?"

"괜찮아요. 너무 걱정하지 마요."

승강장에 내려 민 팀장은 소담 씨에게 다가가 조심스럽게 말했다.

"그래, 소담. 걱정하지 마. 그리고 아까 내 말은……."

"아니에요. 신경 안 쓸게요. 그러니까 다시는 그런 말씀하지 마세요."

"어. 그래, 알았어. 근데 어느 쪽이었지?"

민 팀장은 잠시 길을 잃은 듯한 표정으로 주변을 두리번거렸다. 나는 민 팀장 옆에 가까이 붙어 서며 말했다.

"형님, 저쪽이에요. 왜 그러세요, 갑자기."

"아휴, 아니 그게……."

"무슨 말씀 하시려는지 알 것도 같네요."

"그치? 시보야 너는 알지?"

그때 뒤에 있던 소담 씨가 입술을 삐죽 내밀며 말했다.

"두 분은 지금 뭐가 그렇게 즐거우세요?"

"아니에요, 소담씨. 아무 것도 아니에요."

우리는 아무 일도 없었던 것처럼 떨어져 서로 딴 곳을 바라봤다.

승강장을 지나 내 시체가 있던 장소로 가기 전, 나는 먼저 민 팀장의 시체가 있던 벤치 앞으로 걸어갔다. 그때는 정신이 없던 탓에 시체를 구석구석 자세히 살펴보지 못했기 때문이다. 눈을 감고 민 팀장의 시체를 떠올리자, 이내 흐릿하던 현장의 모습이 서서히 선명해지기 시작했다. 걱정했지만 다행히 이번에도 아무런 통증이 느껴지지 않았다.

시체 앞으로 다가가 자세히 살펴보니, 왼쪽 종아리의 작은 구멍에서 피가 솟구치고 있었다. 그리고 심장이 있는 곳엔 총알이 정확히 관통해 이미 바닥이 피로 흥건히 젖어 든 상태였다. 그때 갑자기 시체 환영이 흐릿해지다가 다시 선명해지는가 싶더니, 세상이 일렁이며 어지럼증이 찾아왔다.

"시보야, 여기는 왜? 저 계단 아니었어?"

"으으……."

민 팀장이 다가오자 머리에 극심한 통증까지 느껴지기 시작했다. 나는 점점 심해지는 통증에 손으로 머리를 감싸며 말했다.

"잠깐만……. 형님, 괜찮으니 먼저 가 계세요. 저…… 저쪽 계단에요. 제발요!"

"오빠! 왜 그래요?"

"알았어. 소담아, 괜찮을 거야. 이리 와."

민 팀장과 어느 정도 거리가 떨어지자, 언제 그랬냐는 듯 통증이 사라지며 정신이 조금씩 맑아지기 시작했다. 이렇게 직접 느껴 보니 더 신기할 따름이었다.

그럼 시체 환영이 잠깐 사라졌다 나타난 것도 민 팀장이 가까이 와서 그런 건가? 이런 적은 없었는데……. 아, 이럴 때가 아니지. 우선은 빨리 민 팀장의 눈을 확인해야 했다.

시체 환영에 좀 더 가까이 다가가 눈동자를 살펴보니, 눈 속에 보이는 사람은 안경을 쓰고 있었다. 아, 그래서 몰라봤구나. 비스듬히 옆으로 서 있는 모습이라 제대로 보이지 않았던 것이다. 채비로 경정의 턱 밑 점을 확인하려 해도 절묘하게 보이지 않는 각도였고, 이연우 경위 눈에서 본 그 남자는 안경을 쓰고 있지 않아 처음에 바로 알아보지 못했던 거다. 그렇다면 정말 채비로 경정이 민 팀장을 죽인 걸까? 그래! 민 팀장은 조만간 채비로 경정을 만날 거라고 했다. 이제야 뭔가 퍼즐이 맞춰지는 기분이었다. 채 경정을 못 만나게 하면 될까? 아니면 여기서 민 팀장을 직접 구해야 하나?

누군가 내 등에 손을 올리는 느낌이 들어, 나는 숙이고 있던 허리를 세우며 뒤를 돌아보았다. 소담 씨였다.

"오빠, 괜찮아요?"

"아, 소담 씨."

"혹시 여기가 거기예요?"

"아……. 네, 맞아요. 여기."

"그랬구나……. 삼촌이 음료수 사러 가신다고 해서 잠시 와 본 거예요."

나는 고개를 끄덕이며 숨을 크게 내쉬었다.

"더 있어야 해요?"

"아니요. 이제 됐어요. 이제 내 차례네요. 후우!"

"정말 괜찮겠어요?"

"안 괜찮아도 확인해야 해요."

이번엔 소담 씨가 말없이 고개를 끄덕였다.

"형님한테 가죠. 아, 형님한테는 조금만 더 비밀로 해 줘요. 알았죠?"

"저기…… 오빠, 그게……."

민 팀장이 음료수를 손에 들고 우리를 향해 오고 있었다.

"거기서 뭐 해? 나만 빼고?"

민 팀장은 의심스럽다는 눈빛으로 추궁하듯 물었다.

"허리까지 숙여 가며 뭘 본 건데? 또 시체라도 본 거야?"

"예? 아니요, 아니에요."

"아니긴 뭐가 아니야? 아까 종로에서도 그러더만. 이번엔 뭐야?"

"오빠! 괜찮아요. 뭘 그걸 숨겨요. 말해……."

"소담 씨!"

"뭐야? 왜 그래?"

"아니, 오빠. 강아지 죽은 걸 왜 숨겨요? 참 오빠도 웃겨. 안 그래요, 삼촌?"

"뭐? 강아지가 죽어 있었어? 아니, 죽을 거야? 이거 정말 뭐라고 해야 하는 거야……. 여하튼 사람이 아니라서 다행이라 해야 하나. 어떡해? 지금 시간하고 장소도 기억해 줘?"

"물론이죠. 오빠, 제가 휴대폰에 저장해 놓을게요. 그럼 됐죠?"

나는 순간 긴장이 풀리며 그제야 마른침을 삼켰다.

"하하……. 고마워요, 소담 씨. 이제 계단으로 갈까요?"

"정말 괜찮겠어?"

"그럼요. 괜찮다니까요."

소담 씨와 민 팀장의 걱정 어린 말처럼, 나는 전혀 괜찮지 않았다. 자기 시체를 보는 것이 어떻게 괜찮을 수 있을까?

그렇지만 그보다 더 불안한 것은 내가 어떻게 죽는지를 확인한다는 것이었다. 민 팀장처럼 총에 맞는 걸까? 아니면 계단에서 굴러떨어져 죽는 걸지도 모르겠다. 하지만 만약 민 팀장 말처럼 시체를 볼 때마다 느꼈던 통증이 죽음의 원인이라면……. 정말 그런 거라면 나를 구할 방법은 없다.

천천히 그 계단으로 올라가는데 얼굴에선 자꾸만 식은땀이 흘러내렸다. 나도 모르게 어느새 몸이 떨리기까지 했다. 이러면서 꾸역꾸역 괜찮다고 말한 나 자신이 우습게 느껴졌다. 괜찮은 척 멋진 척할 때가 따로 있지. 지금은 누군가에게 의지해도 될 것을, 미련하기 짝이 없는 스스로가 참으로 한심했다. 내 시체에 가까워질수록 다리에 힘까지 풀리기 시작했다. 식은땀은 모자와 머리 틈 사이를 비집고 목까지 흘러내렸다.

이번은 달랐다. 다른 시체들은 그 장소에 가서 기억을 떠올려야 모습이 나타났지만, 내 시체는 근처에 가자마자 바로 모습을 드러냈다. 시체 앞에 거의 다다랐을 때쯤엔 더 이상 서 있을 힘도 없어져 무릎을 꿇고 앉았다. 이러다 또 정신을 잃을지도 모른다. 정신을 잃기 전 조금이라도 확인해야 한다는 생각

하나로 시체 바로 앞까지 기어 올라갔다. 누가 지금 내 모습을 보면 미친놈이라고 하겠지.

다리부터 샅샅이 살피던 시선이 가슴 부위를 지나 얼굴에 멈춰 섰다. 눈을 뜬 채 죽어 있는 나를 마주하니 기묘한 기분이 들었다. 눈 속 잔상을 확인하려던 그때 정신을 잃을 듯 시야가 뿌옇게 흐려졌다.

"시보 오빠!"

"안 되겠어. 빨리 내 등에 업혀! 정신 좀 차려! 남시보!"

소담 씨와 민 팀장의 긴박한 목소리가 들려왔다.

하지만 나는 의식을 잃지도, 어딘가 고통스럽지도 않았다. 내 눈앞에선 온갖 어지러운 장면들이 뒤섞여 나타났다가 사라지길 반복하고 있었다. 임금인 듯 구룡포를 입은 자가 보이기도 했다가, 무슨 전쟁터 같기도 하고…… 이것도 초자연 현상인가? 낯설지 않은 느낌인 것 같기도 하고…… 전생인가? 아니면 그냥 헛것이 보이는 건가? 지금 내가 눈을 뜨고 있긴 한 건가?

"소담아! 울지 말고 인공 호흡해. 지금 빨리 인공 호흡하라고! 시보야! 정신 잃으면 안 돼! 정신 좀 차려 봐!"

그 생각이 들 때쯤 갑자기 입속으로 깊게 바람이 들이치며 폐 깊숙이 공기가 밀려오는 느낌이 들었다.

"컥! 허억, 허어, 허……"

나는 목구멍에 잔뜩 막혀 있던 숨을 토해 내며 겨우 눈을 떴다. 내 가슴을 압박하며 심폐 소생술을 하고 있던 민 팀장의 얼굴에서 땀이 뚝뚝 떨어져 내렸다.

"오빠!"

"어! 숨 쉰다! 아우, 살았다. 살았어, 시보야……. 내가 보여?"

"허어, 허어……. 여기…… 여기가 어디예요?"

"어디긴 어디야, 지하철역이지. 야! 너 진짜 죽는 줄 알았어. 구급차 오면 병원부터 가자."

"아니요. 아니에요. 잠깐만요."

"오빠, 안 돼요! 그만해요. 네?"

"그래, 시보야. 일단 좀 쉬고 병원 다녀와서……."

"지금 봐야 해요. 다시 봐야 한다고요!"

분명 눈동자 속 잔상에 누군가 보였다. 정신을 잃어 실려 가는 한이 있어도 꼭 봐야만 했다.

"참 고집도……. 그럼 나랑 같이 가. 자, 내 팔 잡아. 구급차 올 때까지만이다. 알았지?"

나는 민 팀장의 팔을 붙잡고 일어나, 부축을 받으며 간신히 시체가 있는 곳까지 걸어갔다. 여전히 온몸에선 땀이 흐르고 다리는 부들부들 떨렸다.

"으윽!"

나는 신음과 함께 머리를 쥐어 싸며 주저앉았다.

"시보야! 괜찮아? 어?"

"으으……. 왜 저기에……."

꿈인가? 내가 아직도 꿈을 꾸고 있는 걸까? 왜 내 눈에……. 아니야, 말도 안 돼. 전부 꿈일 거야. 어서 꿈에서 깨자. 꿈에서 깨어나기만 하면 모두 괜찮아 질 거야.

"오빠! 괜찮아요?"

"대체 뭘 본 거야? 저기 뭐가 있는데?"

나는 아무 말도 하지 못했다.

"삼촌, 구급대원들이 왔어요."

나는 민 팀장에게 지탱해 겨우 몸을 일으켜 앉았다. 정신은 멀쩡했지만 손가락 하나 까딱하는 것도 마음처럼 되지 않았다. 하지만 이대로 도망치듯 이곳을 떠날 수는 없었다.

나는 심호흡을 한 뒤, 감은 눈을 뜨지도 못한 채 구급대원들을 돌려보내 달라고 말했다. 소담 씨와 민 팀장은 예상대로 불같이 반대했지만, 잔뜩 인상을 쓴 채 소리치는 내 모습을 보고는 어쩔 수 없다는 듯 그들을 보내기로 했다.

소담 씨가 구급대원에게 간 사이 민 팀장은 내 눈을 가만히 응시하며 입을 열었다.

"시보야, 좀 괜찮아? 아깐 뭘 본 거야?"

"아니에요, 아무것도……."

"아무것도 아닌 게 아니잖아. 대체 왜 그래?"

"아니라니까요! 그냥 좀 놔두세요, 제발!"

도무지 이해되지 않는 상황에 놓이자 나도 모르게 버럭 화를 내고 말았다. 민 팀장은 입도 다물지 못한 채 놀란 눈으로 나를 바라보기만 했다.

"아무것도…… 아니라고요, 팀장님."

"어……. 그래, 알았어."

"아……. 죄송해요. 저도 모르게 소리를……."

"아니야, 괜찮아."

"왜 그래요? 무슨 일이에요?"

그때, 뒤늦게 돌아온 소담 씨가 내 옆에 앉으며 물었다.

"아니야, 아무것도. 구급대원들은?"

"잘 설명해서 보냈어요."

"수고했어."

"저는 잠깐 이렇게 앉아 있을게요. 다리에 힘이 없어서요."

"그래, 좀 쉬고 있어. 난 전화 좀 받고 올게."

민 팀장이 시야에서 충분히 멀어졌을 때쯤 소담 씨가 조심스레 물었다.

"오빠, 삼촌하고 싸웠어요?"

"싸우긴 뭘 싸워요. 팀장님이 친구도 아니고."

"오빠 화내는 거 다 들었어요. 삼촌 표정도 어둡고 안 좋아 보이던데요. 그리고 삼촌을 형님이 아니라 팀장님이라 부르고 있잖아요."

"아……. 그거야 그냥……. 휴, 나도 모르게 팀장님한테 신경질을 냈어요."

"왜요? 무슨 일 있었어요?"

"소담 씨, 이제 어쩌면 좋아요?"

"도대체 뭔데 그래요?"

"후우……."

나는 크게 숨을 고른 뒤 조심스레 말을 이었다.

"형님을 봤어요……. 내 눈에서요."

"네? 지금 민우직 팀장님 말하는 거 맞죠? 아니, 정말요? 그럼 삼촌이……."

"모르겠어요. 시체 눈에서 본 사람들은 모두 용의자이거나 연관이 있는 사람이라고 생각했는데, 뜬금없이 형님이……."

갑자기 소담 씨가 내 팔을 잡으며 미간을 찌푸리기에 고개를 돌리니, 통화를 마친 민 팀장이 이쪽으로 다시 돌아오고 있었다.

"시보야, 좀 어때?"

"아까보다 나아요."

"다행이네. 나는 최 형사가 잠깐 만나자고 해서, 금방 만나고 갈 테니 둘이 먼저 천호로 가 있어."

"같이 가요. 혹시 모르잖아요."

"오빠, 걱정 그만하고 우리 먼저 천호로 가요. 팀장님은 형사예요, 형사!"

"소담이가 제대로 말했네. 형님 형님 하니까 내가 형사라는 걸 자꾸 잊는 것 같아. 하하. 별걱정을 다 한다. 괜찮아."

"아니, 그래도……. 최 형사랑 어디서 보기로 하신 거예요?"

"여기 앞에 공원에서. 사육신 공원."

"으휴 얼른 가요, 오빠. 삼촌 이따 천호에서 봬요. 조심하세요."

"그래, 조심히 들어가."

우리는 민 팀장과 헤어진 뒤 자리를 옮겨 전철을 기다렸다.

"오빠, 최 형사님이랑 만나는데 왜 따라가려고 했어요? 눈에서 삼촌이 보였다면서요."

"그래서요. 정말 형님이 내 죽음과 연관되어 있다면 최 형사랑 만나서 무슨 얘기를 하는지, 정말 최 형사를 만나는지 확인하고 싶었어요. 이제 겨우 하루 남았는데……."

"근데 오빠가 시체를 본 날로부터 일주일 뒤에 사건이 발생하는 게 정말 맞기는 한 거예요?"

"모르겠어요. 그래서 더 불안해요. 소담 씨를 구한 그날은 시체를 본 지 일주일이 되는 날이었어요. 이진성 씨 사건이나 이연우 경위님 사건도 일주일이 맞았고요. 그래서 7일이 주기인가보다 생각했는데……. 모르죠, 그건."

"왜요? 왜 몰라요?"

"내가 고등학생 때 시체를 봤다고 말했었죠? 그때 기억으로는 더 길었던 것 같기도 하고 짧았던 것 같기도 해요."

"그래도 나랑 최근 사건들은 일주일이었잖아요."

"그렇죠. 그래서 내일 자정……."

나는 번뜩 뇌리를 스치는 생각에 하던 말을 멈추었다.

"오빠, 왜 그래요?"

"소담 씨, 먼저 천호에 가 있을래요?"

"네? 오빠는요?"

"형님 뒤를 따라가 봐야겠어요."

"그럼 같이 가요."

"아니에요. 소담 씨는 위험할 수 있으니 먼저 가 있어요."

"싫어요. 같이 갈래요."

소담 씨는 내 옆에 붙으며 팔짱을 꼭 꼈다. 난 그녀의 팔을 떼어 놓으며 말했다.

"그럼 여기서 기다려요. 금방 가서 최 형사를 만나는지만 확인하고 올게요."

"꼭 그럴 필요까지 있어요? 그냥 최 형사님한테 전화해 보면 되잖아요."

"그건 안 돼요. 혹시…… 아무튼 안 돼요. 금방 다녀올게요. 무슨 일 있으면 전화하고요. 알았죠?"

"알았어요, 오빠. 조심해야 해요."

민 팀장을 의심한다는 것 자체가 곤혹스럽고 힘들었다. 사실, 처음엔 민 팀장을 의심하기도 했지만, 시간이 지날수록 누명을 쓰고 있는 것이라 믿었다. 그런데 믿었던 민 팀장이 날 죽일 수 있다니……. 상상만으로도 너무 절망스러웠다. 민 팀장을 믿는다고 하면서도 민 팀장의 뒤를 쫓을 수밖에 없는 스스로가 괴로워, 자괴감마저 들었다.

지하철역을 나오니 굵은 빗방울이 하나둘 떨어지고 있었다. 아무래도 아침에 내린 비가 다시 내릴 모양이었다. 우산을 살까? 잠깐 망설였지만, 그 시간조차 아깝게 느껴져 곧장 버스 정류장으로 향했다.

몇 정거장 가지 않아 사육신 공원 앞에 도착했을 땐 다행히 빗줄기가 약해져 거의 그쳐 가고 있었다. 공원 입구 오른쪽에 있는 종합 안내도를 찬찬히 살펴보니, 그중에서도 유독 '의절사'라는 곳이 눈에 들어왔다. 나는 휴대폰으로 안내도를 찍은 뒤 무작정 의절사를 찾아 뛰었다.

한참을 뛰어 올라가자 '불이문'이라는 기와 대문 비슷한 것이 보였다. 안내도 상으로는 이 문만 지나면 바로 의절사였다.

나는 허리에 손을 얹고 잠시 숨을 골랐다. 늦을지 모른다는 생각에 서둘러 걸음을 옮기려 하던 그때, 오른쪽 나무숲에서 돌연 바스락거리는 소리가 들려왔다. 저녁 시간이기는 해도 옅은 햇살이 비추고 있었는데, 나무숲 안은 그늘에 가려져 아무것도 보이지 않았다. 괜스레 오싹한 기분이 들었다. 꺼림칙했지만, 그와 동시에 가서 확인해 봐야겠다는 괜한 호기심도 꿈틀거렸다. 잠시 망설이던 나는 결국 호기심을 참지 못하고 나무숲 쪽으로 방향을 틀었다.

나무숲으로 들어서는데 '빠직!' 하고 나뭇가지가 밟혀 부서지는 소리가 들렸다. 뒤이어 앞에서도 바스락하며 가랑잎과 나뭇가지 밟히는 소리가 들려왔다. 소리가 나는 방향으로 고개를 돌렸을 때, 누군가가 벌떡 일어서더니 그대로 뒤돌아 뛰어가는 것이 눈에 들어왔다. 그리고 가로등 불빛이 약하게 비추는 곳을 지나가는 순간, 나는 그 사람이 누구인지 단번에 알아챌 수 있었다. 입고 있던 옷과 풍채가 딱 민 팀장이었다. 나는 급히 뒤따라 뛰어가며 민 팀장을 불렀지만, 그는 벌써 어디론가 자취를 감춘 뒤였다. 혹시 민 팀장이 아니었나?

쫓아가는 것을 포기하고 다시 돌아가려 뒤돌아서니, 나무숲 언저리에 놓인 검은 물체가 눈에 들어왔다. 의아한 마음으로 검은 물체에 가까이 다가서서 확인하는 순간, 나는 엉덩방아를

찢으며 바닥에 주저앉고 말았다.

그곳엔 한 남자가 쓰러져 있었다. 아니, 죽어 있는 듯했다. 정확하게 확인한 것은 아니지만 풍기는 분위기가 이미 그랬다. 또 초자연 현상인 건가?

나는 겨우 정신을 차리고 얼굴을 살피기 위해 조금 더 가까이 다가갔다. 온몸이 떨렸지만 이전과는 조금 다른 떨림이었다.

"헉……."

시체의 얼굴을 본 순간, 나는 놀란 마음에 손을 입 앞으로 가져다 댔다. 남자의 정체는 다름 아닌 최우식 형사였다. 이 경위에 민 팀장도 모자라 최 형사까지……. 정말 최 형사까지 죽게 되는 걸까? 최 형사의 눈동자를 보고 싶었지만, 뜬 눈엔 흰자위만이 가득 차 있었다. 목에 줄 자국이 선명하게 난 것으로 보아 아무래도 목이 졸려 사망한 듯했다.

멍하니 서서 상황들을 곱씹던 그때, 저 아래쪽에서 별안간 웅성거리는 소리가 들려오기 시작했다. 여러 명이 뛰어오는 듯 구둣발 소리도 들렸다. 누군가, 아니, 여러 명이 이쪽으로 뛰어오고 있었다.

"읍!"

"쉿, 조용!"

그 순간, 누군가 내 입을 틀어막은 채 뒤로 끌어당겼다. 버둥거릴 틈도 없이 이미 두 손까지 완벽히 제압당한 상태였다. 두 다리와 몸을 있는 힘껏 몸부림쳐 봤지만 아무 소용이 없었다. 설마 여기서 죽는 건가? 장소도 다르고 아직 하루나 시간이 남았는데! 혹시 여기서 납치된 다음 내일 죽는 건…… 아니야, 말도 안 돼!

온갖 나쁜 생각으로 불안에 떨고 있을 때, 내 입을 틀어막고 있던 손이 떨어지며 낮은 음성이 들려왔다.

"시보 씨, 조용해요. 안민호 형사입니다. 놀라셨죠?"

"……."

나는 공포에 질린 얼굴로 뒤를 돌아보았다.

"많이 놀라셨나 봅니다. 미안합니다."

"사, 살려 주세요. 안 형사님, 제가……."

"아니요. 그런 게 아닙니다."

"네? 그럼……."

"잠깐! 쉿!"

줄곧 차분한 목소리로 말하던 안 형사는 재빨리 말을 가로채며 조용히 하라는 손짓을 했다. 그때 형사로 보이는 여러 명의 남자들이 이쪽을 향해 달려오고 있었다.

"저기다! 저기!"

"어디? 빨리 쫓아!"

"네!"

형사들은 도망쳤던 민 팀장을 발견했는지 그를 쫓아 뛰어갔다. 나머지 경찰과 형사들은 주변을 수색하기 시작했다.

"팀장님! 여기 시신이 있습니다!"

"뭐? 이, 이거…… 동작 경찰서 최우식 형사 아니야?"

"맞습니다. 팀장님, 여기 목을 보십시오."

"이런! 민우직 그 자식이……. 빨리 감식팀 부르고 현장 보존해!"

죽었다니, 누가? 저게 다 무슨 소리지? 나는 영문을 알 수 없다는 표정으로 안 형사를 바라보았다.

"저기……."

"시보 씨, 쉿! 조용히 따라오세요."

안 형사는 단호한 목소리로 속삭이며 나무숲 밖으로 걸음을 옮겼다.

나는 혼란스러운 마음에 뒤통수를 세게 얻어맞은 것처럼 쉬이 정신을 차리지 못했다. 보다 못한 안 형사가 재차 따라오라고 말하며 내 팔을 끌어당길 때가 돼서야 겨우 바닥에 붙어 있던 발을 뗄 수 있었다.

"괜찮으십니까?"

"네? 네. 아니, 근데……."

"그래요. 그럴 수 있습니다. 죽은 사람을 봤으니……."

"죽은 사람이요? 안 형사님, 정말 죽은 건가요? 최 형, 최 형사님 아니죠?"

"남시보 씨, 그 마음 알지만 진정하고 잘 들으세요. 최우식 경위님이 맞습니다. 최 경위님 시신입니다."

"그러니까 진짜…… 환영이 아니라 진짜라고요?"

"아, 그래서 그랬군요. 얘기 들어 알고 있었습니다. 앞으로 죽을 사람의 시체를 본다고……. 하지만 아까 보신 최 경위님은 환영이 아닙니다. 일단 여기는 위험하니 빨리 다른 곳으로 피하십시오. 아셨습니까? 여기 있으면 오해를 받을 수도 있습니다."

"아……. 감사합니다. 도와주셔서 감사해요, 안 형사님."

"아닙니다. 더 길게 말할 시간이 없으니 일단 여기서 헤어지죠."

"근데 아까……."

"공원 입구는 위험합니다. 저 뒤로 가면 도로로 나가는 길이 나올 테니 그곳으로 나가셔야 합니다. 그럼 조심히 가십시오."

이해할 수 없는 이 상황들에 대해 더 물어보고 싶었지만, 안 형사는 어느새 민 팀장이 도망쳤던 방향으로 저만치 뛰어가고 있었다. 아까 그 사람, 분명 민 팀장 같았는데……. 안 형사는 왜 여기에 있었던 걸까? 왜 날 도와준 거지? 경찰들은 또 어떻게 알고……. 진짜 민 팀장이 최 형사를 죽인 걸까?

"아, 소담 씨."

이대로라면 소담 씨도 위험할지 모른다는 생각이 들어 곧장 그녀에게 전화를 걸었다. 언제 오는지 묻는 밝은 목소리를 들으니 조금은 마음이 놓였다. 다행히 아무 일 없는 듯 보였지만 그래도 안심할 수는 없었다.

나는 전화를 끊자마자 안 형사가 알려 준 쪽으로 뛰어 택시를 잡아탔다. 역 앞에 도착해서는 승강장으로 가기 위해 빠르게 계단을 뛰어 내려갔다. 아차, 뒤늦게 내 시체가 있는 곳이라는 걸 깨닫고 급히 걸음을 멈춰 세웠다. 소담 씨를 빨리 봐야 한다는 생각에 그만 깜박하고 있었다. 그런데 이번에는 눈앞이 흐려진다거나 머리에 통증도 느껴지지 않았다. 무엇보다 내 시체가 보이지 않았다. 이상하다. 굳이 떠올리지 않아도 떡하니 놓여 있었는데……. 나는 더 살펴볼 여유가 없어 우선 다시 걸음을 내디뎠다.

지하철역 계단을 모두 내려오자, 소담 씨가 먼저 이곳으로 와 나를 기다리고 있었다.

"오빠! 괜찮아요? 걱정돼서 여기 와 있었어요."

"그랬어요? 역시 소담 씨밖에 없네요."

"진짜 괜찮나 보네요. 그런 농담도 하고."

소담 씨는 살짝 웃으며 말했다.

"농담 아니고 정말이에요. 혼자 무서웠죠?"

"네에, 엄청 무서웠어요. 계속 계단만 보고 있었다고요."

"기다리게 해서 미안해요. 어……. 소담 씨한테 또 한 번 미안한데, 학원부터 가야 할 것 같아요."

"학원에는 왜요?"

"소담 씨가 보이나 확인하려고요. 가면서 설명할게요."

나는 소담 씨와 함께 다시 지하철역 계단을 올랐다.

소담 씨는 이럴 거면 뭐 하러 힘들게 내려왔냐고 애정 어린 잔소리를 하며, 걱정스러운 눈길로 유심히 내 얼굴을 살폈다. 여전히 내 시체는 보이지 않는 듯했지만, 그 장소에 거의 다다를 때쯤 서서히 윤곽이 나타나기 시작했다. 하지만 이번에는 눈이 흐려지지도 머리에 통증이 느껴지지도 않았다.

우리는 지하철역을 나와 가까운 버스 정류장으로 향했다.

"학원에는 제 시체가 보이는지 확인해 보려고 가는 거죠?"

"어, 맞아요. 어떻게 알았어요?"

"자세한 상황이나 이유까진 몰라도, 이제 그 정도는 눈치로 알죠. 그것보다 공원에 간 건 어떻게 됐어요?"

"아…… 그게…….."

내가 말을 망설이자 소담 씨가 의아한 눈빛으로 나를 바라보았다.

"최 형사님을 공원에서 봤는데…… 죽어 있었어요."

"네? 그럼 최 형사님도 앞으로 죽게 되는 거예요?"

"아니요. 앞으로가 아니라……. 나도 처음엔 환영인 줄 알았는데 진짜 죽은 상태였어요."

"어머나, 어쩌면 좋아……. 우리가 지금 잘하고 있는 걸까요? 근데 삼촌이 최 형사님 만난다고 하지 않았어요?"

"그랬죠."

"그럼 삼촌은요? 삼촌은 괜찮으신 거예요?"

"네, 다행히 도망가셨어요."

"설마…… 최 형사님을 죽인 범인이 삼촌도 죽이려고 한 거예요? 오빠는 범인 얼굴을 본 거예요?"

"형님이 있던 자리에 최 형사가…… 아니, 아니에요. 범인은 못 봤어요. 사실 형님도 얼굴을 못 봐서 정확히 모르겠고요……. 그보다 갑자기 경찰들이 몰려와서 들킬 뻔한 상황에 안 형사님이 저를 구해 줬어요."

"안 형사님이요? 그럼 안 형사님은 정말 우리 편인가 봐요."

버스엔 다행히 사람이 많지 않아 빈자리가 남아 있었다. 창가에 자리를 잡은 소담 씨 옆에 나란히 몸을 앉히니 절로 한숨이 새어 나왔다. 민 팀장 얘기를 솔직하게 모두 털어놓는 게 맞는 건지 머리가 복잡했다.

"오빠, 안 형사님 하니까 생각났는데 우리 녹음한 것도 있어요. 호텔에서 팀장님하고 안 형사님 대화했을 때요."

"아, 맞다. 잊고 있었네요. 잘 녹음됐을까요?"

"같이 들어봐요. 아마 잘됐을 거예요."

소담 씨가 건네는 이어폰을 귀에 꽂으려 할 때, 학원 근처 정류장이 눈에 들어왔다.

"아, 이제 내려야 되네요. 소담 씨 먼저 듣고 줘요."

버스에서 내려 학원 정문까지 걸어가는 동안 소담 씨는 한마디도 하지 않고 녹음 내용에 귀를 기울였다. 나는 집중하느라 살짝 뒤처진 그녀를 확인한 후, 학원 뒷문을 통해 먼저 야외 휴게실로 들어섰다.

주말이라 건물 안은 썰렁했다. 주변을 한 번 빙 둘러본 뒤 곧장 소담 씨 시체가 보였던 곳으로 걸어갔지만, 그곳엔 아무것도 보이지 않았다. 눈을 감고 시체를 떠올려 봐도 마찬가지였다.

'죽지 않고 살아남은 사람의 시체는 초자연 현상으로 나타나지 않는다.'

그럼 보이지 않았다가 서서히 보이기 시작했던 내 시체는 무슨 현상이었을까? 죽음의 문턱에서 살아났다가 다시 죽기라도 하는 건가?

나는 사라지지 않는 답답함에 머리를 쓸어 넘겼다. 오랜만에 온 김에 그리웠던 자판기 커피나 마셔야겠다 싶어 터덜터덜 자판기 앞으로 향했다. 소담 씨 것까지 두 잔째 커피를 꺼내고 있는데, 느닷없이 뒤통수가 싸한 것이 느껴졌다. 설마⋯⋯. 그러고 보니 그때도 커피를 뽑아 한 모금 마시며 뒤돌아섰을 때 소담 씨 시체가 보였었는데⋯⋯.

나는 침을 꿀꺽 삼키며 한참을 망설이다 조심스레 뒤를 돌아보았다.

"으악!"

바로 뒤에는 소담 씨가 휴대폰을 든 채 나를 바라보고 서 있었다. 깜짝 놀라 하마터면 들고 있던 종이컵까지 놓칠 뻔했다.

"왜 그렇게 놀라요?"

"하아, 소담 씨⋯⋯. 인기척이라도 좀⋯⋯."

"아, 미안해요. 녹음 내용이 안 들려서 여러 번 듣느라."

"녹음이 잘 안 됐어요?"

"네, 하나도 안 들려요. 혹시나 들리는 곳이 있나 끝까지 들어봤는데 없네요. 한번 들어 볼래요?"

"흠, 소담 씨가 안 들리면 저는 더 안 들릴 것 같은데요. 하하."

소담 씨는 기분이 좋은 듯 아이처럼 웃으며 이어폰을 정리했다.

"오빠는 배 안 고파요?"

"아, 벌써 시간이⋯⋯. 그런데 이 동네엔 오래 있으면 안 될 것 같은데 천호로 넘어갈까요?"

"네, 좋아요. 가서 저녁부터 먹어요."

학원을 나서는데 갑자기 소담 씨가 동그랗게 눈을 떠서는 나를 바라보며 말했다.

"아! 그런데, 보였어요?"

"뭐가요?"

"나요, 나!"

"아니요. 안 보였어요. 소담 씨가 이렇게 살아 있으니 안 보이나 봐요."

"그렇구나. 다행이에요."

소담 씨는 만족스러운 듯 웃으며 고개를 끄덕였다.

큰길까지 나왔지만 도통 빈 택시가 보이지 않아 고민하고 있을 때, 소담 씨 휴대폰으로 전화가 걸려 왔다.

"오빠, 삼촌 전화예요."

"형님이요? 왜 소담 씨한테……. 우선 받아 봐요."

"여보세요."

"소담, 나야. 우직 삼촌. 지금 어디야? 시보랑 같이 있어?"

"네, 같이 있어요. 팀장님은 어디세요? 괜찮으신 거예요?"

"어, 괜찮아. 시보가 전화를 안 받아서 대신 전화했어. 오늘 나는 못 들어갈 것 같아."

"천호로 안 오시는 거예요? 그럼 어디에 계시게요?"

"미안해. 자세한 얘기는 내일……."

"형님! 저 시보예요. 지금 어디세요? 최 형사는 만나셨어요?"

"어? 어, 최 형사를 아직 못 만났어. 그래서 그래. 일단 소담이랑 천호에 가 있어."

"최 형사를 못 만났다고요?"

"그래. 오래 통화하기 어려우니까 내가 다시 연락할게. 전화는 왜 그리 안 받아? 전화 좀 잘 받고 천호동에 가서도 조심해. 경찰들 깔렸다고 하니까. 알았지? 그럼 이만 끊어."

"저기 형님! 형님?"

뚜 뚜.

"오빠, 끊겼어요? 삼촌은 최 형사님이 죽은 걸 모르시나 봐요."

"최 형사님이 쓰러져 있던 곳에 형님이 계셨는데 모를……아! 그럼 아닌……."

"그게 무슨 말이에요? 그 자리에 삼촌도 같이 있었어요? 아까는 만나지도 못했다고 했잖아요."

"아……. 그게, 잘 모르겠어요. 보긴 봤는데 그게 형님 같기도 하고 아닌 것 같기도 하고."

"혹시 최 형사님을 죽인 범인을 보고 착각한 거 아니에요?"

나는 곰곰이 기억을 되짚어 보았다. 분명 최 형사가 쓰러져 있던 곳엔 민 팀장이 있었다. 내가 오는 것을 보고 황급히 자리를 뜨는 모습……. 어두웠지만 가로등에 비친 뒷모습은 분명 민 팀장이었다. 단순히 비슷한 사람이었다고 하기엔, 외관이나 체구뿐만 아니라 노량진역에서 헤어질 때 본 민 팀장 옷차림과도 일치했다.

"그런 것 같아요. 내가 잘못 봤나 봐요."

"그렇죠? 잘못 본 거죠?"

"네, 맞아요. 일단 천호로 가요. 택시가 안 잡히는데 지하철 타고 갈까요?"

"지하철이요? 또 거길……. 아, 그럼 9호선 타고 가요. 어때요?"

"아, 그럴까요? 좋아요."

"근데 삼촌은 무슨 일일까요?"

"그러게요……. 다시 연락 주신다고 했으니 기다려 보죠."

9호선 노량진역으로 가는 버스 안에서, 최 형사가 쓰러져 있던 그곳을 다시 떠올려 보았다. 초자연 현상인 줄 알았던 최 형사 눈에 아무것도 보이지 않아 이상하다고 생각했고…… 그때 갑자기 안 형사가 날 끌고 갔다.

조금 더 앞으로 돌려 보자. 부스럭하는 발소리에 최 형사가 쓰러져 있던 곳에서 누군가 몸을 일으켰다. 그러고는 내가 서 있던 곳을 쳐다보더니, 도망가듯 그대로 뒤돌아 뛰어갔다. 어두웠지만 옅은 가로등 불빛에 비친 옷차림과 풍채는 분명 민 팀장이었다.

그런데 민 팀장은 최 형사를 못 만났다고 한다. 정말 내가 잘못 본 걸까? 민 팀장은 오늘 옥탑에 오지 않는다고 했다. 만약 내일 민 팀장이 노량진역에서 죽는다면 옷차림이 오늘과 같아야 한다는 말이 된다. 그럼 노량진역에서 본 민 팀장 시체의 옷차림을 떠올려 보면 되는 일인데, 좀처럼 기억이 나지 않는다.

"오빠! 또 무슨 생각을 그렇게 해요? 빨리 내려요."

"아, 네! 미안해요. 내려요, 내려."

나는 소담 씨의 손에 붙잡혀 생각을 마무리할 새도 없이 버스에서 내려섰다.

"무슨 생각을 또 그렇게 했어요? 몇 번을 불렀는지 몰라요."

"그랬어요? 미안해요. 소담 씨, 우리 9호선 말고 1호선으로 가요."

"왜요? 1호선은……."

"확인할 게 있어서 그래요. 걱정 마요. 괜찮을 거예요."

우리는 손을 잡은 채 역까지 걸어갔다. 그녀의 따뜻한 손을 잡고 걸으니 마음이 조금씩 안정되는 듯했다.

우리는 개표구를 지나 승강장으로 향했다. 시체가 있는 장소에 가까워질수록 나도 모르게 자꾸만 걸음을 머뭇거렸다. 혹시나 이상 증상이 다시 일어나진 않을까 두려웠다. 소담 씨는 굳은 얼굴을 한 나를 바라보더니 개표구를 지날 때 놓았던 손을 다시 잡아 주었다. 그리고 방긋 웃음을 지어 보였다.

소담 씨 온기의 힘인지 웃음의 힘인지, 내 시체가 있는 곳에 도착했지만 어떠한 이상 증상도 느껴지지 않았다. 그보다 중요한 건 시체가 완전히 사라져 아무것도 보이지 않는다는 것이었다.

"오빠, 괜찮아요?"

"네, 괜찮아요. 시체가 안 보이는데…… 그래서인지 아픈 곳도 없어요. 소담 씨가 옆에 있어서 덕분에 마음이 안정됐어요. 고마워요."

"정말요? 그렇다면 다행이에요. 근데 왜 시체가 안 보이죠? 혹시 오빠가 죽지 않는 건 아닐까요?"

"그런 거라면 좋겠네요. 하하."

계단 쪽을 가만히 바라보던 소담 씨는 무언가를 결심한 듯 확고한 표정으로 말했다.

"그럼 내가 먼저 승강장에 가 있을게요. 그래도 시체가 안 보이는지 한번 실험해 봐요. 어때요?"

"실험이요?"

"혹시 모르잖아요. 나 때문에 안 보이는 걸지도."

일리가 있는 말이었다. 내가 내 시체를 볼 때 누군가 옆에 있으면 제대로 나타나지 않는 것일지도 모른다. 무엇이든 확실하게 확인해 보는 것이 필요했다.

"그래요. 정말 소담 씨 때문에 안 보이는 거라면 앞으로 소담 씨 옆에 붙어 있어야 살 수 있는 걸지도 모르잖아요."

내가 미소를 띠며 말하자, 그제야 소담 씨도 환하게 웃어 보였다.

"그럼 먼저 가 있어요."

"조심하세요, 오빠."

말은 그렇게 했지만 소담 씨가 멀어질수록 손에서 식은땀이 났다. 정말 시체가 다시 보일까? 눈으로 확인하기 전에 내 몸이 먼저 반응하는 것 같았다. 걱정과 다르게 시체가 보이지 않아 다행이다 싶을 때쯤, 흐릿하게 시체의 윤곽이 나타나기 시작했다. 정말 소담 씨의 말대로 소담 씨가 곁에 있어서 보이지 않았던 걸까?

"으윽!"

내 시체의 눈을 보려고 하자, 상처 부위에서 갑자기 참을 수 없는 통증이 느껴졌다. 뭐지? 내 눈에 왜……. 왜 민 팀장이 아니라…….

"오빠, 괜찮아요? 오빠!"

"어, 소담 씨……. 어떻게 알고……."

"지켜보고 있었죠. 갑자기 오빠가 주저앉길래 뛰어왔어요."

"내가 또 정신을 잃었나요?"

소담 씨는 내 손을 꼭 잡으며 고개를 가로저었다.

"아니에요. 방금 잠깐 주저앉은 거였어요."

나는 머리를 부여잡고 시체가 있는 쪽으로 다시 시선을 돌렸다. 그런데 조금 전까지 보였던 시체가 흔적도 없이 사라진 상태였다. 그 사실을 깨닫는 순간, 머리의 통증도 빠른 속도로 가라앉기 시작했다.

"……안 보여요. 정말 소담 씨 때문에 안 보이나 봐요."

"정말요? 무슨 연관이 있는 걸까요?"

"그러게요……. 형님 시체도 확인해 봐야겠어요."

"지금요? 그러다 기절하면 어쩌려고요? 봐요, 이마에 땀이……."

"괜찮을 거예요. 잠깐만 쉬었다 움직여요. 고마워요, 소담 씨."

"자꾸 고맙다고 하지 마세요, 우리끼리."

"우리끼리……."

나도 모르게 '우리'라는 말에 웃음이 나오고 말았다.

"왜 웃어요?"

"아니, 그냥. 하하하."

웃음을 참아 보려 했지만 터져 나오는 웃음을 참지 못하고 더 크게 웃고 말았다.

"웃는 걸 보니 이제 좀 괜찮아졌나 보네요."

"그러게요. 역시 소담 씨 때문이에요. 아니, 덕분이에요. 하하."

소담 씨가 곁에 있으면 이상 증상도 사라지고 내 시체도 보이지 않았다. 정말 그녀와 무슨 연관이 있는 걸까? 하지만 희망을 발견한 상황에서도 나는 맘 편히 웃을 수 없었다. 이번에는 내 눈에 비친 사람이 민 팀장이 아닌 소담 씨였기 때문이다.

우리는 앉아 있던 몸을 일으켜 민 팀장 시체가 보였던 벤치 앞으로 갔다. 그곳에서 민 팀장을 떠올렸지만, 그의 시체 역시 전혀 보이지 않았다. 혹시 몰라 소담 씨가 자리를 피해 준 뒤에도 결과는 마찬가지였다.

"소담 씨!"

내가 손을 흔들며 부르자 기다리고 있던 소담 씨가 이쪽으로 황급히 달려왔다.

"소담 씨, 혹시…… 형님에게 말했어요?"

"네? 아……. 그게…….."

"내일 여기서 죽게 된다는 거, 말했군요. 그죠?"

"오빠가 팀장님께 말씀드린 줄 알고 실수로 어제…….."

"어제요?"

"어젯밤에 오빠가 먼저 들어가고 삼촌이랑 얘기하다가, 실수로 말을 꺼내서 도무지 숨길 수가 없었어요……. 그리고 아까 삼촌이랑 여기 같이 왔을 때는 이곳이 그 장소라는 걸 눈치채셔서……."

"그랬군요. 그래서 팀장님 시체가 안 보이는 거였어요."

"오빠, 미안해요. 조심해야 했는데……."

나는 고개를 가로저으며 말했다.

"어쩔 수 없었잖아요. 내가 빨리 얘기를 해 줘야 했었는데, 다 나 때문이에요."

"그게 무슨 말이에요?"

"기억하죠? 시체를 본 사실을 시체 당사자에게 말하면 원래 봤던 장소와 시간에 죽지 않는다는 거요. 그럼 어떻게 해야 죽음에서 구할 수 있을까 생각해 보니, 죽게 되는 그 시간과 장소에서 직접 그 사람을 구해야 하는 것 같았어요. 소담 씨처럼요. 아까 학원 휴게소도 그래서 확인한 거였어요."

"그럼…… 삼촌은 여기가 아니라 다른 곳에서 죽게 되는 거예요?"

"그때도 말했지만 추측일 뿐이에요. 아닐 수도 있고……."

"오빠! 어쩌면 좋아요? 나 때문에……."

"너무 자책 말아요. 내가 아니라 소담 씨가 얘기해 줘서 죽음을 피할 수도 있는 거고, 아까 말했듯 미리 얘기 안 한 내 잘못도 커요. 소담 씨가 지금 여기 살아 있는 것처럼 형님도 분명 살릴 방법이 있을 거예요. 나도 마찬가지고요. 그러니까 걱정 마요."

잠시 풀이 죽어 있던 소담 씨는 우리가 놓친 단서들이 있을지 모른다며, 그동안 있었던 일들에 대해 더 꼼꼼히 물었다. 나는 과거의 사건들을 하나하나 되짚으며 그녀에게 이야기해 주었고, 덕분에 나도 머릿속이 깔끔하게 정리가 되는 듯했다.

마지막으로 내 눈에서 민 팀장이 아닌 그녀가 보였다는 사실을 말해 줬을 때, 소담 씨의 눈동자는 물방울이 떨어진 것처럼 위태롭게 일렁였다.

소담 씨와 함께 있을 때 내 시체가 보이지 않는 것에 대한 연관을 찾기 위해 학원에서의 일들도 되짚어 봤지만, 딱히 특별한 것을 찾지는 못했다.

제16화

죽음에서 벗어날 방법

우리의 대화가 아무 소득 없이 끝날 무렵 천호역에 도착했다.

천호역을 나오자 검문검색 중인 여러 명의 경찰이 보였다. 우리는 서둘러 다시 승강장으로 내려가 역 하나를 더 이동했다. 내린 곳은 암사역이었는데, 한 번도 와 본 적 없는 생소한 곳이었다. 암사역에서 나왔을 땐 밖에 비가 내리고 있어, 가까운 상가 처마 아래로 뛰어가 잠시 비를 피했다.

"오빠, 머리는 괜찮아요?"

"아!"

비에 젖은 모자를 벗어 반창고가 잘 붙어 있는지 손으로 만져 보았다.

"내가 봐 줄까요?"

"아니에요. 아직 잘 붙어 있어요."

"병원에서는 정확히 뭐라고 한 거예요?"

"사실 기절하면서 머리가 찢어진 거였거든요. CT를 찍었는데 뇌가 다른 사람들과 좀 다르다더라고요. 후두엽과 소뇌 사이에 일반인에게 없는 무슨 작은 뇌가 있다고. 시체를 보는 게 그 작은 뇌 때문인가 싶기도 해요. 그리고……."

"그럴 수도 있겠네요. 다른 건 또 뭐예요?"

"아니, 그냥 계속 머리에 통증이 생기는 게…… 그 작은 뇌가 손상됐거나 다른 뇌에 영향을 주고 있는 것은 아닐까 싶어서……."

"지금 그것 때문에 죽는다는 말을 하려는 건 아니겠죠?"

나는 소담 씨의 말에 시무룩한 얼굴로 고개를 끄덕였다.

"오빠, 그럼 내일 당장 병원에 가요. 만약 그게 사실이라면 병원에 가서 확인해 봐야죠. 뇌가 손상된 거라면 바로 치료받고요. 뇌에 문제가 없다면 내일 그 시간에 나랑 노량진역에 같이 가 봐요."

"병원, 그래요. 같이 가요. 하지만 노량진역은 안 돼요. 형님이 죽는 게 사실이든 아니든 그곳에서 무슨 일이 일어날지 모르는데 너무 위험해요."

"왜 나만 안 돼요? 그럼 오빠도 못 가요!"

"아니, 나는 어차피 그날……. 네! 나도 안 갈게요. 됐죠?"

"뭐예요? 지금 어차피 죽을 거니까 상관없다는 거예요? 내가 그랬죠. 항상 오빠 옆에 있을 거라고. 오빠가 날 살려 줬으니 이젠 내가 오빠를 살릴 거예요. 분명히 말하지만 절대 나 막을 생각 마요."

"아휴, 알았어요……. 알았으니까 눈에 힘 좀 풀어요. 진짜 못 말린다니까.”

“그러니까, 절대 혼자 가지 않는다고 약속해요.”

소담 씨는 새끼손가락을 앞으로 내밀며 말했다.

“알았어요. 자, 약속!”

비는 여전히 내리고 있었지만 아까보다는 빗줄기가 많이 약해진 듯했다. 운 좋게 택시가 바로 앞까지 와서 서 준 덕분에, 바로 천호동으로 출발할 수 있었다.

혹시나 하는 마음에 옥탑방 앞을 지나쳤다가 다시 돌아오기로 했지만 골목을 들어서자 주인집 어르신이 우산을 쓰고 밖에 나와 있는 것을 보고, 우리는 서둘러 택시에서 내려 현관으로 뛰어갔다.

“어! 시보야, 이제야 오는 거야?”

“죄송해요, 어르신. 많이 늦었죠?”

“아니다. 어서 안으로 들어가자. 네 아빠한테 전화가 와서는, 네가 전화를 안 받는다고 걱정을 많이 하셨다. 왜 전화는 안 받았어?”

“아! 이런, 진동으로 되어 있었나 봐요.”

“저녁은 먹었어?”

“네, 먹고 들어왔어요.”

“그래, 아빠한테 얼른 전화해라. 걱정 많이 하시겠다.”

“네, 감사합니다.”

나는 소담 씨가 씻는 동안 기다릴 겸 밖에서 아빠에게 전화를 걸었다. 민 팀장은 지금 어디 있는 걸까? 비가 이리도 많이 내리는데…….

"아빠! 저예요."

"그래, 괜찮은 거냐? 왜 전화는 안 받아?"

"죄송해요. 진동으로 되어 있었어요. 무슨 일 있는 거예요? 혹시 경찰이 또 왔어요?"

"아니, 그냥 걱정돼서 전화한 거다. 서울 올라가서 전화도 한 통 없고, 혹시 무슨 일이 생겼나 해서 그러지. 거기다 뉴스에 민우직 형사가 또 나와서 말이다."

"아빠, 뉴스 믿지 마세요. 정말 민 팀장님은 아니에요."

"이 녀석아, 네가 형사냐? 아님 기자야? 뭘 믿지 말라는 거야. 그리고 어떻게 안 믿어. 뉴스를 못 믿으면 도대체 뭘 믿으라는 거냐?"

"그게 아니라…… 너무 걱정 마시라고요. 아무 일 없을 거예요. 조만간 다 해결될 거니까, 그때 다시 공부 시작할게요. 엄마한테도 잘 말씀드려 주세요. 아셨죠?"

"그래, 엄마 걱정은 마. 아무튼 이 녀석아! 조심해. 다치면 안 된다. 알았지?"

"……."

"시보야! 알았냐고?"

"네, 조심할게요. 고맙습니다, 아빠."

"이 녀석, 뭐가 고마워? 당연한 거지. 전화나 좀 자주 해. 걱정되니까."

"그럴게요. 그럼 들어가세요."

"그래. 쉬어라, 아들."

다치면 안 된다는 아빠의 말에 울컥해 괜히 눈물이 날 뻔했다. 부모님 앞에서는 군대 갈 때 말고 한 번도 울어 본 적 없었는데…….

처마 밑에 쪼그리고 앉아 비 내리는 풍경을 물끄러미 바라보았다. 처마 밑을 비추는 백열전구 불빛에 빗소리가 더해져 왠지 운치 있게 느껴졌다. 한참을 그렇게 평상에 떨어지는 빗방울만 멍하니 보고 있으니 많은 생각이 들었다. 내일이 지나도 이 경치를 볼 수 있을까?

내일이 마지막일지도 모른다는 생각에 모든 것이 애틋했다. 그곳에 가지 않으면 나는 정말 죽지 않을까?

그곳에서 직접 죽음을 피해야만 완전히 벗어날 수 있을 것 같다는 생각이 머릿속을 떠나지 않았다. 내가 어떤 이유로 그곳에 가게 되는지만 알 수 있다면 어떻게든 살 방법을 찾을 수 있을 것 같은데…….

'그냥 도망갈까?' 하는 생각이 머리 한구석에서 스멀스멀 기어 나오고 있었다. 아무런 해답을 찾지 못해 답답한 가슴만 원망하던 그때, 휴대폰 진동이 울렸다.

"시보, 나다. 김범진."

"알고 있습니다. 무슨 일로……."

"왜 그래? 말투가. 지금 어디야? 고시원에도 없고 수원 집에도 없던데."

"무슨 일로 그러세요?"

"아니, 일은 무슨 일이야! 수원 집에 있겠다고 했잖아!"

김범진 형사가 버럭 화를 내며 언성을 높였지만 나는 미동 없이 덤덤한 목소리로 대답했다.

"일이 좀 있어서요. 저한테 무슨 볼일 있으세요?"

"어라, 남시보. 이렇게 나온다 이거지. 민우직 지금 어디 있어?"

"그걸 왜 자꾸 저한테 물어요? 그건 형사님이 찾으셔야죠."

"야아, 계속 이런 식이면 곤란한데……. 시보야, 경찰청 광역 수사대에서 너 좀 보잔다. 그러니까 지금 어디냐고?"

"이제는 경찰서도 모자라서 경찰청이요? 나 참."

"오우, 이것 봐라. 남시보 맞아? 무슨 일이야? 경찰청에서 이번 민우직 사건 수사 중이니까 협조해라. 지금 바로 좀 보자고 하니까……."

"다시 연락드릴게요, 그럼."

"시보야, 왜 그러니? 내가 좋게 좋게 말하니깐 우스워 보여? 어디서 쌩! 잔말 말고, 당장 경찰서로 와! 안 그러면 너도 공범 으로 확! 처넣을 거니까!"

김범진 형사가 화를 참지 못하고 고래고래 소리 지르자, 나 도 덩달아 언성이 높아졌다.

"뭐라고요? 허, 참! 마음대로 하세요! 아무튼 지금은 못 갑니 다. 이만 끊을게요."

"야! 야! 시보 이 새……."

뚜 뚜.

와우, 뭐지? 나한테 이런 멋짐이 있었나? 내일 죽을 거라고 생각해서 그런가? 그나저나 김 형사라는 놈은 왜 이렇게 싸가지가 없는 거야. 어디서 경찰이 선량한 시민한테 협박이야.

이내 또 휴대폰 진동이 울렸지만, 김 형사 전화인 걸 확인하고 수신 거부를 해 버렸다. 이 사람들은 호텔에서 작당한 대로 날 잡아서 어떻게 할 생각일까? 아니면 날 미끼로 민 팀장을 잡으려는 속셈인가?

"오빠! 이제 들어와도 돼요."

"네, 소담 씨! 들어가요."

문을 열고 들어가자, 소담 씨가 수건으로 머리를 말리며 서 있었다.

"나랑 얘기 좀 해요."

"무슨 얘기요?"

"우선 씻어요. 비 맞았는데 그러다 감기 걸려요."

"아, 그래요. 얼른 씻고 나올게요. 조금만 기다려요."

나는 서둘러 욕실로 향했다. 머리를 감아야 할 것 같아 상처 부위를 살펴보니, 다행히 많이 아물어 생각보다 빠르게 호전되고 있는 듯했다.

씻고 나오니 소담 씨는 거실에 앉아 나를 기다리고 있었다. 앞에 앉으라는 듯 손으로 바닥을 툭툭 두드리기에, 나는 의아한 표정으로 다가가 소담 씨 앞에 앉았다.

"오빠, 내일 정확히 몇 시예요? 그러니까…… 죽는 시각이요."

"어……. 그때가 자정 12시 반에서 1시 반 사이였을 텐데 정확한 시각은 모르겠어요."

"그럼 오빠가 어떻게 죽…… 아이, 정말……. 말하려니 너무 이상해요."

"어떻게 죽느냐고 물어보려 한 거죠?"

소담 씨는 대답 대신 고개만 끄덕였다.

"그것도 잘 모르겠어요. 다른 시체들은 외관을 보면 어떻게 죽었는지 대략적으로나마 알 수 있었는데, 내 시체에서는 그런 걸 찾지 못했거든요."

"그럼 어쩌죠? 그걸 알아야 대비라도 할 텐데……."

소담 씨는 답답한 듯 작게 한숨을 내쉬며 바닥만 내려다보았다.

"내일 한 번 더 그 장소에 가 볼까요? 내가 왜 거기에 쓰러져 있는지, 정말 죽는 게 맞는지, 어떻게 죽는지…… 확실하게 알면 방법이 있을지도 몰라요."

"괜찮겠어요? 그리고 간다고 해도…… 오빠 눈에서 내가 보였다고 했잖아요."

"마음에 두고 있었어요? 그땐 아무 말 없어서 다행이라 생각했는데. 하지만 소담 씨, 그럴 리가 없잖아요. 난 신경 안 써요."

"그래서 말인데요. 혹시 오빠의 생명을 구하는 사람은 아닐까요? 삼촌도 저도 오빠를 죽음에 이르게 한다는 건 아무리 생각해도…… 말이 안 되잖아요. 이젠 삼촌이 그 장소에서 죽지 않게 되었고, 그 말은 더 이상 그곳엔 삼촌이 없다는 의미가 되니까……. 그래서 저로 바뀐 게 아닐까요? 씻다가 문득 그런 생각이 들어서요.”

“구하는 사람이요? 그럼 채비로 경정이 형님을…… 아닌데, 그것도 말이…….”

“반대인 거죠. 타인의 시체 눈에 비치는 사람과 오빠 눈에 비치는 사람의 의미가 반대인 거예요.”

소담 씨의 얘기가 처음엔 터무니없이 느껴졌지만, 무엇도 확실하지 않은 상황에선 충분히 가능성 있는 말이기도 했다.

며칠 사이에 민 팀장과 소담 씨 두 사람이 모두 나를 죽이려 한다는 것도, 갑자기 민 팀장에서 소담 씨로 가해자가 바뀐다는 것도 말이 되지 않았다. 무엇보다 소담 씨 말대로, 민 팀장이 그곳에서의 죽음을 피하게 된 이후 생긴 변화라는 점이 마음에 걸렸다.

“소담 씨, 우선 형님한테는 말하지 말고 우리 둘이 움직여요. 괜찮죠? 어차피 내일이면 모든 게 밝혀질 거예요.”

“그럼 삼촌은 어떻게…… 아니에요. 삼촌도 알고 계시니 나름 잘 대비하실 거예요. 우리가 돕지 않아도 잘하시겠죠. 형사이시니.”

“형님이 혼자 죽음을 피할 수 있을까요? 그럴 수 있다면 좋겠는데…….”

“음……. 삼촌 시체는 이제 보이지 않는다면서요. 그럼 그곳에서는 일단 살아남는 거고, 만약 다른 곳에서 죽게 된다고 해도 오빠보다는 좀 더 시간이 있으니까 괜찮을 거예요. 내일 지나서 삼촌께 말씀드리고 다른 방법을 찾아봐요. 지금은 오빠 걱정만 해요. 그것도 벅차잖아요."

"사실 그렇지만…… 그래요, 맞아요. 내 주제에 누굴 구하겠어요. 내가 살 방법도 모르는데."

"그렇게 자책할 거예요? 자꾸 잊는 것 같은데 오빠 옆엔 내가 있잖아요. 그러니 그만 생각하고 푹 자요. 그래야 내일 힘내서 다녀오죠."

"그러네요. 소담 씨가 있었죠? 아, 벌써 12시가 다 돼 가네요. 소담 씨도 피곤할 텐데 얼른 자요. 먼저 들어가요."

"아니에요. 오빠가 먼저 들어가세요."

"아니, 소담 씨 먼저."

"아니…… 프흐흐. 네에, 그럼 먼저 들어갈게요. 잘 자요, 오빠."

"하하. 잘 자요."

나는 방으로 들어와 소담 씨와 나눈 대화를 다시 곱씹어 보았다. 정말 그녀가 날 구하는 걸까? 그래서 그녀가 눈에 보였던 걸까? 웃어넘겼지만, 왠지 그럴듯하다는 생각이 들었다. 이게 우리 둘의 운명이 아닐까?

잠이 올 것 같지 않은 기분이었는데, 내일 할 일들을 머릿속으로 정리하다가 나도 모르게 그대로 잠이 들어 버렸다.

아침에 눈을 떴을 때, 나는 흠칫 놀라 금붕어처럼 눈을 끔뻑였다. 바로 손이 닿을 곳에 소담 씨의 얼굴이 보였기 때문이었다. 아, 천둥 번개가 무섭다고 이 방으로 왔었지. 새벽에 간간이 들은 천둥소리도, 소담 씨의 얼굴과 목소리도, 잠결이었던 터라 희미하게 기억이 남아 있었다.

시계를 보니 벌써 8시가 훌쩍 넘은 시간이었다. 아침 식사 준비를 위해 조용히 일어나 거실로 나갔는데, 이미 식탁 위엔 된장찌개가 담긴 냄비와 밑반찬들이 놓여 있었다. 아마도 아빠 친구분이 놓고 가신 듯했다. 사람이 다녀가는지도 모른 채 소담 씨와 나는 깊은 잠에 빠져 있었나 보다.

먼저 씻고 음식을 준비하고 있으니, 소담 씨가 아직 잠이 붙은 얼굴로 방문을 열고 나왔다.

"소담 씨! 어서 와서 아침 먹어요."

"와아, 이걸 다 오빠가 준비한 거예요?"

"아니요. 찌개랑 반찬은 어르신이 갖다 주셨어요. 아침에 올라오셨나 봐요. 나도 나와 보고 알았어요."

"정말요? 새벽에 잠을 설쳤더니 늦게 일어났네요. 미안해요, 오빠."

"나도 씻고 나온 게 다예요. 하하. 얼른 앉아요."

소담 씨는 오물거리며 맛있게 밥을 먹다 내게 물었다.

"아침 먹고 바로 병원에 갈 거죠?"

"아, 그래야죠. 노량진역도 가 보고 그다음에 어떻게 할지 결정하려고요."

"그런데 오빠, 다른 건 아니고⋯⋯ 아니, 잠을 설쳐서 그런지 괜히 쓸데없는 생각이 들어서 그런데요."

"무슨 생각이요? 괜찮아요. 편하게 말해요."

"저는⋯⋯ 저는 사는 거죠?"

"갑자기 무슨 말이에요?"

"오빠가 시체로 본 사람들은 다 죽었잖아요. 나만 빼고요."

"그렇긴 하죠……. 그게 왜요?"

"그냥 영화 같은 데서 보면…… 아니겠죠? 새벽에 너무 무서웠어서 그런가…… 갑자기 마음이 이상해서요."

"아……. 소담 씨, 무슨 걱정하는진 알겠지만 절대 그런 일은 없을 거예요. 죽음이 되풀이되는 그런 일은 두 번 다시 없을 테니까 걱정하지 말아요. 나 믿죠?"

"네, 믿어요."

소담 씨는 그렇게 대답하며 미소를 지었다. 사실 질문에 대한 확신은 없었다. 나에게 일어나는 모든 일들은 나 역시 처음 겪는 것이기에, 함부로 확답할 수 없다.

혹시 내가 죽으면 소담 씨에게도 다시 죽음이 찾아올까? 설마…… 아니겠지. 소담 씨는 내가 그 자리에서 구했으니 그걸로 끝난 일이다. 그래야 한다. 젠장! 제대로 알고 있는 게 없으니 아무것도 대처할 수가 없다. 소담 씨가 다시 죽는다? 안 돼! 그런 일은 없어! 그렇다면 결국 죽을 운명이라는 거잖아. 그러면 내가 시체를 보는 게 아무런 의미도 없고, 도움도 안 되는 쓸모없는 것이 되잖아. 아니야. 아닐 거야. 그렇게는…….

식사를 마치고 민 팀장에게 전화를 걸었지만, 전원이 아예 꺼져 있었다. 무슨 일이 있는 건 아닐까 걱정이 되면서도, 혼자 먼 곳으로 도망간 건 아닐까 괜한 의심이 들었다.

외출 준비를 마친 뒤 소담 씨를 기다리며 간단히 거실을 정리했다. 문득 '다시 여기로 돌아올 수 있을까?' 하는 생각이 들었다. 나는 복잡한 마음에 거실을 한 번 둘러보다, 다시 방으로 들어가 소지품과 옷가지들을 널브려 놓듯 꺼내 두었다. 이렇게 하지 않으면 이 방에 다신 오지 못할 것 같았다.

나갈 준비를 마친 우리는 아빠 친구분께 인사를 했다. 아침 식사를 챙겨 주신 것에 대한 감사 인사였지만, 마지막 인사일지도 모른다는 생각에 왠지 마음이 씁쓸했다.

골목길을 빠져나와 도로변으로 나가자 아이를 태우고 있던 노란 유치원 버스가 보였다. 아이에게 반갑게 인사하는 기사님을 보니, 문득 어릴 적에 있었던 일이 떠올랐다. 초여름이었지만 한여름만큼이나 참 더웠던 날. 나는 초등학교 2학년이었고 이제 막 4교시가 시작될 때였다.

　　　　　　　　•

수업 중 갑자기 배가 아파 화장실을 다녀오는 길이었다. 교실로 가는 복도를 지나는데 창밖으로 유치원 통학 버스 한 대가 보였다. 처음엔 무심히 지나쳤지만, 얼핏 어린 아이의 모습이 보인 것 같아 다시 걸음을 돌렸다. 2층에서 통학 버스를 유심히 내려다보니 정말 맨 뒷좌석에 한 어린 아이가 누워 있는 게 아닌가! 왜 저 아이 혼자 버스 안에 있는 거지? 안에도 밖에도 주변에는 사람이 보이지 않았다.

나는 고개를 갸웃거리며 교실로 들어갔지만 혼자 남겨져 있던 그 아이가 자꾸만 눈에 밟혔다. 꺼림칙한 마음에 선생님께 말씀을 드리니, 선생님은 살짝 놀란 표정을 지으며 통학 버스가 보이는 창가로 가셨다. 하지만 아이가 보이지 않는다며 확실히 본 게 맞는지 되물어 보시는 선생님께, 나는 분명히 봤다고 대답하며 크게 고개를 끄덕였다.

선생님은 반신반의하시며 통학 버스가 있는 곳까지 내려가 직접 안을 확인하셨다. 하지만 그래도 아이가 보이지 않으셨는지, 유치원에서 데리고 들어간 것 같다며 나를 안심시켜 주실 뿐이었다.

그다음 날부터는 화장실을 갈 때마다 계속 유치원 통학 버스가 눈에 들어왔다. 그런데 며칠 뒤에는 그때 봤던 아이가 또 뒷좌석에 누워 있는 것이 아닌가? 생김새뿐만이 아닌 옷차림까지도 그날 봤던 아이와 똑같았다. 그런데 이번에는 아이가 숨이 넘어갈 듯 서글프게 울고 있었다.

선생님께 말씀을 드려야 할지 고민이 됐지만, 조금 있으면 저번처럼 유치원에서 데리고 들어갈 거라는 생각이 들었다. 하지만 어린 나이에도 왠지 모를 이상한 기운이 느껴졌던 것 같다. 교실 문 앞까지 따라오는 이상한 기운에, 나는 잠시 복도 쪽을 바라보다 직접 가서 확인을 해 보기로 했다.

그길로 곧장 학교 밖으로 나와 유치원 통학 버스가 있는 곳까지 뛰어갔다. 바퀴를 밟고 올라서 안을 들여다보니, 이번에는 그 아이가 사라지지 않고 뒷좌석에 여전히 누워 있었다. 그

새 잠이 들었는지 눈을 감고 있었고, 머리카락은 땀에 흠뻑 젖어 있었다.

나는 주변을 두리번거리다 유치원 안으로 뛰어 들어가 '살려주세요!' 하고 큰 소리로 외쳤다. 그 소리에 놀란 사람들이 허겁지겁 내가 있는 곳으로 달려 나왔다. 버스 안에 아이가 있다고 말하자, 한 남자 선생님이 다시 유치원 안으로 들어가더니 열쇠를 들고 신발도 제대로 신지 못한 채 뛰쳐나왔다. 선생님은 황급히 버스가 있는 곳으로 뛰어갔고, 나와 몇몇 사람들도 서둘러 그 뒤를 따랐다.

"괜찮니? 민호야! 정신 차려 봐! 빨리 119에 전화해 주세요, 빨리요!"

남자 선생님은 아이를 번쩍 안고 나와 바닥에 눕힌 뒤 심폐소생술을 하기 시작했다.

"여기 아이가 차에 갇혀 쓰러져 있는 걸 발견했어요. 급해요. 빨리 좀 와 주세요. 네, 숨을…… 숨을 제대로 쉬지 못하는 것 같아요. ……4분이요? 네, 심폐 소생술은 지금 다른 선생님이 하고 있어요. 네, 네. 최대한 빨리 부탁드립니다."

"커억! 컥컥……. 으아앙! 엄마…… 엄마아! 으앙!"

"민호야! 괜찮다, 이제 괜찮아! 누가 물 좀 가져다 줘요."

"엄마아……. 엄마아……. 으아앙……."

"다행이다. 정말 다행이야. 미안해, 민호야……."

다행히 그 아이는 곧이어 정신을 차렸고, 구급차가 도착한 뒤 바로 병원으로 후송되었다. 유치원 원장으로 보이는 한 어른이 나에게 다가와 고맙다며 몇 번을 말씀하셨는지 모른다. 이후 나는 민호 부모님에게 작은 선물을 받았고, 교내에도 알려져 표창장까지 받게 되었다.

•

그때 내가 처음 본 아이는 시체 환영이었던 걸까? 소담 씨처럼 미리 발견해서 구할 수 있었던 걸까? 그 아이는 지금쯤 대학생이거나, 이제 막 졸업해 사회생활을 하고 있겠지. 그러고 보니 난 어릴 적부터 좋은 일을 했었던 것 같다. 크흐흐.

"오빠, 무슨 생각을 그렇게 해요? 뭐 떠오른 거라도 있어요?"

"아, 그냥 유치원 버스 기사님을 보니 어릴 적 일이 생각나서요."

"무슨 일이요?"

"제가 초등학생 때……."

소담 씨에게도 그때 있었던 사건을 이야기해 주었다. 듣고 있던 그녀는 아이의 이름이 동작 경찰서의 안 형사랑 같다며 신기해했다. 아, 그래서 '안민호'라는 이름이 낯설지 않았나 보다.

우리는 지하철역으로 가는 동안 유치원 통학 버스 내 아이들 사고에 대해 정부의 적극적인 대처가 필요하다고 열변을 토했다. 지하철역에서 개표구로 들어가려던 그때, 뒤에서 누군가 내 팔을 붙잡았다. 깜짝 놀란 나는 뒤돌아보지도 못한 채 얼음처럼 굳어 버리고 말았다. '경찰에게 잡혔구나.' 하고 생각하니 순간 머릿속이 백지가 되는 듯한 기분이었다.

"어디 가십니까?"

"……."

"아! 놀라셨나 봅니다. 죄송합니다. 그럴 생각은 아니었는데……."

나는 익숙한 목소리에 그제야 뒤를 돌아보았다.

"안 형사님?"

"어머! 지금 저희를 미행하신 거예요?"

"미행이요? 아……. 그렇죠, 미행. 맞습니다."

"왜 이러시는 겁니까? 저희도 민 팀장님이 어디 계신지 모른다고요. 이렇게 일반 시민을 미행해도 되는 건가요?"

"맞아요. 시민을 지키는 경찰이 어떻게 시민을 미행하죠? 이건 민간인 사찰 아닌가요? 도대체 저희한테 왜 이러세요?"

"오우, 사찰까지는……. 남시보 씨, 강소담 씨. 진정하고 제 얘기 좀 들어 보십시오. 맞습니다. 미행했습니다. 하지만 두 분을 지키기 위해서였습니다. 여기서 이러지 말고 잠깐 같이 가시죠."

안 형사는 그렇게 말하며 손으로 한 방향을 가리켰다.

"오빠! 지금 이게 무슨 일이에요?"

"그러게요……. 무슨 일인지 일단 한번 가 볼까요?"

"아니, 그래도……. 그래도 될까요?"

소담 씨와의 대화를 들은 안 형사가 끼어들며 말했다.

"그러셔도 됩니다. 이쪽입니다."

안 형사가 우리를 계속 미행하고 있어서, 혹시 그래서 민 팀장이 옥탑으로 오지 못한 건가? 이미 우리가 노출되었다는 걸 알고…….

"오빠……. 저기……."

"아, 미안해요. 뭐라고 했어요?"

소담 씨가 가리킨 곳에는 낯선 남자가 서 있었다.

"남시보 씨, 이분은 서울 지방 경찰청 감찰계 과장 서필감 경정이십니다."

"안녕하십니까. 서필감이라고 합니다. 시간 내주셔서 감사합니다."

"무슨 일로 그러시죠?"

"남시보 씨, 걱정 마십시오. 두 분을 돕기 위해 그런 겁니다. 잠시 따라와 주시겠습니까?"

"또 어디로요?"

나는 언제든지 도망갈 수 있게 소담 씨의 손을 세게 움켜쥐었다.

"잠깐만요. 근데 방금 감찰계라고…… 서울 지방 경찰청이라고 하셨나요?"

"맞습니다. 아, 여기 안 형사는 지금 동작 경찰서를 내사 중에 있습니다. 알기 쉽게 말해 잠입 수사 중이죠. 동작 경찰서 내에 비위 경찰이 있다는 첩보가 있어서……. 더 자세한 내용은 가서 말씀 나누시죠."

우리는 긴장감을 늦추지 않은 채 그들을 따라갔다. 서필감 과장은 '관계자 외 출입 금지'라고 쓰여 있는 문을 열고 들어갔다.

"오빠, 괜찮겠죠?"

"여기서 뭐 어쩌겠어요. 괜찮을 거예요."

우리는 잠시 머뭇거리다, 안 형사의 안내에 따라 안으로 들어갔다.

"여기 앉으시면 됩니다."

"그래요. 남시보 씨, 자세한 내용은 안 경위가 다시 설명할 겁니다. 6개월 전에 경찰청으로 동작 경찰서 내 비위 첩보가 들어왔습니다. 내사를 바로 진행하려 했지만, 윗선에서 결재를 해주지 않아 지체되었다가 청장님이 새로 오시면서 동작 경찰서 내사를 시작할 수 있게 됐습니다. 그래서 안 경위가 비밀리에 순경으로 잠입한 겁니다."

"경위라고요? 뭐……. 근데 그게 우리랑 무슨 상관이죠?"

"알고 있습니다. 민우직 경감을 돕고 있다는 걸 말입니다."

"아니, 그건……. 형사님, 정말 모르고 그런 거예요. 민 팀장님이 아니라고 해서 저희는 그 말만 믿고 도운 죄밖에 없어요."

"알고 있습니다. 저희는 두 분을 신문하려 하는 게 아닙니다. 도움을 드리고 또 부탁도 드리려고 이렇게 모신 겁니다."

"부탁이요? 무슨……."

"사실 이번 사건이 좀 복잡하게 돼 버렸습니다. 민우직 경감 사건이 언론에 공개되면서 채비로 경정, 김범진 경위 비위 건에 대한 내사가 전면 중단될 처지에 놓이게 됐습니다. 윗선에서 종결하라는 지시가 내려온 상태인데 민 경감이 현재 연락

두절이라 두 분이라면 민 경감을……."

"그럼 우리보고 지금 민 팀장님을 잡기 위한 미끼라도 되어 달라는 겁니까? 아니면 우리가 민 팀장님이 있는 곳을 알고 있다고 생각하시는 거예요?"

"맞아요. 민우직 팀장님 잡는 걸 돕기라도 하라는 말씀이세요?"

서필감 과장은 당황한 듯 손사래를 치며 말했다.

"어……. 그런 게 아닙니다. 안 경위가 어제 민 경감을 직접 만났습니다. 이제 민 경감도 안 경위의 정체를 알고 있고요. 저희도 민 경감이 진범이라고 생각하지 않습니다. 그저 남시보 씨가 민 경감과 계속 연락을 취하고 있지 않을까 해서 말씀드리는 겁니다. 혹시 연락할 방법이 있는지 하고 말입니다."

조용히 옆에 서 있던 안 경위가 말을 덧붙였다.

"내사 중인 채비로 계장 비위 건에 대한 확실한 물증을 현재 민 팀장님이 가지고 계십니다. 그걸 확보하지 못하면 김범진 경위 비위 건만 밝히고 내사를 종결해야 합니다. 현재 윗선에서 내사 종결을 지시한 상태라, 내일이면 모든 게 다 덮어질 상황입니다."

고개를 갸우뚱거리며 듣고 있던 소담 씨가 안 형사에게 물었다.

"내사라니……. 갑자기 그게 무슨 말씀이세요? 그거랑 무슨 상관이죠?"

"채비로 계장의 비위 증거를 확보해야 민 팀장님 무죄도 밝혀낼 수 있습니다. 이 상태로는 저희도 민 팀장님을 도와드릴 방법이 없습니다. 중요 증거물을 민 팀장님이 가지고 계시는데 연락이 안 되고 있습니다. 먼저 연락을 주시겠다고 하셨지만 아직까지 연락이 없으신 상황이고요. 그래서 시보 씨를 기다렸던 겁니다. 혹시 같이 계실까 해서 말입니다."

"그래요? 그럼 민 팀장님을 찾으면 살인 사건에 대한 진범을 잡을 수 있는 건가요? 민 팀장님 누명을 확실히 벗을 수 있냐는 말이에요."

"오빠. 아니, 지금 이 사람들을 돕겠다는 거예요? 경찰을 어떻게 믿어요?"

"강소담 씨, 그 마음 이해합니다. 하지만 저희는 비리 경찰을 잡는 경찰, 감찰계 소속입니다."

"그래도……."

"소담 씨, 안 형사님은 지난번에 날 구해 주셨던 분이잖아요. 한번 믿어 보죠."

소담 씨는 걱정스러운 눈으로 나를 바라 보았다. 잠시 고민하던 나는 입술을 꾹 다물어 보인 뒤 안 형사에게 물었다.

"사실 그날…… 민 팀장님을 봤어요. 혹시 최 형사님과 관련된 건……."

"민 팀장님은 아닙니다. 다른 두 명에게 살해당한 겁니다."

"아아, 그 일이라면 안 경위 말이 맞습니다. 최우식 경위의 부검 결과로 밝혀졌어요. 지문은 나오지 않았지만 한 명이 최 경위를 붙잡고 또 한 명이 뒤에서…… 네, 그렇습니다. 여하튼 민 경감은 아닌 것으로 확인됐습니다. 증인도 있고요."

"증인이요?"

"네, 제가 봤습니다. 두 명이 최 경위님을 살해하고 도망가는 것을요. 그 뒤로 민 팀장님이 그 장소로 뛰어오셨고, 뒤이어 남 시보 씨가 왔습니다. 기억나시죠?"

"그랬군요. 전 그것도 모르고…… 의심을 했네요."

서 과장은 분위기를 읽듯 나와 소담 씨의 얼굴을 바라보다 입을 열었다.

"남시보 씨도 알고 있을 겁니다. 채비로 경정이 남시보 씨를 찾고 있다는 걸 말입니다. 알고 계시죠?"

"어떻게 그걸……."

"안 경위에게 보고받았습니다. 호텔에서 채비로 계장과의 대화를 엿듣고 있었던 것도요."

"아……. 알고 계셨어요? 아하하."

"그래서 말인데…… 남시보 씨가 채비로 경정을 만나 줬으면 합니다. 물론 안 경위가 동행할 거고 저도 있으니 아무 일 없을 겁니다. 채비로 계장은 아직 남시보 씨를 크게 의심하고 있지 않아서 위험하지 않을 거고요."

"그럼 굳이 제가 갈 필요가 있나요?"

"채 경정이 안 경위에게 남시보 씨를 데리고 오라는 지시를 내렸습니다."

"네? 안 형사님에게도요?"

"그렇습니다. 김범진 경위가 먼저 선수 치는 것보다 안 경위가 시보 씨를 데리고 가는 것이 낫다고 생각했습니다. 그리고 안 경위가 채 경정의 신임을 받을 좋은 기회이기도 하고요."

소담 씨는 서 과장의 말에 얼굴을 찌푸리며 날카롭게 쏘아붙였다.

"뭐라고요? 지금 오빠를 죽음으로 몰아넣는 걸 좋은 기회라 하신 거예요?"

"아닙니다, 강소담 씨. 남시보 씨 신변엔 문제없도록 조치하겠습니다. 채 경정을 만나면 있는 그대로 진술하십시오. 대신 대화 내용을 우리에게 알려 주기만 하면 됩니다."

"지금 사실대로 진술하라고 하신 거예요? 그러면 오빠가 위험해지는 거 아닌가요?"

"강소담 씨, 알고 있는 걸 다 진술하라는 뜻은 아니었습니다. 자세한 건 안 경위가 이동하면서 설명하겠지만, 남시보 씨가 가지고 있는 능력…… 그렇죠 능력이죠. 그 능력으로 알게 된 사실을 제외한 다른 것들은 알고 있는 그대로 진술하셔도 상관없다는 겁니다."

"알겠습니다. 일단 생각을 좀……."

"그렇게 하시죠. 저희는 밖에서 기다리고 있겠습니다."

그 대화를 마지막으로 안 형사와 서필감 과장은 먼저 자리에서 일어났다.

우리는 철문이 굳게 닫힌 걸 확인한 뒤에야 다급해진 얼굴로 이야기를 주고받았다.

"오빠, 정말 괜찮을까요? 위험하지 않겠어요?"

"근데 안 형사님이 동행한다고 하니…… 괜찮지 않을까요?

팀장님을 돕는 거라고 하잖아요. 경찰청 감찰 과장이라는 분까지 부탁하시는데 괜찮지 않을까 해요. 어때요?"

"그래요……. 오빠 생각이 그렇다면 저도 도울게요."

우리는 눈을 마주 보며 서로의 마음을 다독이듯 고개를 끄덕였다.

소담 씨와 밖으로 나왔을 때, 문 앞엔 안 형사가 혼자서 우리를 기다리고 있었다.

"어떻게, 생각은 해 보셨습니까?"

"네, 도와드릴게요."

"남시보 씨, 정말 감사합니다."

"같이 계셨던 분은 어디 가셨나요?"

"아, 서필감 과장님은 일이 있으셔서 먼저 가셨습니다."

나는 가볍게 고개를 끄덕이며 말했다.

"그럼 우선 민 팀장님과 연락이 되셔야 하는 거죠? 연락처는 아무한테도 알려 주지 말라고 하셔서 제가 전화해 봐야 할 것 같은데……."

"그러시죠. 그럼 전화 좀 부탁드립니다."

나는 휴대폰을 꺼내 민 팀장에게 전화를 걸었다. 하지만 애석하게도 여전히 휴대폰이 꺼져 있었다.

"어, 펭귄 인형이네요."

"펭귄 좋아하세요?"

"그럼요. 요즘 펭귄이 인기가 많지 않습니까? 저도 진짜 좋아합니다. 하하. 귀엽잖습니까. 잠깐 봐도 되겠습니까?"

"네, 그럼요."

민 팀장에게 여러 번 반복해서 전화하는 동안, 안 형사는 소담 씨 가방에 걸려 있는 펭귄 인형을 관찰하듯 유심히 바라봤다.

"안 형사님, 여러 번 걸어 봤지만 전원이 꺼져 있네요. 오전부터 계속 꺼져 있더라고요."

"아……. 그렇습니까?"

안 형사는 아쉬운 표정을 지어 보이며 대답했다.

"저기, 안 형사님. 죄송한데 나이가 어떻게 되세요?"

"갑자기 나이는 왜……."

"아, 죄송해요. 펭귄이 어린 친구들 사이에서 유행이잖아요. 근데 잘 아시는 것 같고 또 좋아하시길래……."

"그럼 이참에 제대로 소개하겠습니다. 저는 24살, 서울 지방 경찰청 감찰계 소속 안민호 경위라고 합니다."

"24살이요? 이름이 안민호 맞고요?"

"네, 맞습니다만."

소담 씨는 재차 안 형사의 나이와 이름을 확인한 뒤 반짝이는 눈으로 나를 휙 돌아보았다.

"저기…… 혹시 무천 유치원 아세요?"

"무천 유치원 말입니까? 네, 제가 다니던 곳인데……. 무슨 일로 그러십니까?"

"맞네요. 그 무천 유치원 안민호……."

"그러네요, 오빠! 혹시나 해서 물어본 건데."

안 형사는 눈을 깜빡거리며 소담 씨와 나를 번갈아 보았다.

"두 분 무슨 말씀하시는 겁니까?"

"혹시 유치원 버스 안에서 사고 났던 거 기억하세요?"

안 형사는 깜짝 놀라며 나를 쳐다봤다.

"네? 그걸 어떻게 아십니까? 저는 기억에 없지만 부모님이 말씀해 주셔서 알고 있습니다. 유치원 버스에서 죽을 뻔했다고, 운이 좋았다고요."

소담 씨와 내가 너무 신기하다며 속닥속닥 대화를 주고받자, 안 형사는 의아한 표정으로 무슨 일인지를 물었다. 나는 환하게 웃으며 유치원 버스에서 구했던 아이에 대한 이야기를 들려주었다.

"정말입니까? 그때 절 구해 준 초등학생이 여기 제 앞에 계신 남시보 씨라는 말입니까? 진짜?"

"네, 진짜!"

난 신기하기도 하고 놀랍기도 해 웃음이 터져 나왔다.

"야아, 이런 인연이……. 이렇게 만나게 될 줄은 상상도 못 했습니다. 그때는 정말 감사했습니다. 이렇게 말로만 해서는 안 되는데……. 우선 만나야 할 사람이 있으니 가면서 얘기하시죠. 점심 식사도 대접하겠습니다."

"안 형사님, 대접도 대접이지만 궁금한 게 하나 있는데……. 어제 호텔에서 민 팀장님과 무슨 얘기하셨는지 말씀해 주실 수 있나요?"

"아, 물론이죠. 이제 말씀드려도 될 것 같습니다. 그날……."

"안 형사, 남시보 씨와 강소담 씨는 이번 사건과 아무런 관련이 없어. 알지?"

"팀장님, 그건 걱정 마십시오."

"고마워. 근데……."

"무슨 말씀하시려는지 압니다. 왜 체포하지 않고 이렇게 있냐는 말씀이시죠?"

"어? 어, 그렇지. 혹시 안 형사는 알고 있는 건가? 내가 범인이 아니라는 걸 말이야."

"네, 알고 있습니다. 단지 아직 증거도 없고 확신이 없어서……. 그래도 이진성 씨 살인 사건은 조작된 거로 밝혀졌습니다."

"그래, 하지만 나머지 사건들은 아직이라는 말이군. 그래서 확신이 없다는 거고. 알았네. 그래도 날 믿고 이렇게 있는 거 아닌가?"

"맞습니다, 팀장님. 이제라도 자수하시고 광수대에 협조하시는 게 어떻겠습니까?"

"안 형사, 무슨 말인 줄 알겠네. 하지만 채비로 때문에 그럴 수 없네."

"채비로 계장님 말씀입니까? 계장님은 왜……."

"아직 확실한 물증은 없지만, 살인 사건과 깊은 연관이 있는 것 같아."

"그게 무슨 말씀입니까? 살인 사건과 연관이라니요? ……팀장님, 말씀드릴 게 있습니다. 사실 저는…… 서울 지방 경찰청 감찰계 소속입니다. 김범진 경위 비위 건을 내사하기 위해 동작 경찰서로 잠입해 물증을 찾고 있었습니다. 그런데 김범진 경위와 채비로 계장 사이에 커넥션이 있다는 것을 확인하고 수사 중이었습니다. 그뿐만 아니라……."

"그랬군. 그래, 속속들이 알진 못했지만 안 형사가 조금은 남달라 보였어. 물증은 확보했나?"

"일부 확보했습니다. 최 형사도 알고 있고요. 그리고…… 이연우 경위는 제가 감찰계 소속이라는 걸 알고 있었습니다."

"뭐? 정말? 이연우 경위도 감찰계 소속인가?"

"아닙니다. 이연우 경위가 제보자입니다. 직접 경찰청 감찰계로 비위 사실을 고발했습니다. 그래서 혹시 연관이 있을까 하여 수사 중인데, 이연우 경위 부검 결과가 외인으로 나와 많이 놀랐습니다. 거기에 민 팀장님이 용의 선상에 올랐으니 얼마나 놀랐겠습니까?"

"안 형사, 정말 난 아니야."

"아직 확증할 만한 물증은 없지만, 아니라는 건 알고 있습니다. 그래서 여기 이렇게 앉아 있는 게 아니겠습니까?"

"그래, 고마워. 이제 좀 정리가 되는 듯한데……. 근데 최 형사도 모두 알고 있다고?"

"아, 최우식 형사는 민 팀장님이 진범이 아니라는 확신을 갖고 혼자 조사하는 듯했습니다. 이미 어느 정도 물증을 확보한 것도 같았습니다. 그런데 절 일부러 피하는 눈치여서……. 아무래도 김범진 형사와 같은 팀이다 보니 쉽게 믿지 못하는 것 같습니다. 그래서 신분을 밝히지 못했습니다."

"그렇겠군. 그럼 최 형사는 내가 만나서 확인해 봐야겠네."

"저도 그걸 부탁드리려고 이 자리에 온 겁니다. 그리고 자수를 하시는 게……."

"말은 고맙네. 하지만 할 일이 남아서 말이야. 아! 하나 부탁할 게 있네."

"말씀하십시오."

"남시보 씨와 강소담 씨를 좀 부탁하네. 사실……."

한참을 설명하던 안 형사는 잠시 머뭇거리는가 싶더니 더 이상 말을 잇지 않았다.

"왜 말을 하다 마세요, 안 형사님?"

"네? 아니, 아닙니다. 이게 끝입니다."

"삼촌이 우릴 보호해 달라고 부탁하셨다고요? 저는 그것도 모르고 삼촌을……."

나는 자책하는 소담 씨의 손을 잡으며 말했다.

"소담 씨, 미안해요. 내가 쓸데없는 소리를 해서 그래요."

"걱정 마세요. 민 팀장님은 두 분 다 이해해 주실 겁니다."

나는 지하철 밖으로 보이는 흐릿한 세상을 바라보며 잠시 숨을 고른 뒤 말했다.

"안 형사님, 지금은 어디로 가는 거죠?"

"서울 지방 경찰청으로 갈 겁니다. 경찰청에서 채비로 계장이 기다리고 있습니다. 가서 긴장하지 마시고, 솔직히 알고 계신 거 그대로 말씀하시면 됩니다."

"잠깐만요. 지금 경찰청으로 오빠를 데리고 가겠다는 건가요?"

"강소담 씨, 우려하시는 게 어떤 부분인지 압니다만, 강소담 씨가 걱정하는 그런 일은 결코 없을 겁니다. 남시보 씨 안전을 최우선으로 하겠습니다. 저도 함께 있을 테니 너무 걱정 마십시오."

"그래요, 소담 씨. 안 형사님이 동행한다잖아요. 그런데 소담 씨까지 같이 갈 필요가 있나요?"

"저도 같이 갈 거예요. 밖에서 기다리고 있을게요."

"경찰청 안이니 차라리 더 안전할 겁니다. 너무 긴장하지 마시고 겁먹을 필요도 없습니다. 다만, 시체 보는 능력에 대해서는 되도록 말하지 마십시오. 시체가 보인다는 정도는 채비로 계장도 알고 있을 겁니다."

"네, 그러죠."

우리는 지하철역을 나와 대기하고 있던 차를 타고 종로로 향했다. 경복궁역 근처에서 내려 경찰청 뒷골목에 잠시 대기하는데, 안 형사가 누군가에게 전화를 걸며 우리와 잠시 거리를 뒀다.

"소담 씨, 혼자 괜찮겠어요?"

"괜찮아요. 걱정 말고 오빠나 잘하고 오세요."

"알았어요. 금방 올 테니까 조금만 기다리고 있어요."

"남시보 씨, 이제 들어가시죠. 강소담 씨는 저기 보이는 카페에서 잠시만 기다리고 계십시오. 금방 오겠습니다."

안 형사가 손으로 카페를 가리키며 말하자, 소담 씨는 카페 위치를 확인하려는 듯 안 형사의 옆에 가까이 다가섰다.

"안 형사님, 호텔에서 민 팀장님과 나눈 대화는 다 말씀 안 하신 거죠?"

"아……. 사실 남시보 씨에겐 비밀로 하라고 하셔서……."

두 사람은 카페가 있는 방향으로 천천히 걸어 나가며 작은 목소리로 대화를 주고받았다.

"사실, 시보가 내일 죽게 돼서 말이야."

"그게 무슨……."

"그렇지. 말이 좀 이상하지? 안 형사도 알 거야. 시보가 시체 환영을 본다는 거 말이야."

"들어 알고 있었습니다."

"그래. 근데 시보가 자기 시체를 봤어. 내일 자정이 넘으면 시보가 죽게 된다는 거지. 그래서 말인데…… 시보를 노량진역에 오지 못하게 해 줘. 불가피하게 노량진역에 오게 된다면, 시보를 보호해 줬으면 좋겠어. 그렇게 해 줄 수 있겠나?"

"네, 알겠습니다. 팀장님이 부탁하시니 그렇게 하겠습니다."

"고맙네. 아! 가능하면 시보가 모르게 해 주게. 내가 부탁했다는 말도 하지 말고. 알겠지?"

"알겠습니다. 그럼 팀장님은 앞으로 어떻게 하실 계획이십니까?"

"……생각해 둔 게 있어."

"저에게 말씀해 주실 순 없으십니까?"

"아직은 확실한 게 아니라서 말이야. 미안하네. 하지만 내일이 지나면 모든 게 확실해질 테니 그 후에 자수하겠네. 그럼 되겠지?"

"알겠습니다, 팀장님……. 조심하십시오."

"안 형사, 고맙네."

"오빠를…… 알겠어요. 안 형사님, 저희 오빠 잘 부탁드려요."

"최선을 다하겠습니다, 강소담 씨."

나는 두 사람이 있는 곳으로 다가서며 물었다.

"뭐 해요? 둘이 무슨 얘기하는 거예요?"

"아, 아니에요. 카페 위치도 헷갈리고 또 얼마나 기다려야 하는지 궁금해서요."

"남시보 씨를 안전하게 모시라고 신신당부하시네요. 아하하."

"그랬어요? 소담 씨, 너무 걱정 마요. 알았죠?"

"네, 오빠. 조심히 다녀와요."

안 형사를 따라 경찰청 정문을 통과해 청사 안으로 들어갔다. 엘리베이터를 지나쳐 계단으로 2층에 올라서자, 경찰 두 명이 우리를 기다린 듯 문 앞 복도에 서 있었다.

"잠시 소지품 좀 확인하겠습니다."

"네?"

당황하여 안 형사를 바라보자, 안 형사는 괜찮다는 듯 차분한 어조로 말했다.

"의례적 절차니 지시에 따라 주시면 됩니다."

"확인 끝났습니다. 감사합니다. 들어가셔도 됩니다."

"수고하십시오. 남시보 씨, 오래 걸리지 않을 겁니다. 긴장 푸세요."

나는 작게 숨을 내쉬며 말 없이 고개만 두어 번 끄덕였다.

똑똑!

"들어와요."

"들어가시죠."

안 형사가 문을 열며 안쪽을 손으로 가리켰다. 문 안으로 들어서자, 탁자에 앉아 있던 한 남자가 우리를 반겼다.

"충성!"

안 형사가 탁자 앞에 앉아 있는 남자에게 경례를 했다.

"아이, 이 친구, 거수경례하지 말라니까. 안 형사도 이리 와 앉아."

"아닙니다. 저는 여기 있겠습니다."

"어허, 얼른 여기로 와서 앉으래도."

"네, 그럼."

"편하게 앉아요, 남시보 씨."

나는 가볍게 눈인사하며 탁자 앞 의자에 앉았다.

"그래요. 진술 녹화실이기는 해도 남시보 씨를 신문하려고 하는 건 아니니 너무 긴장하지 말아요. 몇 가지만 확인하면 됩니다. 아시겠죠?"

"아……. 여기가 진술 녹화실……."

나도 모르게 눈동자를 돌리며 주위를 둘러보게 됐다. 왠지 스산한 분위기에 나도 모르게 움츠러들었다.

"알고 있을 겁니다. 경찰이 민우직 경감을 쫓고 있다는 거 말입니다. 그렇죠?"

"네, 알고 있어요."

"그래요. 최근에 민우직 경감을 만난 적 있죠?"

나는 직설적인 질문에 잠시 망설이다 작은 목소리로 대답했다.

"……며칠 전부터 어디에 계신지 정말 모릅니다."

"아하, 그래요. 민우직 경감이 뭐라고 하던가요?"

왠지 모를 기에 눌려 안 형사의 눈치만 살피고 있자, 안 형사가 나를 바라보며 다독이듯 말을 덧붙였다.

"괜찮습니다, 남시보 씨. 그냥 편하게 말씀하셔도 됩니다."

"안 형사, 괜찮아. 그럴 수 있어. 여기가 사람 기를 좀 죽이죠? 너무 긴장하지 말고 편하게 말해 봐요. 그래야 남시보 씨도 괜한 오해를 사지 않을 거 아닙니까?"

"……민 팀장님은 범인이 아니라고 했어요. 자신은 누명을 쓴 거라며 진짜 범인은 따로 있다고요."

"남시보 씨, 민 경감 말을 곧이곧대로 믿는 겁니까? 모처럼 순진한 청년을 다 보네요."

"순진한 청년이요?"

"아아, 비꼬는 거 아니니 오해하지 말아요. 요즘 세상에 이리 순박한 청년이 있다는 게 참…… 다행이라는 뜻이니까요. 그런 데 민 경감하고는 어떤 관계인가요?"

"그게…… 처음에 시체를 보고…… 신고했는데, 허위 신고 로……."

"어, 거기까지. 처음부터 다 설명하려는 건 아니겠죠? 이미 어느 정도 남시보 씨에 대해 알고 있으니 민 경감을 도와준 이 유가 뭔지나 말해 봐요."

"그러니까…… 도움을 받아서……. 민 팀장님 말씀을 들어 보니 정말 누명을 쓴 것 같았고……."

"그래요? 정말? 민 경감 말만 듣고 누명을 쓴 것 같았다? 하 하. 이 친구 정말 순진하네. 안 그래, 안 형사?"

"네, 그렇습니다."

"아니, 정말 믿을 수밖에 없었……."

"그래요. 알았어요. 못 믿는 게 아니에요. 다른 이유가 더 있 지 않나 해서 그러죠. 또 다른 말을 들었거나, 특별히 뭘 보고 그런 것은 아닌지."

"그게 무슨 말씀인지……."

"뭐, 듣기로는 남들이 보지 못하는 시체를 본다던데, 그 시체에서 특별한 건 없었어요?"

"아, 그게……. 초자연 현상…… 아니, 그냥 시체 환영이라서 특별히 보이는 건 없었고요. 그건 저기…… 김 형사, 그 김범진 형사에게도 말을 했는데요."

"김범진? 김범진 형사가 이 사건에 대해 묻던가요?"

"네? 김범진 형사가 이번 사건을 조사하고 있는 게 아닌가요?"

"동작 경찰서 강력계 형사가 용의잔데 어떻게 내부에서 조사를 할 수 있겠어요."

"그럼 여기 안 형사님은……."

"안민호 형사는 남시보 씨를 여기로 데리고 오는 일만 잠깐 맡아서 한 겁니다. 이 사건은 광역 수사대에서 담당하고 있고요."

"아……. 네. 아무튼 특별히 보이는 건 없었어요."

"그럼 민 경감이 지금 어디에 있는지 모른다는 거죠? 시체에서 특별히 보이는 것도 없었고. '모른다' 아니면 '아니다'네요. 그래요. 안 형사, 상황실에 가서 이철기 경위 좀 여기로 오라고 하세요. 그리고 안 형사는 서로 복귀해요."

"네? 복귀하라는 말씀입니까?"

"왜, 볼일이 남아 있나요?"

"아닙니다. 그럼 가 보겠습니다."

밖으로 나가기 전, 안 형사는 안주머니에서 은빛 펜을 꺼내 내게 건넸다.

"아! 남시보 씨, 아까 빌린 펜 여기 있습니다. 깜박했습니다."

"에? 아…… . 네."

"그럼."

같이 있어 준다고 했던 안 형사는 짧은 인사만 남긴 채 취조실을 떠나 버렸다. 그 순간, 앞에 앉아 있던 채비로 경정의 눈빛이 사뭇 달라졌다.

"우리 이제 좀 솔직해 봅시다. 남시보 씨, 민우직 경감 연락처 알고 있죠?"

"네, 알죠. 알려드려요?"

채비로 경정은 갑자기 언성을 높이며 말했다.

"남시보 씨! 긴장하지 말라고 하니까 정말 여기가 편한가 보네요?"

"네? 아니요, 그게 아니라……."

"남시보! 지금 여기가 어딘지 몰라! 둘이 연락하고 있는 거 다 알고 있어! 그러니까 알고 있는 그 차명 폰 번호 말하란 말이야! 이 새끼야! 알았어?"

쾅!

채 경정은 두 주먹으로 책상을 내리치며 눈을 부릅떴다.

제17화

반격

"갑자기 왜 이러시는 거예요? 지금 절 협박하시는 겁니까? 이러면 제가 겁이라도 나서 모르는 걸 안다고 할 줄 아셨나 보죠?"

"어라! 순박한 청년인 줄만 알았는데 반전이 있네. 그럼 이건 어때? 강소담과는 어떤 관계야?"

"뭐요? 여기서 왜 소담 씨가……. 당신 정말 경찰 맞아요? 이거 완전 조폭 수준이잖아!"

탁!

채비로 경정은 손바닥으로 책상을 내리치며 말했다.

"남시보! 지금 살인자를 돕고 있는 건 바로 너야! 수사를 방해하고 있는 것도 너고! 뭘 알고 조폭이라고 하는 거야?"

채 경정의 고압적인 태도에 어깨가 순간 움츠려졌다. 채 경정은 크게 숨을 내쉬며 말을 이어 갔다.

"휴우……. 그러니까 남시보 씨, 상황 파악 좀 하면서 말을 했으면 좋겠네. 좋아. 계속 이런 식으로 나오면 뭐 어쩔 수 없지."

"소담 씨 머리카락 한 올이라도 건들기만 해. 내가 정말 가만 안 둬!"

채비로 경정은 어이없다는 듯 날 한번 쳐다보더니 큰 소리 내며 웃었다.

"카하하하. 야, 조용히 해."

"뭐? 내가 그런다고……."

"조용하라고, 이 새끼야! 정말……."

채비로 경정은 서류철을 집어 던지려, 내려놓고 안주머니에서 휴대폰을 꺼냈다.

"야아, 이거 누구야? 귀신이야, 호랑이야? 크하하. 귀신이랑 통화 한번 해 볼래?"

같은 시각, 카페에 앉아 커피를 마시고 있는 강소담에게 한 남자가 다가와 말을 걸었다.

"강소담 씨!"

"어? 어……. 여긴 어쩐 일로……."

김범진 경위가 크게 손을 흔들며 강소담에게 다가왔다.

"아유, 내가 강소담 씨 부친 일로 얼마나 찾아다녔는지 모르죠?"

"네? 저희 아빠 일이라면 어제 안민호 형사님 만나서……."

"아, 근데 안 순경이 빼먹고 말 안 한 게 있어서. 자리 옮겨서 애기 좀 하죠?"

"그냥 여기서 말씀하시죠."

"강소담 씨, 나 알잖아. 나 동작 경찰서 강력계 김범진 팀장이에요. 알면서 왜 그래요? 가서 애기합시다."

"아니, 저도 뭔지는 알고 가야 할 거 아니에요."

"뭐……. 그럼 부친 사망의 직접적인 이유 정도로 하죠. 강시민 씨가 왜 죽었을까? 그리고 정말 민우직 팀장이 죽였을까? ……어때요? 이 정도면 되겠죠?"

"네? 그럼 민 팀장님이 범인이 아니라는 말씀인가요?"

"아이, 정말. 가 보면 안다고 몇 번을 말합니까! 별로 멀지도 않아요. 자, 따라와요. 밖에 차 대기하고 있으니. 민주 경찰을 그렇게 못 믿어요?"

"네. 못 믿겠는데요. 제가 나중에 경찰서로 찾아갈 테니 그만 가 주시죠."

강소담이 계속해서 거부 의사를 밝히자, 김 경위는 한쪽 입꼬리를 올리며 피식 웃더니 이내 크게 웃음을 터뜨렸다.

"아하하. 참 더럽게 말 안 듣네. 좋게 말하니까 경찰이 우스워?"

"뭐라고요?"

"나 강력계 형사야. 지금 당장이라도 당신 체포해서 끌고 갈 수 있다고, 알아? 내가 분명히 말하는데, 잔말 말고 순순히 따라오는 게 좋아."

"지금 공공장소에서 무고한 시민을 체포하겠다는 말인가요? 한번 체포해 보시죠."

어이없다는 듯 그는 비웃으며 말했다.

"우하하. 하아, 무고한 시민? 강소담 씨가? 살인범을 은닉해 준 주제에? 은닉은 범죄라는 거 몰라? 범죄자도 체면이 있으니 봐주려 했는데 어쩔 수 없지. 원한다면 공공장소에서 제대로 개망신당하게 해 주는 수밖에. 뭐, 어떡할까?"

그녀는 마지못해 자리에서 일어나며 말했다.

"알겠어요, 알겠다고요. 가면 되잖아요."

"진작 그렇게 나왔어야지. 앞으로도 험한 꼴 보기 싫으면 협조 잘 부탁합니다, 강. 소. 담. 씨?"

억울했지만 틀린 말은 하나도 없었다. 불리한 상황이라는 것을 너무 잘 알고 있었기에, 소담은 그저 입술을 꾹 다문 채 김 경위를 째려보기만 할 뿐이었다.

"이쪽으로 따라와요. 아, 맞다. 휴대폰 좀 잠깐 줘 봐요."

"휴대폰은 왜요?"

"아이, 또 녹음이라도 할까 싶어서 그러지. 직업병이라고 해야 하나? 도청에 민감해서…… 하하."

그녀가 휴대폰을 꺼내자, 그는 씨익 웃으며 낚아채듯 가져갔다.

"나랑 있는 동안만 잠깐 보관할게요. 괜찮죠?"

"네? 아니……."

"자! 타요."

김 경위가 소담을 차에 태워 출발하려던 그때, 경찰청 정문으로 나오던 안민호 경위가 그 장면을 뒤늦게 목격했다. 안 경위는 지나가던 택시를 잡아타고 김 경위의 차를 뒤쫓았다.

채비로 경정은 통화 소리를 스피커로 설정한 뒤 휴대폰을 테이블 위에 내려놓았다.

"야아, 우직 형님! 직접 전화를 다 하시고 영광입니다. 지금 어디십니까?"

"채비로 계장, 쓸데없는 곳에 힘쓰지 말고 나랑 직접 만나서 얘기하지."

"오호, 뭘 알고 하시는 말씀 같습니다?"

"그래, 알고 있어. 김 형사를 통해 남시보 씨를 미행하고 있다는 거 말이야."

"그럼 이건 아직 모르시나 봅니다? 자, 직접 얘기해 보시죠."

"뭐? 무슨 말이야?"

"자! 말해, 남시보!"

나는 채 경정을 잠시 응시하다 별수 없이 입을 열었다.

"저기, 팀장님. 시보예요."

"시보? 아니, 거기에 왜?"

"채비로 경정이…… 아니, 안 형사가 여기로 데리고 와서……."

"하아……. 미안해요. 나 때문에 괜한 고생을 다 하네요. 채비로 계장 좀 바꿔 줘요."

"이런, 너무 빨리 대화를 끝내시는 거 아닙니까? 아쉽게…….
형님, 그래서 지금 어디십니까?"

"채비로 계장님, 괜한 사람 잡아서 괴롭히지 말고 나랑 얘기 합시다."

"아니, 왜 그러십니까? 계속 존댓말을 쓰시고. 그러면 제가 좀 불편하지 않습니까? 카하하하."

채비로 경정은 나를 힐끔 쳐다보며 기괴한 웃음을 터뜨렸다.

"조직에서는 계급이 깡패 아닙니까? 저랑 둘이 만나서 얘기 하시죠?"

"뭐, 좋습니다. 그렇게 말씀해 주시니 편하게 말하겠습니다."

채비로 경정은 스피커를 해제하고, 휴대폰을 귀로 가져가 대며 말했다.

"그래, 어디서 볼까? 하하하. 농담입니다, 농담. ……좋습니다. 거기서 보죠. 민우직 경감, 쓸데없는 짓은 하지 않는 게 좋습니다. 알죠? ……카하하하. 나를 어떻게 보고……. 그럼 이만 끊습니다."

채비로 경정은 휴대폰을 내려놓더니 날 매섭게 쳐다봤다.

"남시보 씨! 하나만 경고합시다. 다시는 민우직 경감 만나지 마세요. 아니, 연락도 하지 마! 이번 사건에 어떤 모습으로라도 엮이지 않는 게 좋을 거야. 다시 내 눈에 띄면 그땐 그냥 넘어가지 않을 거니까. 아셨습니까? 남시보 씨."

그의 혀에서 나오는 말은 능글맞으면서도 독사의 혓바닥처럼 무섭게 느껴졌다.

"……네."

"그리고 오늘 있었던 일은 아무에게도 발설하지 않는 게 신

상에 좋아요. 참, 시체 보는 능력이 있다고 했죠? 잔재주 하나 믿고 쓸데없이 나섰다가는 누구 꼴 납니다. 알았죠?"

그때 똑똑 하고 노크 소리가 들렸다.

"들어와요."

"계장님, 찾으셨습니까?"

"아, 이 경위. 여기 남시보 씨 데리고 가서 민우직 관련해 조사 좀 해 봐. 그리고 차 좀 대기시켜 줘."

"조사라니요? 지금까지 다 말씀……."

"남시보 씨, 우리 다신 보지 맙시다? 하하하. 이 경위, 데리고 가."

"네, 계장님. 남시보 씨, 따라오세요."

명보 빌딩 지하 주차장으로 김범진 경위의 차가 들어가고, 잠시 후 택시 한 대가 뒤따라 들어갔다. 주차장에 차를 세운 김 경위는 소담과 함께 엘리베이터를 타고 꼭대기 층인 10층으로 올라갔다. 조심스럽게 그 뒤를 쫓던 안 경위도 김 경위가 올라간 층을 확인하고 뒤따라 엘리베이터에 올랐다.

"강소담 씨, 여기가 어딘지 알아요?"

"여기가 어딘지 제가 어떻게 알아요. 경찰서로 가지 않고 왜 이런 곳으로 데리고 온 거죠?"

"말했잖아요. 강소담 씨 부친이 왜 죽게 됐는지 알려 주겠다고. 바로 여기가 강시민 씨가 죽게 된…… 아니, 죽음을 선택

한 곳이라 해야 할까?"

"도대체 무슨 말이죠? 우리 아빠가 죽음을 선택해요?"

앞을 보며 서 있던 김 경위는 소담의 눈을 뚫어져라 쳐다보며 말했다.

"강소담 씨, 잘 들어요. 강시민 씨가 이곳에서 선택을 했다는 말입니다. 그것도 단돈 500만 원 때문에. 500만 원 벌겠다고 지 목숨을 걸어요, 걸어. 하하하."

김범진 경위가 비아냥거리듯 웃자, 소담은 화를 내며 말했다.

"방금 뭐라고 했어요? 지 목숨? 하아……. 이해할 수 있게 제대로 말 좀 해 주시겠어요."

"아! 미안, 실수. 그래, 그럼 말 좀 편하게 할게. 괜찮지? 어디서부터 얘기를 해 줘야 하나……. 결론부터 말하면 말이야. 강시민 씨도 우리랑 같은 편이라고 해야 할까? 그래, 맞아. 크하하하."

말끝마다 비아냥거리듯 웃는 김범진 형사의 모습에 강소담은 더는 참지 못하고 욕을 내뱉었다.

"아, 씨…… 욕 나오게 하네. 그게 무슨 말 같지도 않은 소리예요. 지금 장난해요? 그리고 그렇게 좀 웃지 말아요."

"하? 야아, 소담이 한 성깔 하네."

"우리 아빠가 당신이랑 같은 편이라고? 경찰을 돕다 돌아가셨다는 말인가요?"

"그치. 경찰을 돕기는 했지. 우리를 돕다 민우직 그 자식한테 당한 거니까. 그러니 소담이도 우리랑 편 먹어야지, 안 그래?

그래서 말인데 민우직 지금 어디 있어? 어?"

"……500만 원은 무슨 말이죠?"

"아, 그거? 하여튼 내가 이 입이 문제야. 생각 좀 하고 말해야 하는데 감정이 앞서서……. 아니, 채비로 계장님이라고 이번에 민우직이 저지른 살인 사건들 수사 총괄 책임자이신데, 그 채 계장님이 우연히 강시민 씨 택시를 타게 된 거야. 그때 강시민 씨가……."

"어서 오십시오. 어디로 모실까요?"

"……."

"손님, 손님 어디로 모실까요? 약주를 많이 하셨나 봅니다."

"……어. 기사 양반, 한남동으로 갑시다."

"예, 손님. 한남동으로 안전하게 모시겠습니다. 피곤하시면 주무셔도 됩니다. 도착하면 깨워드리겠습니다."

"어이, 기사 양반 참 친절하네. 하하하. 좋네. 조아……."

"하하하. 감사합니다. 무슨 일을 하시는지 몰라도 스트레스 해소엔 술이 최고죠. 하하. 직장 생활 하면서 힘든 일 많으실 텐 데 집까지 편하게 모셔다드리겠습니다."

"야아, 이 양반……. 하하. 그런 말을 하는 걸 보니 기사 양반 도 택시 운전하면서 스트레스 많이 받나 봅니다?"

"뭐, 다 스트레스받으며 사는 거죠. 하하. 사실 요새 딸내미 등록금 때문에 골머리 좀 썩고 있습니다. 등록금이 600만 원 정도 되니 너무 비싸서……. 뭐가 있겠어요. 돈이 문제죠. 안 그렇습니까?"

"아이고, 요즘 등록금이 너무 비싸긴 비싸. 많이 힘드시겠어. 요즘 뉴스 보니까 택시 영업도 힘들다는데……. 자, 받아요. 내 명함이에요. 혹시 저엉 급하면 연락해요. 내가 기사 양반 서비스에 반해서 그러니."

"아이고, 경찰이셨어요? 말이라도 감사합니다. 한남동에 다 왔습니다. 어디로 가면 될까요?"

"어……. 저 골목으로 들어가서 세워 줘요. 괜찮으니 부담 갖지 말고 연락해요. 정말 고마워서 그러니. 아셨어요?"

"아이고, 감사합니다. 말씀이라도 큰 힘이 되네요. 도착했습니다. 7,200원 나왔는데 200원 빼고 7,000원만 주십시오. 하하하."

"자, 여기요. 수고하쇼."

"저기 손님, 잔돈……."

"됐어요. 잔돈은 팁! 하하하."

"너무 많은데……. 아이고, 감사합니다. 조심히 들어가십시오."

"그래서요? 저희 아빠가 채비로 형사에게 돈이라도 빌렸다는 건가요?"

"아니, 빌린 게 아니라 우리를 돕는 대가로 500만 원을 받기로 한 거지. 바로 여기서 말이야."

"뭘 도왔다는 거죠?"

"그거야…… 알잖아? 민우직을 강시민 씨 택시에 일부러 태운 거야. 민우직 비위 사건을 내사 중이었으니 그 정황을 녹음하려고 말이야. 비리 경찰 몰라? 민우직 이놈이 딱 그거라고. 그래서 그 증거를 잡으려 했는데 민우직 이 자식이…… 아, 소담 씨. 미안하게 됐네. 가슴 아픈 일을 떠올리게 해서 말이야."

"그걸 지금 저보고 믿으라는 건가요?"

"어! 이건 또 무슨 시추에이션이지. 얘기를 해 줘도 못 믿는다고? 야아, 민우직. 이 자식이 도대체 뭐라고 했기에 이러는 거야. 소담아, 민우직 너무 믿지 마. 그놈은 살인마야. 사람을 몇 명이나 죽였는지 몰라. 지금 밝혀진 것만 해도 세 명이야. 강시민, 이진성, 이연우……. 아, 최우식까지 네 명이네. 그런 살인마 자식의 말을 믿고 나 같은 모범 경찰 말은 못 믿는 거야, 지금?"

"아니……."

"잠깐 조용히 해 봐. 마침 전화가 왔네. 하하."

도대체 똑같은 대답을 몇 번이나 했는지 모르겠다. 안 형사가 알려 준 대로 대답했지만 왠지 모르게 불안한 마음이 계속됐다. 겨우 취조가 끝나고 소담 씨가 기다리는 카페로 곧장 달려갔지만, 소담 씨의 모습은 어디에도 보이지 않았다. 안 형사와 함께 자리를 옮긴 걸까?

나는 바로 소담 씨에게 전화를 걸었다.

"이야, 남시보, 어쩐 일이야?"

"……김범진 형사님? 지금 소담 씨랑 같이 있으신가요?"

"소담 씨? 아, 맞다. 소담이 휴대폰이었지. 이런."

"소담 씨 휴대폰을 왜 당신이 가지고 있죠?"

"당신? 하아! 소담이가 걱정돼? 그럼 빨리 민우직한테 전화해서……."

"김 형사! 소담 씨랑 같이 있냐고! 있으면 당장 바꿔!"

"왜 이래, 이거. 남시보 맞아? 알았으니 진정하고."

조금 멀어진 곳에서 소담 씨를 부르는 김 형사의 목소리가 들려왔다.

"시보 오빠! 괜찮아요?"

"난 괜찮아요. 조금 전에 경찰청에서 나왔는데 지금 어디예요?"

"오우, 이러면 안 되지."

"소담 씨! 소담 씨, 대답해 봐요. 어디예요? 야! 김범진 이 개자식아! 소담 씨!"

"오빠! 시보 오빠!"

"소담 씨! 괜찮아요? 정말 괜찮은 거예요?"

"괜찮……."

쓰윽, 쾅!

나는 멀리서 들려오는 소담 씨의 목소리에 귀를 기울였지만,

세게 문이 닫히는 소리와 함께 소담 씨의 목소리도 더 이상 들려오지 않았다.

"남시보! 소담이는 잘 있으니 걱정 말고, 민우직 어디 있어? 빨리 말해."

"정말 몰라. 모른다고. 그건 경찰이 찾아야지 왜 우리한테 이러는 거야? 지금 경찰이 사람을 납치해! 그러고도 네가 경찰이야!"

"이 자식이 정신이 나갔나, 어디서 계속 반말이야! 잘 들어. 납치가 아니라 용의자를 도피시킨 공범을 잡아 놓은 거야. 알았어? 너도 조만간 같은 신세가 될 거니까 조심해라. 그리고 앞으로 말 짧게 했다가는 가만 안 둬. 알았어?"

"그러니까 도대체 뭘 원하냐고……요. 나한테!"

"오늘 안으로 민우직 찾아서 나한테 전화해. 안 그러면 이 년…… 아니, 흥분하지 말자. 흥분하면 안 되지, 경찰이. 여하튼 강소담을 다시 보고 싶으면 찾아서 연락해. 알았냐?"

뚜 뚜 뚜.

김범진 형사는 일방적으로 전화를 끊었다. 곧바로 다시 걸어 봤지만 당연하게도 연결이 되지 않았다. 하……. 이 개자식, 소담 씨에게 무슨 짓을 한 거야? 잡히면 가만두지 않을 거다, 김범진! 안 형사는 또 어떻게 된 거지? 소담 씨와 함께 있을 줄 알았는데…….

하, 소담 씨를 혼자 두는 게 아니었다. 안 형사를 믿은 게 잘못이었어. 설마 일부러 소담 씨와 나를 떼어 놓은 건가? 혹시 안 형사도 김범진과 공범? 아니겠지…….

나는 고민 끝에 경찰청 감찰계 부서로 전화를 걸었다. 통화가 연결되자마자 무작정 서필감 과장을 찾았다. 가슴을 졸이며 물어봤는데 다행히 서필감이라는 사람은 실제로 존재했다. 잠시 연결음이 들리더니 또 다른 사람이 전화를 받았다.

"전화 바꿨습니다."

"서필감 과장님 되십니까?"

"죄송합니다. 서필감 과장님은 부재중이십니다. 무슨 일로 그러시죠?"

"남시보라고 하는데요. 그러면 안민호 형사님과 연결하고 싶은데 가능한가요?"

"죄송합니다. 그런 분은 안 계시는데요."

"네? 안민호 경위님이라고 계실 텐데 모르시나요?"

"아니요. 그런 이름의 경위…… 감찰계에는 안 계시는데 무슨 일로 그러시죠?"

"저기, 정말……. 아니, 지금…… 하아……. 그럼 서필감 과장님 휴대폰 번호라도 알 수 있을까요?"

"죄송합니다. 개인 정보라 알려드릴 수 없습니다. 전하실 말씀 있으시면 말씀하세요. 전해드리겠습니다."

"정말 급한 일이라고, 바로 좀 연락 부탁한다고 전해 주세요. 남시보라고 하시면 아실 겁니다. 정말 급한 일이에요."

"네, 그렇게 전달해드리겠습니다."

 나는 전화를 끊자마자 택시를 타고 동작 경찰서로 향했다. 민팀장에게 다시 전화를 걸었지만, 신호만 갈 뿐 여전히 받지 않았다. 안 형사는 연락처가 없어 따로 연락할 방법이 없었다.

나와 민 팀장에게는 이제 12시간도 남지 않은 상황이었다. 민 팀장은 지금 무슨 생각을 하고 있는 걸까? 무슨 대책이라도 세우고 있나? 이젠 나에게 남은 시간이 얼마 없는데…….

그때 민 팀장에게 전화가 걸려 왔다.

"형님……. 지금 어디 계세요."

"한강 공원 근처야. 일이 있어서……."

"일이요? 무슨 일……."

"그건 만나서 얘기하자. 넌 어디야?"

"노량진으로 가고 있어요."

"알았어. 그럼 노량진역에서 보자. 노량진역에 들어가지 말고 역 밖에서 봐. 알았지?"

"네."

김범진 경위는 전화를 끊고 다시 안으로 들어갔다. 갑자기 문을 열고 나온 김 경위 때문에 황급히 책상 밑에 숨어 있던 안민호 경위는 크게 한숨을 내쉬었다. 그리고 문 가까이 다가가 안에서 나는 소리에 귀를 기울였다.

"소담아, 남시보가 민우직 찾아서 다시 연락할 거야. 그럼 자기도 괜찮을 테니 너무 겁먹지 말고……."

"지금 무슨 짓이죠? 날 감금이라도 하겠다는 건가요? 날 협박해서 어쩌려고요?"

"아니야, 말했잖아. 민우직만 잡으면 돼. 그러니 우리 좀 도와줘. 소담이 아버님도 도와줬는데 소담이도 이제 도와줘야지. 안 그래?"

"지금 경찰을 도우라는 건가요, 감금 협박범을 도우라는 건가요?"

"뭐? 이씨……. 후우, 네 마음 이해한다. 하지만 감정적으로 그러면 안 돼. 지금 상황을 봐야지. 소담이 네가 어떤 처지에 있는지 잘 보고 판단하라는 거야. 응?"

"저는 형사님 못 믿겠어요. 여기서 나갈래요."

소담이 밖으로 나가려 하자, 김 경위가 굳은 표정으로 그 앞을 가로막았다.

"말로는 안 되겠네. 당장 여기 앉아! 앉으라고! 씨……."

김 경위는 양손으로 소담의 어깨를 잡아 의자에 강제로 앉혔다.

"지금 뭐 하는 거예요? 손 치워요! 당신 정말 경찰 맞아요? 나가게 해 주세요. 안 그러면 소리 지를 거예요! 비켜요!"

소담은 김 경위의 손을 뿌리치며 의자에서 일어났다. 그러자 김 경위는 소담의 어깨에서 손을 떼고 한 발짝 뒤로 물러나며 말했다.

"아아, 한 성깔 하네. 그런데 좋은 말로 할 때 얌전히 앉아 있는 게 좋을 거야."

"뭐라고요?"

"야! 내 성질 거들지 말고 조용히 해! 후우, 제발 좀……. 날 좀 미치게 하지 말라고!"

김 경위는 고함을 지르며 소담의 옆에 있던 의자를 발로 세게 걷어찼다.

"아악!"

소담은 비명을 지르며 그대로 의자에 주저앉았다.

"그러게 좋은 말로 할 때……."

쿵! 쿵! 쾅!

"이건 또 무슨 소리야?"

쾅!

"뭐야, 안 순경? 어! 계장님……."

몰래 안쪽 상황을 주시하고 있던 안 경위를 발견한 채비로 경정이 안 경위의 팔을 뒤로 꺾어 제압한 뒤 문을 발로 차며 들어섰다.

"지금 뭐 하는 거야!"

"계장님……. 이게 무슨……."

강소담은 놀란 눈으로 안 경위를 쳐다보았다.

"안 순경! 내 뒤를 밟은 거야? 왜?"

채 경정은 버럭 소리치며 김 경위에게 손가락질했다.

"야! 김범진! 일을 어떻게 한 거야? 정말 몰랐어?"

"아……. 네, 몰랐습니다. 죄송합니다."

"나 참! 내가 이런 놈이랑 무슨 일을 한다고……. 안민호! 네가 말해 봐!"

"저기…… 그게 아니라, 저는 그냥 김범진 경위를 우연히 보고……. 뭔가 긴박해 보이길래……."

"야! 쉰 소리 말고! 너, 감찰계 안민호 경위 맞지?"

"에? 안민호 경위요? 감찰계?"

김범진 경위는 휘둥그레진 눈으로 안 경위를 쳐다보았다.

"그래, 이 새끼야! 안민호 경위라고! 솔직히 말해 봐. 안 경위, 어디까지 알고 있는 거야?"

"도대체 무슨 말씀인…… 아악! 아!"

채 경정은 꺾고 있던 안 경위의 팔을 힘껏 들어 올렸다.

"지금 내가 농담할 기분이 아니야. 안민호, 이 자식, 다 알고 왔다고. 이 자식이 여기에 있는 줄도 모르고 이 병…… 아, 열 받네……."

"계장님, 정말입니까? 안 순경이 경찰청 감찰 수사관이란 말씀입니까?"

"야! 범진아, 방금 내가 하는 소릴 뭐로 들은 거야! 동작에 가다가 안민호 얘기 듣고 여기로 온 거 아니야. 근데 이 아가씨는 또 뭐야? 지금이 아가씨 불러서 노닥거릴 때야! 이 병…… 됐고! 얼른 이 자식 저기에 묶어!"

채 경정은 안 경위의 팔을 놓으며 김 경위 방향으로 세게 밀쳤다.

"아, 네! 안 경위? 야아, 요놈이 우릴 속인 거야?"

김 경위는 안 경위를 의자에 앉힌 뒤 수갑을 채우며 말을 이었다.

"계장님, 그리고 이 아가씨는 강소담이라고…… 강시민 씨, 그 택시 기사 딸입니다."

"아이고……. 범진아, 다 필요 없고 이리 와 봐. 우리 이제 큰일 났어. 아냐? 네가 뭘 알겠냐. 이 아가씨도 참 딱하다, 딱해. 재수도 없이……."

김 경위는 어리둥절한 표정으로 채 경정에게 다가갔다. 채 경정은 나지막한 목소리로 말했다.

"범진아, 안 경위 족쳐서라도 알고 있는 거 다 알아내야 한다. 그래야 우리가 살아. 어디까지 알아냈는지, 증거 찾은 거 있으면 무슨 짓을 해서라도 회수해. 그리고 이진성 때처럼 잘 처리하고. 알았어?"

"아, 예! 알겠습니다, 계장님."

채 경정은 소담을 안타깝다는 듯 바라보며 말했다.

"어쩔 수 없다. 저 아가씨도 같이 처리해."

"강소담도 말입니까?"

"소담이고 뭐고 내 얼굴 봤잖아. 그럼 어떻게 해야 해? 어?"

"네, 제가 알아서 잘 처리하겠습니다."

"이번은 정말 문제없이 처리해야 해. 너나 나나 목숨 걸린 일이야! 알았지?"

"예, 계장님."

"그래. 난 미꾸라지 잡으러 간다. 제발 잘 좀 하자. 난 또 똥 치우러 가야 한다고. 힘들다, 힘들어."

"걱정 마십시오, 계장님. 잘 처리하겠습니다."

김 경위는 채비로 계장을 향해 90도로 고개 숙여 인사하고는, 문이 닫히는 소리에 그제야 고개를 들었다.

"무슨 꿍꿍입니까? 김범진 팀장님."

"어, 안 경위. 미안했어. 난 그것도 모르고 안 순경, 안 순경 불렀네. 속 좀 쓰렸겠어? 같은 계급끼리…… 하하하. 아이, 시벌. 어쩌면 좋아. 소담이는 안 다치게 하려 했는데……. 이제 그렇게 할 필요가 없어졌네. 이게 다아 여기, 안 경위 때문이야. 그러니 원망하려거든 안 경위한테 하라고."

"그게 무슨 말이에요? 이거 풀어 주세요. 아빠가 경찰을 도왔다면서요. 근데 저한테 왜 이러시는 거예요? 아니죠? 당신들이 우리 아빠를 죽인 거지? 그렇지?"

"참 쓸데없이 눈치가 빠르네. 하하. 소담아, 눈치만 빠른 게 아니야. 그러다 먼저 갈 수도 있어. 명이 짧아진다고. 조심해. 하하하. 우하하하!"

소담은 눈동자만큼이나 떨리는 목소리로 말했다.

"그게 무슨……."

"강소담 씨, 이자 말은 믿지 마세요."

찰싹!

"으윽! 이……."

찰싹!

"아! 으윽……."

김 경위는 손바닥으로 안 경위의 양 뺨을 연달아 쳤다.

"뭐? 이자? 야, 안 순경. 너도 조심해. 네 수명도 짧아지니까.

지금 내가 웃으면서 얘기하니까 기분 좋은 줄 알고 있나 본데. 안민호, 이 재수 없는 새끼."

소담은 자신의 아버지를 죽인 범인이 김 경위라고 확신하고 분노에 찬 얼굴로 소리쳤다.

"김범진! 당신이 우리 아빠를 죽인 거야? 이 나쁜 놈아! 네가 죽였구나. 그렇지?"

"이런, 너까지 왜 그러냐. 말이 많이 짧다? 적당히 해에. 소담아, 나는 거짓말한 거 없어. 우리를 도운 게 바로 경찰을 도운 거지. 안 그래? 단돈 500만 원 때문에……. 하하하. 그래! 바로 네 대학 등록금 때문에 그런 거잖아, 솔직히."

"뭐라고…… 흐으……."

소담은 자신의 대학 등록금 때문에 아빠가 이런 일에 엮인 거라는 생각에 울컥 감정이 복받쳐 올라왔다.

"그래, 울어야지. 울어야 정상이지. 너 때문에 네 아빠가 죽은 건데. 네 등록금 벌겠다고 그 어려운 걸 몸소 나서서 한다고 했으니 말이야. 그런데 그것까진 생각을 못 했던 거지. 지가 죽게 될 걸 말이야. 어쩌나? 안쓰러워서. 아이고, 괜찮아! 펑펑 울어!"

김 경위의 깐죽거리며 비아냥거리듯 뱉어 내는 말에 흥분한 소담은 울부짖으며 발버둥 쳤다.

"아아……. 아니야……. 아니라고! 흐으으……. 다 거짓말이야!"

"소담 씨, 다 거짓말일 겁니다. 그러니 너무 자책 말아요. 네?"

"자책 말아요오. 아이고, 참. 안민호 순경, 너는 자책 좀 해야 하지 않냐? 너 때문에 소담이까지 이렇게 된 신세에."

안 경위는 미간을 잔뜩 찌푸린 채 김 경위를 노려보며 말했다.

"도대체 무슨 속셈이야? 이제 다 소용없어. 이런다고 너희들이 한 짓을 숨길 수 있을 거라 생각해? 나와 강소담 씨를 풀어 줘! 이래 봤자 당신들 죄가 더 추가될 뿐이라고. 셈 좀 제대로 해 봐, 김범진!"

"셈? 아이, 이거 어쩌나? 내가 셈은 젬병이라. 하하. 경찰대 나와서 셈 잘하는 네가 어디 제대로 좀 해 봐. 그래서, 어디까지 알고 있는 거야? 나 폭력 쓰는 거 정말 안 좋아하거든? 근데 내가 흥분하면 통제가 안 돼요. 그러니까 좋은 말로 할 때 말하는 게 좋을 거야. 응?"

소담은 눈물이 맺힌 목소리를 억누르며 겨우 입을 열었다.

"김 형사님, 그래서 아빠를 죽인 사람이 정말 민 팀장이라는 건가요?"

"어? 소담, 벌써 다 울었어? 아이고, 상심이 컸지? 소담이 아빠를 죽인 범인……. 그게 알고 싶어? 충격이 크겠지만 알고 싶다면 말해 줘야지. 근데 그 전에 소담이도 나한테 솔직하게 말해 줬으면 좋겠는데……."

"말씀해 주세요. 도대체 누가 우리 아빠를 죽인 거죠?"

"알고 싶으면 먼저 말을 해 줘야지. 안 순경한테 들은 거 있으면 나한테 다 말해 봐. 하나씩 하나씩 얘기해 보자고."

"강소담 씨, 그자 말은 들으면 안 됩니다. 분명 아버님을 죽인 범인도 김범진……."

퍼억! 퍽!

"윽! 으흐으⋯⋯."

김 경위는 주먹으로 안 경위의 복부를 연달아 때리더니 버럭 화를 내며 말했다.

"야! 말조심해! 한 번만 더 그 주둥이 놀리면 그때는 이 정도 가지고는 안 될 거다."

"안 형사님! 괜찮으세요? 이게 무슨 짓이에요? 말 안 해도 알겠네. 당신이 우리 아빠를 죽인 거지? 그렇지? 절대 가만두지 않을 거야, 당신!"

"아유, 무서워라. 눈 그렇게 뜨지 마. 주먹을 부르는 눈빛인데⋯⋯. 나도 여자는 때리기 싫다고. 소담아, 잘 들어. 누가 죽였는지는 여기서 중요한 게 아니야. 중요 뽀인트는 네 아빠 강시민도 공범이라는 거지. 알아들어? 내가 범인이면 네 아빠도 범인이라는 거, 그 사실만 알아 둬."

"당신 정말 미친 거 아니야? 지금 대체 무슨 말을 지껄이는 거야! 야, 김범진! 이 나쁜 놈아! 아빠는 피해자라고! 살인자는 너고!"

"아우⋯⋯. 목청도 무지 크네. 안 되겠다. 미안하지만 조용히 좀 있어야겠어."

드드득, 뚝.

김 경위는 소담의 얼굴을 한 손으로 붙잡고 입에 청테이프를 붙였다.

"어! 손등에 그 상처⋯⋯ 으흡."

소담의 말에, 김 경위는 자신의 손을 들어 올리며 말했다.

"아, 이거? 영광의 상처지. 마약 밀매 현장을 급습했다가 야쿠자 쌔리들 사시미칼에……. 하하. 그때 정말 대단했는데 흉터가 작아서 좀 아쉬워. 이런 상처는 좀 커야 티를 팍팍 낼 수 있는데 말이야. 우하하하."

"김범진!"

"아, 깜짝이야! 넌 다행이라고 생각해. 아직 못 들은 게 있어서 그냥 두는 거니까. 소담 양은 얌전히 듣고 있어. 알았지? 진정되면 풀어 줄게, 그 테이프. 크하하하."

"미친 새끼."

"에? 너도 욕을 다 하는구나? 좀생이인 줄 알았는데. 그래, 욕도 했겠다. 이제 좀 말해 보지? 대체 어디까지 알고 있는 거야? 사실대로 다 풀어놔. 안 그러면 네 몸 구석구석 뼈가 제대로 붙어 있는 곳이 없게 만들어 줄 테니까. 보이지? 요 방망이."

꽝!

김 경위는 알루미늄 야구 방망이를 들어 올려, 안 경위 옆 바닥을 힘껏 내리쳤다.

"자, 이제는 진짜 네 머리통을……."

"알았으니까 그 방망이는 내려놓고 얘기하지. 죽이더라도 아프지 않게 죽여 줬으면 좋겠어. 부탁이야."

"아이, 무슨 그런 섭섭한 말씀을……. 내가 왜 죽여? 나 그런 사람 아니야. 그래, 그럼 말해 봐. 방망이도 내려놨으니……. 근데 안 순경, 말이 좀 짧네? 거슬리게."

김 경위는 안 경위의 말이 거슬렸는지 그의 뺨을 한 대 갈겼다.

"음, 으읍!"

쿵! 쿵!

소담은 그 모습에 놀라 의자에서 빠져나오기 위해 몸을 들썩거렸다.

"아이, 참. 소담아, 이러지 말자. 이러면 발도 묶어야 하잖아. 참 귀찮게⋯⋯. 잠깐 기다려."

"강소담 씨, 미안해요. 이제 틀렸어요. 솔직히 말하고 목숨만이라도 살려 달라고 하는 게 좋겠어요."

김 경위는 발버둥 치는 소담의 발을 테이프로 묶으며 말했다.

"오호, 이제야 제대로 맞는 말하네. 그래, 소담아. 소담이도 그럴 생각 있으면 언제든 말해? 크하하하. 자, 안민호 경위님. 이제 말씀해 보실까요."

차 뒷좌석에 다리를 꼬고 앉은 채비로 경정은 누군가와 통화하고 있다.

"어떻게 됐어? 잡았어?"

"죄송합니다. 놓쳤습니다. 민우직 팀장이 워낙 눈치가⋯⋯."

"야! 지금 누가 팀장이야? 정 경위, 똑바로 안 할 거야?"

"네, 시정하겠습니다."

"박 팀장은 지금 어디 있어?"

"박 팀장은 경찰청으로 복귀했습니다. 저희는 민우직 팀⋯⋯

용의자를 쫓다가 보고드리는 겁니다."

"그래, 어디서 놓친 거야?"

"한강 공원 선착장에서 놓쳤습니다. 지금 샅샅이 수색 중에 있으니 금방 소재 파악이 될 겁니다. 너무 걱정 마십시오."

"빨리 좀 찾아봐. 이 좋은 기회를 놓치고……. 멍청한 놈들. 어떻게든 잡아야 한다고. 알았어?"

"예, 계장님."

채 경정은 전화를 끊고 운전 기사에게 지시했다.

"동작 경찰서로 바로 가자."

"네, 알겠습니다. 동작 경찰서로 모시겠습니다."

[꽃 피이는 동백서엄에 보옴이…….]

채 경정은 가락진 노랫소리가 울리는 휴대폰을 가만히 내려다보다 통화 버튼을 누르고 귀로 가져갔다.

"어, 우직 형님. 미안합니다. 갑자기 일이 생겨서. 많이 기다리셨습니까? 연락해야 했는데 죄송하게 됐습니다."

"괜찮습니다, 채비로 계장님. 그건 그렇고 오늘 시간 좀 내주시죠?"

"아이, 어색하게 왜 그러십니까? 말 편하게 하십시오. 아까는 제가 농을 좀 친 겁니다. 하하하."

"농담이 아닌 것 같았는데……. 정 그러면 그래, 고마워. 비로야, 이번에는 장난치지 말고 시간 좀 내줬으면 좋겠다."

"아하, 이거 제가 좀 바빠서……. 그래도 형님이 시간 좀 내달라고 하시니…… 하하. 제가 지금 동작 경찰서에 일이 있어서 가는 길입니다. 그 일 마치고 밤늦게 어떠십니까?"

"아……. 그래. 뭐, 좋아. 그럼 어디서 만날까?"

"이쪽으로 오시죠?"

"뭐? 경찰서로? 에이, 그러지 말고. 여의도 공원으로 와라. 아! 그리고 이번에는 진짜 혼자 와. 그게 좋을 거야."

"뭐 좋은 거라도 있나 봅니다."

"그럼, 있지. 아주 좋은 거. 비로야, 많이도 처먹었더라. 그래서 그렇게 배가 많이 나왔나? 하하하. 부전자전이라고 네 부친도 만만치 않던데 적당히 좀 해 처먹지 그랬어? 이 정도면 좋은 선물이지? 그렇지?"

인상을 잔뜩 찌푸리던 채 경정은 이마에 손을 가져가며 크게 소리 내어 웃었다.

"……아하하하. 이 양반, 참. 무슨 소리를 그렇게 섭섭하게 하시나……. 아, 이런. 녹취라도 하고 있는 거야? 장난은 그쪽에서 치네, 지금."

"에이, 장난이라니……. 나 장난 같은 거 안 쳐. 너처럼."

"근데 여의도 공원은 좀 멀어. 내가 그 정도 짬은 안 나네. 대신 노량진역에서 봅시다. 사람들 없는 조용한 시간에. 막차 시간이 좋겠네. 괜찮죠?"

"노량진역? 음……. 그래, 좋다. 비로야, 이번에도 장난치면 안 된다. 두 번은 그냥 가만히 있지 않아."

"아이고, 알았습니다. 걱정 마시고. 무슨 큰 선물을 주시려고 이러시나? 선물 대가로 부탁이라도 하려 그러시나? 너무 과한 부탁은 힘든데…….”

“만나서 얘기하자.”

“그래요, 그럼. 이만 끊습니다.”

채 경정은 전화를 끊음과 동시에 심한 욕설을 내뱉었다.

나는 승강장으로 내려가는 계단 중간에 멈춰 섰다. 머리에서 머무르던 통증이 서서히 온몸으로 퍼져 가고 있었다. 지금까지는 시체들은 떠올려야 고통이 느껴졌고, 시간이 지날수록 그 강도가 점점 약해졌었다. 반면, 내 시체는 보면 볼수록 통증이 심해져만 갔다.

나는 머리를 부여잡고 힘겹게 눈을 떴다. 확인해야만 했다. 뭐라도 좋으니 단서를……. 지난번 마주친 내 시체 눈동자에는 소담 씨가 담겨 있었다.

“아아……. 으윽!”

통증을 이기지 못하고 그대로 계단에서 쓰러지는 나를 누군가 단단한 손으로 붙잡는 것이 느껴졌다.

다행히 곧 정신을 차렸지만 눈앞은 아직 흐릿했다. 조금씩 줄어드는 통증에 눈동자를 굴려 주변을 살피는데, 제대로 보이는 것도 들리는 것도 없어 상황 파악이 되지 않았다. 그저 누군가 날 안고 어디론가 가고 있다는 것, 그뿐이었다.

이내 어딘가에 몸이 내려지고, 옆에서 목소리가 메아리처럼

웅얼웅얼 들려왔다.

"시보야! 남시보! 정신 좀 차려 봐! 어? 내 말 안 들려?"

"어……. 으어……. 형님……."

"그래, 나야. 괜찮아? 너 큰일 날 뻔했어."

"혀…… 형님, 좀 일으켜 주세요."

"어, 그래."

민 팀장은 내 등에 손을 받쳐, 내가 일어나 앉을 수 있도록 도
와주었다.

"여긴 왜 들어왔어? 밖에서 보자고 했잖아."

"온 김에 확인해야 할 게 있어서요. 그보다 소담 씨가 지금,
하아……. 김범진 형사에게 잡혀 있어요."

"뭐? 잡혀 있다고?"

"네, 팀장님을 데리고 오지 않으면 가만두지 않을 거라
고……. 근데 대체 어디에 있는지 모르겠어요. 안 형사도 우릴
보호해 주겠다고 안심하라고 말하고는 연락도 없이 사라졌다
고요. 진짜……. 김 형사와 짜고 소담 씨를 납치한 건 아닐까
요? 혹시 김 형사와 공범……."

"시보야, 미안하다. 다 나 때문이다. 하지만 안민호 형사는 아
니야. 무슨 사정이 있어서 그런 걸 거야. 이걸 어디서부터 얘기
해야 하나……. 자, 일단 진정하고 들어 봐."

최 형사를 만나기 위해 사육신 공원에 갔어. 알고 있지? 근데
만나자고 한 시간이 훨씬 넘었는데도 보이지 않는 거야. 전화

도 받지 않고 말이야. 다시 공원 입구로 걸어가면서 전화를 거는데 어디선가 벨 소리가 들리더라고. 당연히 벨 소리가 들리는 곳으로 곧장 달려갔지. 풀밭에서 떨어진 휴대폰을 발견하고 집어 들었는데, 바로 앞에 최 형사가 쓰러져 있지 뭐야. 너무 어두워서 처음엔 몰랐거든? 설마 했어. 설마 했는데…… 정말 죽어 있던 거야. 너무 놀라서 그 자리에 주저앉아 버렸어.

그때 인기척이 들리길래 고개를 돌리니 누군가 내 쪽으로 걸어오고 있더라고. 또 살인자로 오해받을 것 같아 바로 자리를 피해 버렸어. 최 형사에겐 미안하지만 어쩔 수 없었다…….

아, 그래. 시보 너한테는 최 형사를 못 만났다고 했지. 미안해. 혹시나 너까지 날 의심할까 봐 걱정돼서 사실대로 말 못 했어. 알아. 너도 그 자리에 있었다고……. 그건 나중에 들었어.

이후엔 사육신 공원을 빠져나와서 바로 택시를 탔어. 그때 내 손에 최 형사 휴대폰이 있다는 걸 깨달았지. 혹시나 해서 휴대폰 문자를 확인했는데, 그 안에 내게 보내려다 못 보낸 메시지가 있던 거야. 알지? 노트에 기록하는 내 방식 말이야. 그 방식으로 뭐라고 써서 보내려고 했던 것 같아. 아마 죽음을 예감했거나, 죽어 가면서도 나한테 무언가를 남기려 했던 게 아닐까…….

보내려 했던 메시지는 최 형사 집 안의 한 장소를 가리키고 있었어. 최 형사가 혼자 살다 보니 나랑 연우가 자주 놀러 가서, 같이 술도 마시고 잠도 자곤 했거든. 술을 마실 때 우식이가 좋은 술을 꺼내 오는 곳이 있었는데, 그곳은 연우랑 나밖에 모르는 곳이라고 했어. 그곳이 메시지에 남겨져 있던 거야.

그래서 바로 우식이 집으로 갔지. 근데 누군가 날 미행한다는 느낌이 들었어. 우식이 집 근처에 내려 주위를 일부러 빙빙 돌았더니 그놈도 나랑 함께 돌고 있더라고. 그때 미행을 확신했지. 일단 미행하는 놈부터 잡으려고 일부러 동네 마트의 뒷문으로 몰래 나와 뒤에서 그놈을 덮쳤어. 근데 그게 누구였는지 알아? 어? 어떻게 알았어? 맞아. 안민호 형사였어.

"안 형사! 자네가 왜……. 미안해. 하지만 이렇게 된 거 어쩔 수 없게 됐네. 총이랑 휴대폰 천천히 빼서 바닥에 내려놔."

나한테 총이 어디 있겠어. 손가락을 옷으로 두르고 총인 척했지. 등에 닿게 겨누니 안 형사는 총으로 인지하고 손을 번쩍 들더군.

"민 팀장님, 알겠습니다. 내려놓습니다."

안 형사는 천천히 안주머니에서 총과 휴대폰을 꺼내 바닥에 내려놓았어.

"그래, 좋아. 천천히 뒤로 물러나."

"네. 그런데 팀장님, 제 말 좀 들어 주십시오. 말씀드릴 게 있습니다."

"알았어. 우선 물러나!"

나는 안 형사를 살피면서 바닥에 있는 총과 휴대폰을 조심스럽게 집어 들었어. 그리고 그 총을 안 형사에게 겨눴지.

"됐어. 이제 말해."

"제가 봤습니다. 민 팀장님……."

"아니야. 내가 아니라고, 안 형사!"

"네, 압니다. 그 말씀을 드리려고 했습니다."

"어?"

"제 말을 끝까지 들어 주십시오. 제가 봤다는 건, 최 형사님을 죽인 진짜 범인을 말씀드리는 겁니다. 어두워서 누군지는 자세히 보지 못했습니다. 하지만 일이 일어난 이후 팀장님이 달려오시는 것을 봤습니다. 팀장님이 오는 걸 보고 그자들이 도망친 겁니다."

"그자들? 한 명이 아니라는 거야?"

"네, 두 명이었습니다. 어, 이제 총은……."

안 형사는 손을 내리며 앞으로 돌아서다, 총을 보고는 다시 손을 번쩍 들더군. 하하.

"아, 미안. 총은 내리지. 여기 휴대폰."

"감사합니다. 두 명 모두 모자 같은 걸 쓰고 있었습니다. 한 놈은 후드 티에 있는 모자를 쓴 것 같았고, 또 한 놈은 캡 모자에 마스크를 하고 있어서 얼굴을 자세히 보지 못했습니다."

"그럼 그자들을 쫓았어야지, 왜 날……."

"그게…… 그때 갑자기 남시보 씨가 나타나서……."

"뭐? 시보가?"

"네, 남시보 씨가 팀장님을 따라가 부르기까지 했는데 못 들으셨습니까?"

"아! 그게 시보였던 거야? 이런……."

"혹시 남시보 씨가 모두 뒤집어쓰는 건 아닐까 걱정돼, 먼저 남시보 씨를 안전한 곳으로 데리고 간 후 팀장님을 쫓은 겁니다."

"아……. 그랬군. 미안, 난 그것도 모르고."

"아닙니다. 모르시는 게 당연하죠. 민 팀장님, 이제 믿으셔도 되지 않겠습니까? 호텔에서도 말씀드렸지만, 저는 팀장님이 범인이 아니라는 걸 믿습니다. 김범진 형사의 비위 사실…… 아, 그리고 강시민 씨 살인 사건의 중요 증거물인 블랙박스 영상도 조작된 것으로 최종 확인됐습니다. 그러니…… 호텔에서도 그리고 지금 여기서도 팀장님을 믿고 도우려는 제 마음은 알아주셨으면 합니다."

"그래……. 그렇게까지 말하니……. 내 말 잘 듣게나. 범진이와 채비로는 공범일 가능성이 높아. 호텔에서도 말했지만 최형사도……."

"그거야 알고 있습니다. 물증도 일부 확보했습니다."

"아니, 비위 사건을 말하는 게 아니야. 살인 사건을 말하는 거지."

"네? 살인 사건이요?"

안 형사는 생각지 못한 듯 꽤 놀라더라고.

"아직 확실한 물증은 없어. 그래도 이진성 씨와 연우의 죽음에 두 사람이 깊게 관여되어 있다는 건 확실해. 안 형사도 시보가 시체 환영을 본다는 건 알고 있지?"

"네, 들어서 알고 있습니다."

"믿을지 모르겠지만, 시보는 시체에서 중요한 단서가 될 수 있는 걸 볼 수 있다네. 그런데 뭘 봤는지……. 안 형사, 내가 자네를 정말 믿어도 되겠나? 나보다 시보의 신변이 걱정돼서 그러네."

"어떻게 말씀드려야 믿으시겠습니까? 경찰청 감찰계 소속이라고 말씀드리지 않았습니까? 호텔에서도 그렇게 보내드렸고, 또 지금도……. 그러니 믿으셔도 됩니다."

"그래, 알았네. 말하지. 시보가 연우 시체 눈에서 채비로를 봤어. 이진성 씨 시체에서 범진이를 보고 말이야. 살인 사건이 있던 그 시점에 채비로와 범진이가 계속해서 연락을 주고받은 것도 확인했네. 이진성 씨가 죽는 그날까지 범진이와 통화했다는 사실도 말이네."

"정말입니까? 물증이 있으십니까?"

"둘의 통화 내역은 확보해 뒀어."

"하지만 남시보 씨 말을 어떻게 믿습니까? 그리고 보인다는 사실만으로 범인이라고 할 수 없지 않습니까? 또 그게 증거가 되겠습니까?"

"하지만 지금까지 여러 가지 정황상 들어맞아. 그래서 믿음이 가네. 단, 이제 물증을 찾아야지. 그 물증을 찾으러 여기에 온 거야. 최 형사가 숨겨 놓은 증거물이 어디에 있는지 알아냈거든."

"정말이십니까?"

"그래, 그러니 어서 찾으러 가세. 같이 가자고."

"네, 팀장님. 이제 한 배를 탄 겁니다. 믿어 주십시오."

"한 배? 하하. 그래. 이 총도 이제 받게."

"네."

"여기까지가 우리가 나눈 대화야."

"형님, 이진성 씨 시체 눈에서 본 사람이 김범진 형사라는 건 어떻게 아셨어요?"

"그날 네가 말해 준 옷차림을 한 사람이 김범진이었더라고."

"그게 기억나신 거예요?"

"이진성 씨 사건이 일어난 당일에 연우 승진 기념으로 단체 사진을 찍었거든. 그 단체 사진을 최 형사가 카톡으로 보낸 게 있었어. 근데 밝게 웃고 있는 연우 옆에, 범진이가 그런 비슷한 옷을 입고 있는 거야. 그리고 내 기억으로는 저녁 술자리에 잠깐 들린 범진이가 입고 있던 옷과 사진 찍을 때 입고 있던 옷이 달랐어. 그래서 사진 속 범진이가 입었던 옷을 찾아 국과수에 확인해 봤지."

"그래서요? 맞았나요?"

"응, 그 옷에서 이진성 씨 혈흔이 나왔어."

"정말요? 아……. 그래서 어제 옥탑에 못 오신 거예요?"

"맞아. 증거물 찾고 감식 결과 확인하는 데 시간이 좀 걸렸어. 아침에 휴대폰을 확인해 보니 배터리가 방전돼 꺼져 있지 뭐야. 미안, 많이 걱정…… 아니, 화났지?"

"네, 화도 많이 나고 걱정도 많이 했네요. 전 그것도 모르고……. 근데 최 형사님 집에 있다던 증거는 찾으셨어요?"

"그래, 찾았지. 뭐가 나왔는지 궁금하지 않아?"

"궁금해요. 뭐가 있었던 거예요?"

제18화

숨 막히는 추격전

"민우직 팀장님은 모든 걸 다 알고 계십니다. 증거도 찾았다고 하셨습니다. 하지만 어디에 계시는지 정말 모릅니다. 강소담 씨도 전혀 모르고 있습니다. 믿어 주십시오, 팀장님."

"크하하. 안 순경, 이렇게 쉽게 다 말해 버리는 거야? 내가 그 걸 어떻게 믿지? 머리 굴리는 거 아니야?"

김 경위는 안 경위의 머리를 톡톡 쳤다.

"아닙니다. 저는 감찰계에 배치된 지도 얼마 되지 않아서 그 렇게 머리 굴리며 누굴 속일 정도가 못됩니다. 그저 제 목숨 하 나 지키려고 말씀드리는 겁니다. 믿어 주십시오, 팀장님."

"음! 으음!"

"오호, 소담이 눈빛을 보니 사실을 말하는 것 같기도 하네. 좋 아. 그럼 안 순경, 네가 알고 있는 거 다 불어. 그럼 내가 너만은 살려 주지. 단, 여기서 있었던 일은 알지? 네 목숨 값이니 절대 발설해서는 안 된다. 알았어?"

"네, 물론입니다. 제가 수사하면서 수집한 증거물들도 다 드리겠습니다. 원본 그대로 다 드릴 테니 살려만 주십시오. 네? 그래도 같이 한솥밥 먹던 식구 아니었습니까? 그러니 제발……."

"그래, 우리 안 순경. 다시 보니 참 마음에 드네. 그래, 더 없어?"

"어……. 아! 생각났습니다. 최우식 경위 살인 사건 현장에 남시보 씨가 있었습니다."

"뭐? 정말이야?"

쿵쿵!

쾅! 꽈당!

소담은 두 눈을 크게 부릅뜨고 온몸을 비틀며 발버둥 치다, 의자와 함께 옆으로 고꾸라졌다.

"아, 깜짝이야! 오호, 반응을 보니 시보랑 그렇고 그런 사이인가 보네? 근데 소담아, 자칫하면 너 먼저 저 위로 갈 수 있으니까 좀! 얌전히 있어. 알았지? 아이고, 꽤 무겁네. 으하하하."

의자에 묶인 채 넘어진 소담을 김범진 경위가 일으켜 앉히며 말했다.

"자, 계속 얘기해 봐."

"네. 그 현장에서 남시보 씨가 민 팀장을 봤습니다. 민 팀장을 살인범으로 오해…… 아니, 살인범으로 알고 있더라고요. 그러니까 남시보 씨를 최우식 경위 살인 사건 증인으로 법정에 세우면, 민우직은 빼도 박도 못 할 겁니다. 그럼 민우직이 가지고 있는 증거들은 공신력을 잃게 될 거고요. 어떠십니까?"

"오, 그래? 남시보라……. 야아, 안 순경. 제대로 한 건 해 주는데! 알았어. 내가 채비로 계장님께 잘 말씀드려 볼 테니까 너무 걱정하지 마. 안 순경은 앞으로 우리 사람이 되는 거야. 그럼 채비로 계장님도 널…… 설마 죽이지는 않겠지. 안 그래?"

"네, 팀장님. 저에게 기회를 주신다면 영광으로 여기겠습니다. 꼭 그렇게 말씀 좀 드려 주십시오. 감사합니다. 정말 감사합니다."

"이 친구 마음에 쏙 드네. 일단 가지고 있다던 그 증거물들부터 넘겨줘야겠어. 그것부터 시작해 보자고. 나도 충성심을 봐야 할 거 아니야?"

"아……. 그럼 제가 가지고 오겠습니다."

"아니야. 그건 아니지. 내가 가서 가지고 올 테니까 어딘지만 말해."

"근데 그게…… 제가 가야만 가지고 나올 수 있습니다. 증거물 보관소는 아무나 열람할 수도 없어서 말입니다. 한 식구로 받아 주신다고 하지 않으셨습니까?"

"음, 으음! 으으윽……."

이번에도 소담은 두 눈을 부릅뜨고 온몸을 비틀며 몸부림쳤다.

"나는 저 액션이 참 좋단 말이지. 쟤 덕에 믿어 주는 거다?"

"감사합니다. 그럼 이제 이것 좀 풀어 주십시오, 팀장님."

"그래, 그럼 풀어 줄 줄 알았지? 카하하. 안 순경, 미안하지만 이렇게 함께 가자고. 가서 직접 내게 전달해 주면 믿어 줄게. 조금이라도 이상한 짓 하기만 해. 소담이 목숨은 책임 못 지니까. 알았어? 자, 일어나."

"그럼 다 같이 움직이는 겁니까? 그러면 사람들 눈에……."

"걱정하지 마. 차로 이동할 거고 도착하면 너만 다녀오면 돼. 내가 말하는 장소로 잘 가지고만 오면 되는 거야. 알았어?"

"네, 알겠습니다."

"오케이! 좋았어. 자, 소담이도 이동……."

김 경위는 안주머니에서 울리는 휴대폰을 꺼내 화면을 확인했다.

"오호."

그러고는 전화를 받으며 말했다.

"이제야 연락이 됐나 보군요, 형님! ……아유, 그럼요. 내가 누구처럼 사람이라도 죽일까 봐 그러십니까? ……이런, 어쩌나? 내가 지금 어디 좀 가야 하는데……. 감금이라뇨? 대한민국 경찰이 어떻게 선량한 시민을 감금한답니까? 하하하. 뭐, 마음대로 생각하시고. 이제, 소담이와 시보를 위해서라도 그만하고 자수하시죠? 그게 누이 좋고 매부 좋은……. 하하. 아직도 말장난할 여유가 남아 있나 봅니다. ……여기요? 나야 좋죠. 노량진로 명보 빌딩이라고, 알죠? 와서 다시 연락해요."

김 경위는 짧은 통화를 끝낸 뒤, 휴대폰을 다시 주머니에 넣으며 비릿하게 웃었다.

"이 경위가 남긴 증거물들이었어. 그동안 이 경위가 모아 둔 USB와 사건 노트를 최 형사가 자기 보물 창고에 옮겨 놓은 거야. 최 형사가 술을 좋아해서 연우랑 내가 올 때면 항상 같이 마셨는데……."

민 팀장은 투박하게 손으로 눈물을 훔쳤다.

"아무튼…… 사건 노트를 확인해 보니, 네가 연우 집에서 가져온 그 내용들이 자세히 쓰여 있었어. 채비로 부친과 그룹 총수들 간의 유착 관계가 잘 기록되어 있더군. 그 외에 채비로 부친이 여러 정치인들과 그룹 총수들을 연결해 준 정황도 담겨 있었고……. USB에선 대화 녹음 파일이랑 장부 리스트까지 확인했어."

"와아! 완전 대박 사건인데요. 게이트급 아닌가요?"

"맞아. 그래서 연우를 죽인 게 아닌가 싶고……. 날 잡으려 한 것도 그 증거물이 나한테 있는지 확인하려는 이유일지 몰라. 근데 최 형사가 가지고 있었던 거지. 아마 최 형사가 모든 걸 알고 있다고 생각했을 거야. 그래서 죽였을 거고."

"그럼 그 증거물을 공개하시죠? 팀장님도 누명을 벗을 수 있는 기회잖아요."

"그럴 수도 있겠지. 하지만 장부 리스트도 사진 파일뿐이라……. 사본은 증거 채택이 되지 않을 수 있어. 녹음 내용도 불법 도청이라 증거로 채택될 수 없고. 결국 증거 불충분으로 무혐의 처분을 받게 될 거야. 그럼 나머지 증거물들도 다 소용없게 돼."

"하지만 증거가 아무 소용도 없다면 왜 이 경위님을 죽였겠어요?"

"연우가 살아 있다면 또 다르지. 연우가 원본을 가지고 있었던 게 확실해. 그걸 빼앗겼을 거고, 최 형사도 그것까지는 모르고 있었던 거야. 그러니까 앞으로 확실한 물증을 더 확보해야하고, 그때까지는 이걸 공개하면 안 돼."

민 팀장은 시계를 확인한 뒤 말을 덧붙였다.

"시보, 이제 몇 시간 안 남았지? 너는 위험하니까 수원 부모님 집으로 가 있어. 아니면 오늘 하루라도 고시원에서 있든지."

"소담 씨는 어쩌고요?"

"걱정 마. 소담이는 내가 어떻게든 찾아서 무사히 집으로 보낼 테니. 범진이가 소담이를 어쩌지는 못 할 거야. 그냥 협박하는 정도겠지. 내가 타깃이니까, 범진이를 직접 만나서 확인해볼게. 아니다. 지금 바로 전화해 볼게."

"아니요. 저도 같이 있을게요. 소담 씨가 안전한지 확인하고 집에 가든 고시원에 있든 할게요. 제발요."

"아……. 알았어. 참, 그 고집. 소담이랑 똑같다니까. 그럼 잠깐만 기다려."

민 팀장은 곧바로 김 형사에게 전화를 걸어, 가장 먼저 소담 씨의 안부부터 물었다. 이어지는 대화 내용을 들어보니 다행히 큰 문제는 없는 듯했다. 민 팀장은 어딘가에 가겠다는 말을 끝으로 짧은 통화를 마무리했다.

"또 사육신 공원에서 보자고 하네. 이 자식은 아는 곳이 사육신 공원밖에 없나. 왜 매번 그곳에서 보자고 하는지, 원. 우선 범진이부터 만나러 가야겠어. 시보 네가 해 줄 게 생겼다."

"제가요? 뭔데요?"

"동작 경찰서로 가서 유치장에 소담이가 있는지 확인해 봐. 왠지 그곳에 있는 것 같아서 그래. 난 안 형사한테 전화해 볼게. 소담이 만나면 바로 연락 주고. 알았지?"

"네, 바로 가서 확인해 볼게요."

"그래. 어서 가 봐."

"야아, 이거…… 소담이 덕분에 민우직도 잡게 생겼네. 하하. 안민호 순경, 그 증거물은 좀 있다 찾으러 가야겠어. 여기로 귀한 손님이 오시니까 말이야."

"아, 그렇습니까? 그럼 일이 더 빨리 해결될 것 같습니다. 근데 팀장님, 제가 화장실 좀 다녀와야 할 것 같은데……. 사실 아까부터 급했는데 말도 못 했습니다."

"아이, 정말. 어쩐지 냄새가…… 하하하. 큰 거?"

"작은 겁니다."

"그래, 알았어. 그럼 다리만 풀어 줄 테니까 허튼짓할 생각 마!"

"믿어 주시기로 하지 않으셨습니까?"

"내가 이렇게 생겨 먹은 걸 어떡해! 사람 잘 못 믿는 거 알면서 그래."

"일단은 지금 너무 급하니 같이 가 주십시오, 팀장님."

"에이, 피곤하게. 앞장서."

"네, 팀장님."

김범진 경위는 복도로 나서며 화장실 위치를 손으로 가리켰다.

"그런데 팀장님, 손도 풀어 주셔야…… 하하. 아니면 직접?"

"다시 한번 말하는데 쓸데없는 생각은 마라. 너 하나쯤은 내가 쉽게 제압한다고."

김 경위는 그렇게 말하며 안 경위 손에 채워진 수갑을 풀어 주었다.

"정말, 왜 그러십니까? 팀장님. 같은 식구로 받아 주신다면서요. 좀 믿어 주십시오."

"네가 가지고 있는 증거물이 내 손에 들어와야 식구인 거야. 딴생각 하지 마라. 알겠어?"

"넵, 팀장님."

따르릉. 따르릉.

때마침 김 경위 휴대폰이 울렸다.

"아……. 야, 통화하니까 조용히 해라. 허튼짓 말고."

동작 경찰서 유치장에 강소담이라는 사람은 없었다. 도대체 소담 씨를 어디로 데리고 간 걸까? 여전히 안 형사에 대한 의심이 남아 있지만……. 나는 고개를 가로저었다. 민 팀장도 아니라고 했으니까.

그때 주머니에서 휴대폰 진동이 느껴졌다. 모르는 번호였지만 나는 곧바로 통화 버튼을 눌렀다.

"네, 남시보입니다."

"남시보 씨, 서필감 과장입니다."

"아! 예, 서 과장님. 왜 이제 연락……."

"미안합니다. 긴급회의가 열려서 이제야 보고를 받았어요. 남시보 씨, 지금 저희가 사태를 파악하고 있는데, 안민호 경위가 연락이 되지 않아 위치 추적 중에 있습니다. 다행히 추적이 되는 휴대폰이라……. 여하튼 파악되는 대로 안 형사가 있는 곳으로 요원들을 보낼 예정입니다. 그러니 조금만 기다려 주세요. 아마 강소담 씨도 그곳에 함께 있을 겁니다."

"정말인가요? 그럼 저한테도 좀 알려 주시겠어요?"

"남시보 씨는 우선 댁으로 가서 기다리고 계세요. 상황 완료되면 연락드리겠습니다."

"네? 아니……. 어떻게 집에서 기다리고만 있으라는 말씀이세요? 저 소담 씨 잘못되면…… 안 돼요! 안 된다고요!"

"남시보 씨, 그 마음 알지만 저희 경찰을 믿고 기다려 주십시오."

"경찰을 믿으라고요? 지금 경찰이 소담 씨를 납치한 거 아닌가요?"

"아……. 네, 그렇죠. 그 점 미안하게 생각합니다. 하지만 알려드릴 순 없어요. 이번만큼은 믿고 기다려 주세요. 그럼 이만 끊습니다."

"……네."

"너무 걱정 마세요. 그럼."

뚜 뚜.

소담 씨가 어떤 상황인지 모르는데 마냥 집에서 기다리라니……. 어떻게 해야 할지 고민이 된 나는 손으로 머리를 마구 헝클어뜨리다 문득 드는 생각에 고개를 들었다. 그래, 사육신 공원으로 가자. 이렇게 된 이상 김범진 형사를 찾는 게 가장 빠른 방법이다.

동작 경찰서 본관 로비로 나서던 그때, 어디서 본 듯한 익숙한 얼굴이 눈에 들어왔다. 나는 본능적으로 뒷걸음질 치며 몸을 숨겼다. 채비로 경정이었다. 채 경정은 2층 계단에서 다급히 내려오며 주변을 두리번거렸다.

나는 조심스럽게 채 경정의 뒤를 밟았다. 잠시 주변을 살피던 채비로 경정은, 화단 앞으로 가 뒤돌아선 채로 누군가와 통화를 했다. 나는 최대한 몸을 숨겨 가깝게 다가갔다.

"네! 계장님."

"야! 안 경위 휴대폰, 위치 추적이 되나 보다."

"네? 정말입니까?"

"걱정 마. 아마 지금 헛수고들 하고 있을 거야. 하하하. 그래도 혹시 모르니까 그 새끼 몸수색하고, 알았어?"

"예. 그런데 안 형사가 우리에게 협조하겠다고 합니다. 이번

참에 안 형사를 우리 사람으로 만드는 건 어떻겠습니까?"

"안 형사가? 그래, 그게 가능하면 우리 사람으로 한번 만들어 봐. 안 되면 어쩔 수 없고."

"예. 그렇게 하겠습니다."

"그래. 최대한 빨리빨리 진행해. 명보 빌딩에서 이제 사람 피 안 봤으면 좋겠다. 무슨 말인지 알지? 뒤처리 잘하고 연락해."

"네, 바로 실행하겠습니다. 계장님, 그리고 민⋯⋯ 아, 아닙니다."

"또 실수하지 말고."

딸깍.

"근데 최우식 이 자식은 도대체 USB를 어디에 숨겨 놓은 거야? 내가 이 짓까지 해야 하는 거야. 젠장!"

채비로 경정은 푸념 섞인 한마디를 던진 뒤, 옷매무시를 가다듬으며 다시 몸을 돌렸다. 그와 동시에 나는 재빨리 기둥 뒤로 몸을 숨겼다. 명보 빌딩이라⋯⋯. 검색해 보니 여기서 그리 멀지 않은 곳에 같은 이름의 건물이 한 채 있었다.

그런데 주소가 왠지 낯이 익다.

"아."

이내 이진성 씨 시체를 봤던 곳이라는 걸 깨달은 순간, 머리가 '띵' 하고 소리를 내며 어지럽게 울렸다.

"야! 아직이야?"

채 경정과 통화를 마친 김 경위는 안 경위에게 다가가 수갑을 채우려 했다.

"아, 이제 다 봤습니다. 손은 씻어야죠, 팀장님."

"아이, 알았어. 빨리 씻어!"

"네."

휘리릭!

김 경위가 돌 때, 안 경위는 그의 팔을 잡아 꺾으려 했다. 그러나 갑자기 총을 꺼내 들고 뒤돌아서는 김 경위의 모습에 놀라 급히 아무 일도 없던 척 몸을 세면대로 돌렸다.

"뭐야? 방금 뭐 한 거야?"

"아…… 아니, 몸이 좀 뻐근해서요. 아하하. 하하."

"자식, 싱겁기는. 빨리 씻기나 해!"

"네! 하하. 초, 총을 갖고 오셨네요?"

김 경위는 총을 흔들어 보이며 말했다.

"당근이지. 그러니까 조심해. 카하하."

안 경위는 젖은 손을 털고 바지에 손을 닦으며 시간을 끌었다.

"대충해, 대충!"

"네, 이제 됐습니다. 채우십시오."

착! 철컥!

"앞장서."

안 경위는 소변을 핑계로 화장실에서 김 경위를 제압해 보려했지만, 예상치 못한 총의 등장에 모든 계획이 수포가 되고 말았다.

"소담이, 많이 심심했나? 자아, 이제 테이프 떼 줄 거야. 근데 또 시끄럽게 하거나 쓸데없는 말을 한다? 그럼 그때는 그냥 안 붙일 줄 알아, 알았어? 안 순경 너도 쓸데없는 짓 하지 말고."

김 경위는 재빠르게 고개를 돌려 안 경위를 째려보았다.

"네, 팀장님."

"그래. 그럼 풀어 줘야지."

김 경위가 소담의 입에 붙어 있던 테이프를 떼어 내자, 그녀는 숨을 크게 몰아쉬었다.

"잘 들어, 안 순경. 소담이도. 소담이 아버지를 죽인 사람은 민우직이 맞아. 우리야 그냥 좀 몇 대 때린 거로 민우직을 징계 먹이려고 한 것뿐이었어. 근데 민우직 이 자식이 일을 크게 벌인 거야. 정말 죽일 줄은 몰랐지."

소담은 김 경위를 원망 어린 눈빛으로 째려보았다.

"그래. 왜 징계를 먹이려 했냐는 눈빛이네. 그거야 그때 경찰청으로 영전한다는 소문이 파다했거든. 우리 채비로 계장님이 그 자리에 가셔야 하는데 아무리 노력을 해도 안 되는 거야. 능력은 월등한데 뭐, 짬밥이 안 된다는 거지. 그래서 민우직이 징계를 받으면 채 계장님이 대신 가실 거로 생각하고, 내 이 충정으로 계획을 짠 거지. 완벽하게. 하하하. 아무튼 소담이한테는 미안하게 됐어. 어쨌든 나 때문에……."

"저기요. 처음 얘기한 거랑 말이 다르잖아요. 채비로 계장이 아빠한테 부탁했다면서요. 그러면 채비로 계장이 계획한 거 아닌가요?"

"어? 어……. 그런가? 아하하. 아니, 계장님한테 얘기를 듣고 내가 강시민 씨에게 부탁한 거지. 아무튼 지금 그게 중요한 게 아니고……."

"그럼 이진성 씨 사건은 왜 조작하신 겁니까?"

"야! 안 순경, 소담이가 듣잖아! 에이, 이렇게 된 거……. 그래, 생각해 봐. 민우직이 그래도 우리 경찰이잖아. 경찰이 사람까지 죽인 거로 언론에 까이면 서장님 목이 응! 그냥 나가떨어지잖아. 안 그러겠어? 서장님 목이 날아가면 채비로 계장님도 영전할 수 있겠냐 말이야. 그래서 이진성에게 몇 년만 살다 나오라고 부탁했지."

김 경위는 입맛을 다시며 마치 영웅담을 얘기하듯 뿌듯한 표정으로 이야기를 늘어놓았다.

"실수로 죽인 거로 하면, 그리고 술 먹고 술김에 그런 거라고 하면 집행 유예 정도로 나올 수 있으니까. 아, 근데 이진성 이 똘마니가…… 야아, 돈을 어마어마하게 부르더라고. 협박까지 하면서! 그래도 최대한 맞춰 주려 했는데 이 새끼가 계약금만 받고 안 나타나는 거야. 그런다고 우리가 못 잡나? 잡아서 여기, 지금 우리가 있는 여기로 데려와서 설득했지. 그런데 알고 보니 돈을 벌써 다 써 버렸더라."

"그래서 죽였군요. 당신이!"

소담은 벌겋게 달아오른 얼굴로 매섭게 김 경위를 노려봤다.

"아니라니까, 자꾸. 소담아, 끝까지 들어 봐. 돈은 다 써 놓고 하는 말이 자기는 끝까지 못 들어간다는 거야. 적반하장도 유분수지. 그래서 어째 손 좀 봐 주려 했더니, 이 쌔리가 어디다 칼까지 숨겨서 가져왔네? 참…… 그다음은 알겠지? 그 자식이 실수로 혼자 옥상에서 떨어진 거야. 떨어지면서 칼에 찔린 거고. 나 정말 아니야. 믿어 줘, 안 순경."

"네, 믿습니다. 이진성 그 자식이 참 나쁜 놈이네요. 그런데 왜 민우직을……."

"아, 그거……. 뒷수습할 사람이 없잖아. 그래서 뭐…… 그냥 재수 없는 거지. 배경 없고 돈 없으면 그런 거 아니겠어. 알잖아? 이 세계."

"아……. 그럼요. 압니다."

"그래, 그런 거야. 하하하. ……근데 잠깐만."

김 경위는 갑자기 안 경위 몸을 더듬으며 뭔가를 찾기 시작했다.

"뭐 하시는 겁니까?"

안 경위 몸을 다 수색한 김 경위는 소담에게 다가가 인사하듯 손을 펼쳐 보이며 말했다.

"소담이 미안해. 최대한 조심히 할게."

"뭐 하시는 거예요, 지금? 당장 이 손 안 치워!"

"아유, 잠깐이면 돼. 아임 쏘리."

그러고는 이번엔 강소담의 몸을 수색하기 시작했다.

"야아, 좋은데……. 아니, 도청기가 없어서 말이야. 하하하. 오해 마."

"야, 이 나쁜 자식아! 어디서 성추행이야!"

"에이, 그냥 몸수색 좀 한 걸 가지고. 너무한다, 소담아. 하하하."

"재수 없는 놈……. 네가 죽였지?"

"뭐? 소담아? 지금 뭐라고 했니?"

김 경위가 살기 어린 눈빛으로 소담을 바라보자, 안 경위가 얼른 끼어들었다.

"팀장님! 팀장님! 아이, 쫌! 저 좀 믿으시라니까요. 갑자기 잡혀서 그럴 경황도 없었습니다."

"뭐야, 그 소리는? 경황이 있었으면 그렇게 했을 거라는 거네? 우하하하하."

"아하, 아하하……."

"야아……. 근데 이 펜 엄청 좋아 보인다? 안 순경, 좀 사나 보네?"

"아, 아닙니다. 아버님이 생일 선물로 주신 펜이라……."

"그렇구나. 쩝……. 뭐, 어쩔 수 없지. 펜을 항상 재킷에 가지고 다니나 보지?"

"네, 제가 기억을 잘 못해서 항상……. 아하하."

툭! 빠지직!

김 경위는 펜을 바닥에 떨어뜨린 뒤 발로 짓밟으며 웃어 보였다.

"아이고! 어쩌나? 미안해서……."

따르릉. 따르릉.

휴대폰 벨 소리가 울리자, 김 경위는 소담과 안 경위의 입에 서둘러 테이프를 붙였다.

"팀장님, 왜 저까지 읍……."

"안 순경, 또 말해야 하나? 증거물!"

김 경위는 안 경위에게 찡긋 미소 지으며, 통화 버튼을 누르고 휴대폰을 귀에 가져다 댔다.

"오셨습니까? 잠깐만 기다리세요. 금방 갑니다. ……아유, 내가 갈 테니까 거기서 기다리세요. ……속고만 사셨나. 사람 좀 믿으세요. 혼자 간대도. ……오케이, 갑니다."

짧은 통화 후 김 경위가 섬뜩하게 웃으며 말했다.

"손님 모시고 올 테니 잠깐 기다려. 금방이면 돼. 하하."

"오, 정말 혼자 나온 거야?"

"에이, 왜 그러십니까? 나 범진입니다, 형님."

"그래, 범진아. 형님이라고 불러 주니 정말 고맙다. 근데 강소담 씨는 어디에 있는 거야? 일반 시민한테 그럴 필요 없잖아."

"지금이 남 걱정할 때입니까? 누구 코가 지금 석잔데. 아무튼, 성자 나셨습니다."

"아니, 범진아! 너 왜 이러는 거야? 이렇게까지 하는 이유가 뭐냐고? 채비로 때문에 그런 거야?"

"나 참……. 형님이라고 좀 불러드렸더니 어디서 훈계 질입니까? 우선 몸부터 확인해야겠으니 뒤로 돌아요.”

김범진 경위는 뒤돌아선 민우직 경감에게 다가가, 상위부터 하위까지 손으로 일일이 확인했다.

“핸드폰은 내가 좀 가지고 있겠습니다. 그리고 강소담 씨는 걱정하지 마쇼. 안전하게 잘 모셨으니. 그냥 몇 가지 확인할 것이 있어서 잠시 모셔 온 것뿐입니다. 그럼 위로 올라가 보실까요?”

“아, 근데 범진아. 채비로 계장 말이야. 내가 여기로 오기 전에 전화를 받았는데…… 중히 할 얘기가 있다고 하면서 만나자고 하더라고.”

“뭐요? 아이, 이 형님이 정말.”

“아니, 진짜야. 일전엔 채비로 계장이 네 비리 건으로 골치가 아프다고 하면서, 이진성 씨 살인 사건 진범이 너라고 했다니까? 아니지? 채비로 그 자식이 진범이지?”

“지금 어디서 야로*를 까시나. 그런다고 내가…….”

“범진아! 아니야. 내가 왜 널 속여? 네가 걱정돼서 그러는 거지.”

김 경위는 피식 비웃듯 미소 지으며, 팔짱을 낀 채 민 경감을 바라보았다.

“생각해 봐. 광수대가 지금까지 날 못 잡고 있는 것도 이상하지 않아? 의지가 없었던 거야. 지금 보니깐 잘못 건드렸다 싶은 거지. 그런데 너는…… 아! 오해 없이 들어. 네 비리는 안 형사한테도 들었고, 사실 네가 살고 있는 신사동 빌라랑 벤츠도 다

---

* **야로** : 남에게 드러내지 않고 무슨 일로 꾸미는 속내나 수작을 속되게 이르는 말

알고……."

"뭐야? 여태 숨어 다닌 게 아니라, 내 뒤를 밟았어? 지금 혹시 그림자* 달고 온 거 아니지?"

"아니야. 나 혼자 왔어. 난 아무리 생각해 봐도 모르겠다. 왜 날 살인범으로 만들었는지 말이야. 나 같이 털어도 나올 게 없는 사람을 살인범으로 몰면 위에서 이상하게 생각하지 않겠어? 이유가 없잖아. 안 그래? 그런데 채비로 이 자식이 나한테 자수하라면서 뭐라고 했는지 알아?"

민 경감은 김 경위 눈치를 살피며 잠시 머뭇거렸다.

"……뭘 뜸 들여요. 말해 봐요."

"방금 말했지만, 나 대신 널 범인으로 학교 보낼 테니 자수하라고 했다니까! 정말이야, 범진아."

김 경위는 잠시 머리를 갸우뚱하며 민 경감을 바라보았다.

"……하! 야아, 이거 또 넘어갈 뻔했네. 민우직, 잘 들어. 그 얘기는 내가 남시보한테 들었어. 그런데 말이 좀 다르던데? 네가 날 학교로 보내자고 했다고……."

"어? 아니야. 시보가 뭘 잘못 들었는지 모르겠지만 채비로가 그렇게 하자고 한 거야. 정말이야."

입술을 삐죽 내밀며 잠시 생각에 잠겨 있던 김 경위는 이내 고개를 가로저으며 말했다.

"좋아, 그렇다 치고. 채비로가 하라는 대로 하지 왜 이렇게 몸

---

*   그림자 : 미행자

소 오셨나? 단지 강소담 구하려고?"

"그것도 있지만…… 범진아, 너랑 나랑…… 그래, 뭐 그렇게 살갑게 지내진 못했지만 같은 서에서 뒹군 게 몇 년이냐? 내가 네 첫 사수인 거 잊었어?"

민 경감은 애통한 듯 자신의 가슴을 손바닥으로 치며 김 경위에게 다가갔다.

"내 부사수가 위기에 처했는데 어떻게 그냥 모른 채 넘어갈 수 있겠냐. 아무리 내 목숨이 걸린 일이지만 너……."

민 경감이 가까이 다가오자, 김 경위가 손을 뻗어 제재하며 그의 말을 잘랐다.

"잠깐! 그대로 멈춰. 생각 좀 하게. 내 손에 총 보이죠? 잠깐 생각 좀 합시다."

"알았어. 잘 생각해 봐. 너랑 나랑 살 방법을 찾아야……."

"아이씨, 조용히 좀 하라고! 조용히. 조용히요, 형님."

•●

명보 빌딩 근처에 다다랐을 때쯤, 저 멀리 빌딩 옆 골목에서 민 팀장과 김 형사의 옆모습이 보였다. 사육신 공원에 있어야 할 민 팀장이 있는 것을 보니 이곳이 맞는 듯했다. 나는 택시에서 내린 뒤 그들이 있는 곳으로 걸어가, 조심스레 얘기를 엿들었다.

"형님, 도저히 못 믿겠어. 채비로…… 그래. 채 계장이 좀 성질

이 더럽고 머리도 워낙 좋아서 그렇게 머리를 굴릴 수도 있겠다 싶기는 한데……. 형님을 내가 어떻게 믿지? 증거를 보여 줘. 믿을 수 있게."

"아……. 이럴 줄 알았으면 녹음이라도 할걸 그랬다. 증거라……."

"여기서 지금 머리 굴려 수작 부릴 생각은 마쇼, 형님. 내 짬밥도 10년이 넘어요."

"야, 무슨 수작을 부린다고 그래. 증거를…… 아! 그래! 여기 안 형사도 같이 있다고 했잖아. 왜 그 생각을 못 했지? 안 형사가 시청 앞에 있는 호텔에서 채비로를 만났어. 그때 내가 안 형사랑 채비로가 하는 대화를 들었는데, 분명 범진이 너를 잘 감시하라고 했어. 이진성 씨 살인 사건을 조작한 것도 채비로가 귀띔해 준 것 같더라고. 지금 당장 안 형사에게 확인해 보면 되겠네. 자, 들어가서……."

"잠깐! 안 형사한테 날 감시하라고 했다고? 이진성 사건 조작한 것도 귀띔을 해 줘? 채비로 그 자식이……."

김 형사의 얼굴이 일순간 일그러졌다.

"그래. 못 믿겠으면 안 형사한테 직접 물어봐. 안 형사는 채비로 사람 같진 않았으니까."

"아이씨! 뭐 어떻게 돌아가는 거야! 채비로 개자식, 무슨 공사*를 치고 있는 거냐고!"

---

*   **공사** : 협박 회유를 통해 사건을 짜 맞추는 것

"범진아, 그러니 우리가 힘을 합쳐서 채비로의 비위를 밝혀야 돼. 넌 알고 있지? 이 모든 살인 사건 배후가 채비로라는 거. 그렇지?"

"아휴, 일단, 올라갑시다. 올라가서 확인을 좀 해 봐야겠어."

김 형사는 붉으락푸르락해진 얼굴로 뒷문을 통해 건물 안으로 들어갔다. 나는 조용히 그들을 뒤따르다, 엘리베이터 앞에 선 그들을 보고 몸을 숨겼다. 그리고 잠시 후 10층에 멈춘 엘리베이터를 확인한 뒤 곧장 옆에 있는 엘리베이터에 몸을 실었다.

10층 복도에 내려서자, 한 곳에서 큰 굉음과 함께 웅성거리는 소리가 들려왔다.

쾅!

"아이, 깜짝이야!"

"문 좀 세게 닫힌 걸 가지고 뭘 그렇게 놀랍니까? 형사가."

"아하하. 그러게 말이야. 나이가 드니까 별것도 아닌 것에 자주 놀라네. 하하."

"나 참, 저 방으로 들어가죠."

"어? 아……. 저 방?"

"예! 저 방이요, 저 방!"

소리가 나는 곳에 다다르자, 익숙한 민 팀장의 목소리와 함께 신경질적인 김 형사의 목소리가 닫힌 문을 두드리고 있었다.

"어어, 알았어."

"왜 말을 두 번씩 하게 해, 짜증나게."

안쪽에서 문이 열리고 닫히는 소리가 들린 후, 복도는 물을 끼얹은 것처럼 조용해졌다.

민우직 경감이 먼저 문을 열고 들어가자, 그 뒤로 김범진 경위가 뒤따라 들어섰다.

"소담아! 안 형사! 이게 지금 무슨 짓이야, 김범진!"

"놀라셨어요? 그거 별것도 아닌 거에 자주 놀라시네. 여기 앉으세요. 내가 형님은 특별히 수갑 안 채울게요, 아주 특별히. 카하하. 그런데 총이 있다는 건 절대 잊지 마시고. 여기서 더 이상 피는 안 봤으면 좋겠으니까. 하하."

김 경위는 민 경감에게 총을 들어 보이며 야비한 웃음을 지어 보였다.

소담은 민 경감을 보고 뭐라 말을 하려는 듯 입을 움직여 봤지만 아무 말도 할 수가 없었다. 김범진 경위는 안민호 경위 입에 붙은 테이프를 떼어 내며 물었다.

"안 형사, 괜찮아?"

"민 팀장님, 대체 어떻게 되신 겁니까?"

"뭐가 어떻게 돼? 너희들 새 됐지. 카하하하."

김 경위는 고소하다는 듯 안 경위와 소담에게 손가락질하며 웃어 댔다.

"그것보다 호텔에서 채비로와 했던 얘기 좀 해 봐. 범진이한테 말 좀 해 주라고."

"네? 무슨······."

"호텔에서 범진이에 대해 한 얘기 말이야."

"네? 그걸 어떻게 아셨습니까? 몰래 듣고 계셨습니까?"

"미안하네. 아니, 지금 그게 중요한 게 아니고. 범진이한테 그대로 말해 주기만 하면 되네, 안 형사."

"그래, 안 순경. 아주 솔직하게, 거짓 하나 없이 그대로 말해 봐. 네가 하는 말이 조금이라도 거짓이 있거나 하면 나 가만히 안 있어. 알지? 이 총으로 어떻게 할지 몰라."

김 경위는 총을 들어 올려, 손가락으로 총을 가리키며 말했다.

"김 팀장님, 알겠습니다. 제발 그 총 좀 내려놓으십시오. 말씀 드리지 않았습니까? 기회를 달라고. 모두 말씀드리겠습니다. 그거야 어렵지 않습니다. 거짓 하나 없이 말씀드릴 테니······ 제발, 총 좀······. 그 총 좀 내려놓으십시오. 어디, 심장 쫄려서 제대로 말할 수 있겠습니까."

"오케이, 알았어. 자, 내려놨다. 이제 얼른 말해 봐."

•●

안에서 아무런 소리가 들리지 않아 조심스럽게 문 손잡이를 돌려 보았다. 다행이라고 해야 할지 현관문은 잠겨 있지 않았다. 안을 살펴보니 한창 공사 중인 듯, 곳곳에 책상과 의자들이 어지럽게 놓여 있었고 자재들도 쌓여 있었다.

천천히 안으로 들어서자, 다른 공간에 막혀 선명하지 않은 안 형사의 목소리가 들려왔다.

"김 팀장님, 정말입니다. 제가 말씀드린 그대로입니다."

"거봐, 범진아. 내 말이 맞지? 채비로가 나 대신 널 넣으려고 했다니까! 이제야 믿겠어?"

"그럼 내 앞에서 채비로 계장한테 전화해 봐. 여기 아무도 없는 거로 하고 똑같이 하는 거야. 지금 당장!"

"범진아, 채비로 그 자식 눈치가 얼마나 빠른 놈인지 몰라? 스피커 켜면 여기 소음 다 들어간다고. 지금 밖에 차 소리도 다 들리는데……."

"좋아. 그럼 아까 가방에 이어폰이 있었는데."

가방 속 물건을 바닥에 쏟는 듯 여러 물건들이 떨어지는 소리가 들렸다.

"여기 있네. 강소담, 좀 빌린다. 근데 그 나이에 아직 이런 인형을 가방에 달고 다니나? 하하하. 자, 이어폰도 꽂았겠다 얼른 통화해 봐. 허튼짓하면 알지? 머리 날아가는 거야."

"야, 범진아. 무섭게 왜 그래? 어쩌다 이렇게까지 됐어?"

"또, 또! 훈계! 형님, 정말 나 모르는 거요?"

"알았어. 흥분 좀 하지 마. 전화하면 되지?"

"불이야!"

삐, 삐이잉. 삐이이 잉, 삐이잉.

"불이야! 불이야!"

"이게 무슨 소리야? 젠장, 가만히 있어!"

"불이 난 겁니까?"

"여기서 빨리 나가야 해. 안 형사랑 소담이 풀어 줘! 어서!"

"씨……. 조용해! 가만히 있으라고! 내가 확인해 보고 올 테니깐 얌전히 있어!"

김 형사가 문 쪽으로 걸어오는지 목소리가 점점 더 크게 들려왔다. 문이 열리는 순간, 나는 온 힘을 실어 문을 강하게 밀치고 들어갔다.

쾅!

"아악! 뭐야?"

그 충격으로 김 형사는 바닥에 넘어져 나뒹굴었다. 갑자기 벌어진 소동을 어리둥절하게 지켜보던 민 팀장은 나와 눈이 마주친 뒤에도 그저 멍하니 바라만 보고 서 있었다.

"팀장님! 어서요."

"어, 어! 그래."

민 팀장은 넘어져 있는 김 형사에게 재빨리 뛰어가 그의 복부를 발로 걷어찼다.

"으윽!"

"김범진, 꼼짝 마! 이제 총은 내 손에 있다."

"이게 무슨……."

민 팀장은 김 형사가 놓친 권총을 재빨리 집어 들며 총구를 겨누었다.

"시보야, 어떻게 된 거야? 일단 어서 나가자! 불이 난 것 같아."

"괜찮아요. 제가 한 거거든요."

삐, 삐이잉. 삐이이 잉. 삐이잉.

"스마트폰 하나면 어렵지 않아요. 하하하."

나는 화재 경보음이 울리는 스마트폰을 들어 보이며 나 자신도 기특했는지 웃음이 나왔다.

"야아, 시보! 어떻게 그런 생각을 다 한 거야? 정말 경찰해도 되겠어. 일단 여기 열쇠 받아. 소담이랑 안 형사 좀 풀어 줘."

"아, 네!"

소담 씨의 입에 붙어 있던 테이프를 조심히 떼어 내자, 그녀는 그제야 눈물을 흘리며 서글프게 흐느꼈다.

"소담 씨, 괜찮아요?"

"오빠! 시보 오빠……. 흐으으……."

"이제 괜찮으니 울지 말아요. 잠시만요."

나는 소담 씨의 수갑을 푼 뒤 안 형사의 수갑도 풀어 주었다.

"남시보 씨, 감사합니다. 이렇게 깜짝 등장할 줄 몰랐습니다. 민 팀장님, 이제 어떻게 하실 겁니까?"

"우선 그 수갑으로 범진이 채워."

"네."

"야, 안민호! 안 경위! 지금까지 다 거짓말이었어?"

"거짓말이라니요. 전 진실만을 말했습니다. 채비로 계장은 당신을 체포하려 했단 말입니다. 이제 좀 정신 차리십시오, 김범진 경위."

"뭐? 경위? 정신? 하아, 좋아. 뭐 이제 다 끝난 것 같으니……. 근데 형님, 이것만 아쇼. 채비로 그 작자 보통이 아니라는 거. 자세한 건 법정에서 말하죠. 형님이 이겼수다. 하하. 아하하하."

김 형사는 자포자기했는지 헛웃음을 터트렸다.

"범진아, 이제라도 솔직히 다 털어놓고 죗값 받아라. 그리고 새 삶 살아."

"차암, 고맙수다. 하하하. 빌어먹을."

"김 경위님, 손 뒤로 하십시오. 허억! 왜 이러십니까!"

안 형사가 김 형사의 손에 수갑을 채우려는 찰나, 김 형사는 순식간에 안 형사의 팔을 잡아 뒤로 꺾어 제압했다. 그리고 재빠르게 뒷주머니에서 칼을 꺼내 안 형사의 목에 갖다 대며 위협했다. 자포자기했던 그 표정은 속임수였던 건가.

"범진! 이러지 마! 그 칼 내려놔! 안 형사, 침착해. 가만히 있어."

민 팀장은 총을 김 형사에게 겨누면서도 나머지 손으로는 안 형사를 진정시키듯 손짓했다.

"형님이나 가만히 있으셔. 그러다 안 순경이 다칩니다. 안 순경도 가만히 있으면 안 다칠 거야. 자자, 천천히 밖으로 나가자고."

"소담, 시보. 둘은 내 뒤에 있어."

나는 소담 씨의 손을 잡고 조심스레 민 팀장 뒤로 물러났다.

"범진아! 이제 포기해. 더 이상 죄를 지어서는 안 돼. 어서 칼 내려놓고 투항해."

"웃기시네. 당신들 도우면 내가 살 수 있을 것 같아? 채비로가 날 가만히 둘 줄 아느냐고! 왜 아직도 그걸 몰라? 형님, 그러니까 그 꼴 그 모양 아닙니까!"

"김범진! 제발 이러지 마."

"김 경위……."

"조용히 해, 안 순경! 한마디만 더 해 봐. 목에 선명하게 줄 잡아 줄 테니."

"안 형사! 가만히 있어. 범진이가 하라는 대로 해. 쓸데없는 짓 하지 말고. 그래, 범진아. 알겠으니까 안 형사는 풀어 주고 가. 자, 총 내려놓을게."

민 팀장은 그렇게 말하며 겨누고 있던 총을 천천히 바닥에 내려놓았다.

"그냥 안 형사 풀어 주고 빨리 도망가. 제발, 또 사람을 죽여선 안 돼!"

"또? 하하. 뭔가 아는 것처럼 말을 하는데……. 이런 상황에서도 사람을 떠보다니 역시 민우직 팀장답네. 좋아! 그럼 총을 아래로 내려놔. 내가 여기서 나갈 때까지 그대로 있는 거야. 안 순경은 엘리베이터 앞에서 풀어 준다. 절대 따라 나오지 마!"

"엘리베이터 앞까지 멀리 떨어져서 따라갈게. 그 정도는 괜찮겠지?"

"흠, 좋아. 총은 절대 위로 올리지 마. 그 순간 안 순경은 죽는 거야. 알았어?"

"알았어, 범진아. 안 형사, 쓸데없는 짓 하지 마."

"그래. 형님 말씀 잘 들어야 하는 거야, 안 순경. 죽고 싶지 않으면."

안 형사는 아무 말 없이 고개를 살짝 끄덕였다.

"그래, 천천히 걸어. 형님, 좀 더 떨어져요. 천천히 오시라고."

김 형사와 안 형사, 그리고 민 팀장은 한 발자국씩 느린 걸음을 내디뎠다. 엘리베이터까지는 잠깐의 시간이었지만 숨이 막히도록 적막했다.

"명심해! 내가 이 빚은 반드시 갚는다."

띵! 그때 엘리베이터 도착하는 소리가 들렸다.

"우선 타!"

김 형사는 안 형사를 끌고 엘리베이터에 함께 올라탔다. 그리고 문이 닫힐 때 있는 힘껏 안 형사를 밖으로 밀어내 버렸다.

퍽!

우당탕탕, 쿵!

"안 형사, 괜찮아?"

"괜찮습니다. 빨리 김범진을 뒤쫓……."

"지금 쫓아간다고 해도 소용없어. 우선 다친 데 좀 보자고."

"안 형사님, 괜찮으세요?"

"네, 괜찮습니다."

차오르는 감정을 억누르지 못한 소담 씨의 입술 사이로 떨리는 숨이 새어 나왔다.

"팀장님, 시보 오빠……. 김범진의 손등에서…… 블랙박스 영상에서 봤던 그 상처를 봤어요. 분명 같은 상처였어요."

"소담 씨! 그게 정말이에요?"

민 팀장은 모든 것을 알고 있던 사람처럼 말없이 안 형사의 상처를 살폈다.

"일단 안 형사부터 빨리 병원으로 데리고 가야 할 것 같아. 깊게 베이진 않았지만 그래도 얼른 치료받아야 해."

"팀장님, 저는 괜찮습니다. 그것보다 늦기 전에 김범진을 체포해야 합니다."

"소용없다니까. 증거 없이 체포해 봤자 어차피 채비로와 함께 잡지 못하면 분명 채비로가 범진이를 다시 풀어 줄 거야. 증거도 없고."

"그건 알지만 그래도……. 아! 그리고 제가 여기서 일어났던 대화 내용들을 녹음했습니다."

"녹음이요?"

"그래? 지금 어디에 있나?"

"강소담 씨, 가방 가지고 있으시죠? 잠시 실례하겠습니다."

"제 가방이요?"

소담 씨는 의아한 눈빛으로 안 형사에게 가방을 건넸다.

"그건 제가 선물한 인형인데……."

"잠시만요. 이겁니다."

가방에 걸려 있던 펭귄 인형을 살피던 안 형사는 인형에서 작은 무언가를 떼어 내며 말했다.

"천호역, 기억나십니까?"

"그게 언제…… 아! 그때 그냥 인형이 예뻐서 본 게 아니셨네요……."

"죄송합니다. 혹시 몰라서 인형에 붙여 놓았습니다. 그리고 시보 씨, 제가 준 펜 잘 가지고 계십니까?"

"아, 경찰청에서 주셨던…… 잠시만요. 여기요."

나는 생각 없이 주머니에 넣어 뒀던 펜을 안 형사에게 건넸다.

"뭐예요? 그것도 녹음기예요?"

"네. 강소담 씨, 그리고 남시보 씨 미안합니다. 경찰청에서 채비로 계장이 갑자기 서로 복귀하라고 해서 지켜드릴 수가 없었습니다. 강소담 씨가 김범진 경위의 차를 타는 걸 보고 뒤쫓는 것밖엔 방법이 없어서……."

"그런데 왜 경찰에 지원 요청 안 하고 단독 행동을 한 거야?"

"아……. 그게, 그 상태에서 들이닥치면 김범진 경위가 분명히 발뺌할 것 같았습니다. 강소담 씨에게 위해를 가하지는 않아서 좀 더 지켜본다는 게…… 죄송합니다, 팀장님. 채비로 계장이 갑자기 들이닥칠 줄은…… 아니, 제 잘못입니다. 죄송합니다."

"그럼 저한테라도 알려 주셨어야죠."

"남시보 씨가 알고 이곳으로 오면 시보 씨까지 위험해질 것 같아서 그랬습니다. 여러모로 제가 판단을 잘못했습니다. 미안합니다, 남시보 씨."

민 팀장은 이제야 한숨이 놓이는지 땀을 닦으며 머리를 쓸어 올렸다.

"그래, 시보야. 안 형사도 사과하니 이 정도면 됐다. 다행히 소담이도 안전하고."

"오빠, 고마워요. 또 오빠가 저를 구해 줬네요."

"저도 두 번씩이나 신세를 지네요. 고맙습니다."

"모두 무사해서 다행이에요. 안 형사님은 두 번 신세 지셨으니 그 신세 꼭 갚으세요. 하하."

"두 번이라니? 그게 무슨 말이야?"

"아, 제가 초등학생 때 일이 좀 있었어요. 나중에 말씀드릴게요."

안 형사는 미소로 대답을 대신한 뒤 다시금 상황에 대해 이야기를 꺼냈다.

"팀장님, 여기에 녹음된 대화라면 김범진과 채비로의 커넥션을 증명할 수 있지 않을까요?"

"음……. 녹음 내용을 한번 들어 봐야겠어. 우선 안 형사는 빨리 병원에 가 보고, 시보랑 소담이도 병원까지 함께 이동해."

"팀장님은요?"

"나는…… 근데 왜 계속 팀장님이라고 부르는 거야? 소담이도?"

"아……. 상황에 심취해서 그런가. 아하하. 아니, 지금 그게 중요해요? 형님! 이렇게 불러드리면 되죠?"

"그래, 좋네. 형님이라고 불러. 소담이도 삼촌이라고 부르고. 하하."

"형님, 딴소리하지 마시고요. 그래서 형님은 어디 가시게요?"

"아냐, 같이 움직일 거야. 녹음 내용도 들어야 하고. 서 과장님께도 연락해야 할 것 같은데……. 연락처 알고 있나?"

"네, 팀장님. 제가 연락하겠습니다. 근데…… 휴대폰 좀 빌려주십시오."

"뭐? 없어?"

"아까 채비로 계장이 가져간 것 같습니다. 그래서 경찰들이 여기로 오지 못한 것 같고요. 제 휴대폰에 위치 추적 기능이 있어서, 휴대폰이 있었으면 벌써 이곳으로 서 과장님이 경찰을 보냈을 겁니다."

"그랬군. 알았어. 자, 이 폰 써."

"어, 아직도 구형 폴더 폰을 쓰십니까?"

"어……. 어어, 뭐. 그냥 써."

제19화

생사의 갈림길

우리는 1층 현관 앞에서 구급차와 서필감 과장을 기다렸다. 이내 구급차 사이렌 소리가 들리고, 얼마 지나지 않아 서 과장이 다급한 발소리를 내며 뛰어 들어왔다.

"서 과장님, 오셨습니까?"

"어! 안 경위, 괜찮은 거예요?"

"네, 죄송합니다. 김범진 경위를 놓쳤습니다."

"아니에요. 내가 더 미안하지. 내가 빨리 왔어야 했는데 그 위치 추적기만 믿고 시간을 허비하고 말았어요. 강소담 씨, 정말 미안합니다. 많이 놀라셨죠? 어디 다치지 않았어요?"

"아, 네. 저는 괜찮아요."

"과장님, 남시보 씨 아니었으면 큰일 날 뻔했습니다. 남시보 씨의 기지로 위기에서 벗어날 수 있었습니다."

"아, 그래요! 남시보 씨, 정말 고맙습니다. 이거 경찰이 해야 할 일을……. 참 민망하고 면목이 없습니다. 이 부분은 다음에 꼭 포상하겠습니다. 우선 안 경위를 빨리 병원으로 옮겨야겠습니다. 저기! 조 경사, 안 경위 빨리 병원으로 후송하고 여기 두 분도 함께 모셔요. 특히 이분들은 안전하게 보호해야 합니다. 아셨죠?"

"네. 알겠습니다, 과장님."

조 경사는 안 형사를 구급차까지 안내했다.

"서 과장님, 저희는 어디로 가게 되는 건가요?"

"안전한 곳으로 모실 겁니다. 민우직 경감이 신신당부했어요. 안전하게 보호해 달라고 말입니다. 통화 내내 부탁하더군요."

"그럼 민 팀장님이 지금 어디에 계신지도 아시나요?"

"여기서 만나자고 했는데 연락이 안 되네요. 안 경위 말로는 연락을 주겠다고 했다는데……. 두 분도 모르고 있었던 겁니까?"

"저희한테는 과장님 만나서 같이 오겠다고, 여기서 기다리라고……."

"그래요? 이런, 무슨 생각으로……. 일단 여기 조 경사를 따라가세요."

조 경사는 안 형사를 구급차에 태운 뒤 어느새 우리 옆으로 와 있었다.

"가시죠. 증인 신변 보호를 위한 안전 가옥으로 안전하게 모시겠습니다. 저를 따라오십시오."

"아……. 네."

소담 씨와 나는 조 경사를 따라 승용차에 올라탔다. 한강 대교를 지나 한참을 이동한 뒤, 조 경사의 안내를 따라 들어선 곳은 별반 다를 것 없는 평범한 주택이었다. 특별히 비밀 장소 같지는 않았지만, 이런 평범한 곳이 더 안전할 수도 있겠다는 생각이 들었다.

우리는 각자 방으로 들어갔지만, 소담 씨는 혼자 있기 무섭다며 곧바로 내 방문을 두드렸다. 명보 빌딩에서 있었던 일로 아직 힘겨워 보였다. 벽에 기대앉아 손으로 입을 가린 채 울음을 참던 그녀는, 조금씩 훌쩍거리다 이내 쌓였던 울분이 터진 듯 목 놓아 울기 시작했다. 그런 그녀를 옆에서 안아 주는 것 외엔 내가 할 수 있는 게 아무것도 없었다.

한참 동안 이어지던 울음은 그녀가 내 어깨에 기대어 잠든 후에야 겨우 멈췄다. 정신적으로나 육체적으로나 소담 씨에게 많이 피곤한 하루였을 것이다.

나는 이불을 펴 그 위에 그녀를 조심히 눕혔다. 눈물범벅이 된 그녀가 짠하면서도 귀여워 보였다.

"소담 씨, 미안해요. 그리고 사랑해요. 이 밤만 지나면 모든 게 다 끝날 거예요. 그때 우리 데이트해요. 만약…… 내게 무슨 일이 생기더라도 많이 아파하지 말아요. 또 그런 나쁜 생각하면 안 돼요. 알았죠?"

새근새근 잠들어 있는 소담 씨의 손을 잡고, 나는 한동안 그녀의 머리를 쓰다듬었다.

소담 씨가 완전히 잠든 것을 확인하고, 나는 잠시 바람을 쐬기 위해 집 앞마당으로 나갔다. 초여름 밤이라 시원한 바람은 없었지만, 그래도 멍했던 정신을 차릴 수 있을 정도의 밤공기를 느낄 수 있었다.

여기서 하루를 보내면 정말 아무 일 없이 지나갈 수 있을까? 민 팀장은 어디로 간 걸까. 노량진역? 갔다면 무슨 생각으로 혼자 그곳에 갔을까? 아니면 다른 곳으로…… 그래서 사는 것일까? 그것도 아니면…….

지금이라도 노량진역으로 가서 민 팀장을 구해야 하는 것은 아닐까. 나는 이제 어떻게 되는 거지? 승강장 계단으로 가 직접 죽음을 피해야 하는 건 아닐까? 그래야만, 내가 죽음에서 완전히 벗어날 수 있는 게 아닐까? 점점 시간은 다가오는데 고민만 깊어질 뿐이었다.

"민우직 형님! 어디에 계십니까? 나 혼자 왔습니다. 조금 늦었다고 벌써 간 거야? 정말 혼자 왔다니깐! 겁먹지 말고 나와요. 민 형!"

승강장으로 내려온 채비로 경정은 주변을 살피며 민 경감을 찾았다. 그때 승강장 끝에서 몸을 숨긴 채, 채 경정을 지켜보던 민 경감이 천천히 걸어 나오며 말했다.

"야, 비로야! 그만 좀 불러. 지금이 몇 시냐? 약속 시각에서 30분이나 지났어. 그냥 가버리려다 내가 인심 한 번 썼다. 알아

뒤라."

"야아, 역시 우리 형님. 아이고, 감사합니다."

채 경정은 안경을 고쳐 쓰고 민 경감에게 걸어갔다.

"뭐냐? 안경은 왜 썼어? 내가 다 가슴이 아프네. 이제 너도 나이를 먹나보구나. 하하하."

"가슴 아프다는 분이 즐거워 보입니다? 허허. 내가 오늘은 잘 봐야 할 것이 있어서 말이죠."

"그래? 에이, 그래도 안 어울린다. 넌 안경 벗은 얼굴이 훨씬 나아."

"그건 참고하죠. 쉰 소리 그만하고, 뭡니까?"

"정말 혼자 왔더라? 혹시나 해서 지켜봤는데 말이야. 찔리긴 많이 찔렸나 봐?"

"무슨 그런 섭섭한 말씀을……. 전화로 하신 얘기가 도대체 뭔지나 말씀하시죠."

"아……. 이거, 모른 척하시겠다? 그럼 내가 말해 봤자 입만 아프지. 안 그래?"

"또 그러신다. 좋습니다. 그래요. 그렇다 치고 말씀해 보시죠."

"그래, 그 정도는 나와 줘야지. 내가 쓰윽 보니깐, 네가 처음부터 그랬던 건 아닌 것 같더라. 네 부친 때문에 그런 거였어? 그렇다고 해서 그렇게 꼭 연우를 죽였어야 했니?"

"형님! 무슨 말인지 좀 알아먹게 하죠."

"알아먹게? 그래, 그럼 잘 차려서 먹여 줄 테니까 똑바로 들어."

민 경감은 소형 녹음기를 꺼내 재생 버튼을 눌렀다.

"아버지, 여기까지 오시면 어떡하십니까? 보는 눈도 많은데⋯⋯."

"야, 비로야. 내가 이러고 싶어서 이러는 줄 알아? 이 애비가 콩밥을 먹게 생겼단 말이다. 너도 다 알잖아. 그렇게 모른 척 불구경하듯 할 거냐? 내가 누구 때문에 이러는지 정말 몰라서 그래?"

"아버지, 누가 부탁드렸습니까? 아버지 독단으로 하신 거 아닙니까?"

"뭐? 독단? 내 독단이라고? 너도 내가 말했을 때 반대하지 않았잖아! 그 일로 나만 죽으면 끝나는 게 아니야. 심 회장과 당 대표까지 걸린 일이야. 빨리 수습하지 못하면 당의 존폐가 걸릴 판이란 말이다!"

"아버지 그게⋯⋯."

딸깍!

민 경감은 녹음기 재생을 멈췄다.

"이 정도면 되지 않을까? 이제 좀 배가 불러? 좀 알아먹었냐고!"

"어⋯⋯. 그래서? 민 형, 그래서 뭐 어떻게 하겠다는 거야? 그거랑 연우랑 무슨 상관이 있다는 거지? 그리고 지금 녹음된 그 목소리가 나랑 우리 아버지라는 거야?"

"야아, 채비로. 이거 뭐 떠먹여 줘도 못 먹는 재주가 있네. 네 이름까지 나왔잖아. 그래도 발뺌하는 거야?"

"무슨 발뺌? 민 형, 솔직히 말해서 그런 건 수백 개도 만들어 낼 수 있어. 형도 잘 알잖아? 그런 거 자알 만드는 놈."

민 경감은 예측했다는 듯 한쪽 입꼬리를 올리며 말했다.

"내가 너 그렇게 나올 줄 알았다. 그럼 이건 어때?"

민 경감은 녹음기를 빠르게 되감은 후 다시 재생 버튼을 눌렀다.

"김 형사! 여기가 어디야? 사건 현장이라며?"

"잠시만 기다려 보십시오, 이 형사님."

"누가 오기로 한…… 어! 채비로 계장님, 여기는 어쩐 일로……."

"이연우, 내가 좀 보자고 했다. 알아보니 너였더라? 범진이랑 날 경찰청에 고발한 게. 내가 모르고 당할 줄 알았지? 사실 뭐, 난 그 전에 손을 썼지만 범진이 비위 건이 바로 올라가서 말이야. 근데 범진이가 이게 나랑 좀…… 그것도 잘 알지?"

"그게 무슨 말씀입니까?"

"이러면 좀 섭섭하지. 난 이렇게 얘기하면 무릎이라도 꿇고 빌 줄 알았는데……. 범진이까지 고발한 건 좀 너무한 거 아니야? 아무리 그래도 먹고 살겠다고 그런 건데 인정머리 없이. 그래서 네가…… 그래, 뭐. 네가 그렇지 뭐."

"채비로 계장님, 도대체 무슨 말씀을 하시는 건지 모르겠습니다."

"야! 이 개자식아! 이 정도 했으면 당장 무릎 꿇으라고! 씨…… 아후!"

"이 경위님, 지금이라도 솔직히 말씀드리고 용서를 비시면……."

"채비로 계장님, 진실은 언젠가 밝혀질 겁니다. 그걸 제가 좀 빨리 앞당겼을 뿐입니다. 그러니 이제 자수를 하시는 게……."

"야! 입 닥쳐! 내가 그 소리 들으려고 널 여기에 데려온 줄 알아!"

"범진아, 잘 생각해. 이제라도……."

"김 형사, 뭐 해?"

"네, 계장님. 연우 형님, 미안하게 됐수다."

"뭐? 지금 무슨 짓을…… 어…… 허."

딸깍!

"채비로, 꼭 이렇게까지 해야 했냐? 이 모든 걸 나한테 다 덮어씌우려고까지 한 거야? 야이, 채비로! 네가 인간이야? 이 악마 같은 자식아! 그런데 뭐? 무슨 말이냐고? 알아먹을 수 없다고? 채비로, 마지막 기회다. 모든 걸 자백하고 자수해! 네가 살길은 그 길밖에 없어!"

"쳇! 별수 없군. 내가 이렇게까진 안 하려고 했는데 말이야."

채비로 경정은 재킷에서 총을 꺼내 들어 민우직 경감을 향해 방아쇠를 당겼다.

탕!

"악! 으윽……. 젠장! 빌어먹을……. 아아……."

총탄은 민 경감의 다리를 뚫고 지나가며 피를 터뜨렸다. 민 경감은 그 자리에 주저앉아 고통스러운 신음을 내뱉었다.

"잘 들어, 민우직. 이렇게 된 이상 나도 널 살려 둘 수가 없어. 근데 한 가지 방법은 있지. 네가 가지고 있는 증거물들 지금 어디 있어? 이건 분명 복사본일 테고 원본이 있을 거 아니야. 그 증거물들만 넘겨. 그러면 내가 목숨만은 살려 줄게."

"그걸 으윽…… 하하, 믿으라고? 내가 바보로 보여?"

"허어! 웃어? 그래, 그럼 어쩔 수 없지."

채 경정은 다시 한번 민 경감에게 총을 겨눴다.

"잠깐! 알았어, 알았다고. 으윽…… 뭐가 그렇게 급해. 허어……."

민 경감은 바지 주머니에서 꺼낸 키를 채 경정에게 내밀며 말을 이었다.

"지하철 보관함 열쇠야. 여기에 보관해 뒀으니 가지고 가. 살려 준다고 했지? 그 말은 지켜라. 흐으……."

"뭐야? 뭐 이렇게 순순히 내줘? 이걸 날 보고 믿으라고?"

"젠장! 나보고 뭐 어쩌라는 거야? 아흐……. 네 눈빛 보니까 금방이라도 죽일 기세라서 줬더니만…… 하……. 갔다 와 보든지, 그럼."

"그래? 좋아. 그럼 내가 금방 갔다…… 올 줄 알지? 카하하하."

채 경정은 비열하게 웃으며 어딘가로 전화를 걸었다.

"김 형사, 지금 바로 역 보관함에 가서 44호 사물함 확인해 봐."

"네? 거기는 열쇠가 없으면……."

"이 병신아! 그냥 부숴! 부수면 되잖아!"

"아, 예! 알겠습니다."

띡!

채 경정은 전화를 끊는 동시에 욕설을 내뱉으며 말을 이어 갔다.

"아이, 이 병신을 진짜……. 민우직, 내가 잠시 살려 둘게. 거짓이든 아니든 넌 죽겠지만. 하하하."

"뭐? 역시 넌 혼자 오라는 내 말을 귓등으로 들었구나. 하으……. 역시 대단하다, 채비로. 그래……. 잡혀서 평생을 학교에서 사느니 여기서 죽는 게 더 낫겠지. 근데 하나만 알고 죽자. 도대체 강시민 씨는 왜 죽인 거야?"

"뭐야? 내가 죽였다고 그래? 범진이 그 자식이? 아니야, 그건 범진이가 죽인 거야. 뭐……. 죽은 사람 소원도 들어준다는데 산 사람 소원 못 들어주겠어. 범진이야, 범진이."

"뭐? 범진이가……. 근데 왜? 죽일 필요까진 없었잖아."

"글쎄, 따지고 보면 민우직 당신이 죽인 거나 마찬가지지."

"무슨 소리야! 으윽…… 내가 죽이다니?"

"오호, 발끈? 그러지 마. 상처에 덧나겠어. 우하하. 난 말이지. 사람 좀 때렸다고 그렇게 쉽게 경찰청 영전을 마다할 줄은 상상도 못 했어. 그럴 줄 알았으면 죽이라고…… 아니, 범진이가 죽이진 않았을 텐데 말이야. 아하하하."

채 경정은 야비한 웃음을 지으며 민 경감을 내려다봤다.

"뭐? 그럼 고작 그 승진 때문에……. 이 빌어먹…… 으윽."

민 경감은 일그러진 얼굴로 땅바닥에 주먹을 내리치며 괴로워했다.

"오우, 진정해. 나도 몰랐다고. 범진이가 과잉 충성을 한 거야. 지도 팀장이 되고 싶었던 거지. 뭐 어때? 다 그런 거야. 선량한 시민은 그런 데 쓰라고 있는 거 아니겠어? 하나쯤 없어진다고 세상이 뒤집히나? 뉴스 한 컷이라도 나왔어? 그리고 고작 승진? 그래서 네가 그 모양 그 꼴인 거야! 난 이제 시작이야. 이제부터 한 놈 한 놈 밟고 끝까지 올라가서 내가 이 세상을 쥐락 펴락할 거라고. 그 맛을 네가 몰라서 그래. 루저들은 절대 그 맛을 모르지. 하하하.”

민 경감은 얼굴을 일그러트리며 채 경정 얼굴에 침이라도 뱉는 듯 고함을 내질렀다.

“야! 으……. 넌 미친 거야. 알아? 채비로……. 으흐윽.”

“그래 그래, 미쳤지. 이 세상에 안 미친놈 있나? 미쳐야 살아남을 수 있는 곳이 바로 이곳이야. 민우직, 이 한심한 놈아. 이제 좀 알겠냐? 그러니까 진작에 힘을 키웠어야지이. 높이높이 올라가서 나 같은 놈들 마악! 짓밟고 그랬어야지! 그럼 이 꼴은 안 당했을 텐데. 안 그래? 내가 너한테 한 짓처럼 말이야. 하하, 크하하하!”

민 경감은 잠시 숨을 고른 뒤 다시 입을 열었다.

“그래서 연우도 죽인 거야? 너희들이 한 짓을 숨기려고.”

“아, 사실 연우를 죽일 생각은 없었어. 그래도 한솥밥 먹던 식구였는데, 안 그래? 그런데…… 연우 그놈 완전 꼴통이더라고. 딱 민 형처럼. 카하하. 어떻게 그렇게 앞뒤가 꽉 막혔는지. 내 다리 잡고 싹싹 빌면서 증거물 갖다 바쳤으면 살려 줬을 거야. 야아, 근데 그 고집이…… 죽는 순간까지 나보고 자수하라고 하지 뭐야. 미친! 아무튼 잘도 가르쳤어, 민 형. 그리고 보면 이게 다 민 형 때문이네. 안 그래? 우식이도 그렇고. 하여튼 선임을 잘 만나야 하는 건데……. 쯧.”

채 경정은 혀를 차며 민 경감을 한심하다는 듯 내려다봤다.

"그게…… 그게 무슨 말 같지도 않은 소리야! 헛소리 집어치워! 하……. 미친놈들……. 도대체 몇 사람이나 죽인 거야."

"이게 다아 형씨 때문에 생긴 일인데 그렇게 말하면 섭하지. 당신만 아니었으면 일이 이렇게까지 커지지는 않았을 텐데. 그냥 조용히 교도소에 들어갔으면 좋았잖아. 그러게 잘 나가는 사람 앞길을 왜 막아? 막기는……."

[꽃 피이는…….]

때마침 전화벨 소리가 들렸다.

"아! 잠깐."

채 경정은 이 상황과 어울리지 않는 구성진 노랫가락이 울리는 휴대폰을 꺼내 전화를 받았다.

"어, 그래. 확인했어?"

"네, 안에 서류 봉투랑 USB가 있었습니다. USB 내용은 바로 확인이 어려워서……. 어! 남……."

"빨리 말해!"

"계장님, 남시보가 그쪽으로 가고 있습니다."

"뭐? 일단 넌 그거부터 바로 확인해서 다시 연락해. 아니, 너도 이쪽으로 빨리 와."

띡!

채 경정은 전화를 끊자마자 총을 민 경감에게 겨눴다.

"진짜 시간이 없네, 이제."

"채비로……. 그래서 우식이도 네가 죽였다는 거야? 우식이도 너희들 비위를 알고 있었던 거냐고. 아니, 네가 연우를 죽였다는 걸 알고 있었던 거겠지……."

"아니, 뭔 소설을……. 그래! 인심 썼다. 맞아, 내가 죽였어.
왜? 근데 네가 생각하는 그런 이유는 아니야. 하하하. 그러니까
이 정도만 알고 이제 그만 죽어 줬으면 좋겠네."

채 경정은 민 경감에게 겨누고 있던 총의 방아쇠를 당겼다.

탕!

"헉! 으윽……."

"뭐야? 아직도 안 죽었어? 아이, 총알 아깝게……. 잘 가쇼,
민 형."

가슴에 피를 흘리며 앉아 있는 민 경감에게 채 경정은 연달
아 방아쇠를 당겼다.

탕! 탕!

"크윽……."

짧은 신음과 함께 땅바닥에 머리를 박고 쓰러진 민 경감은
더 이상 아무런 미동도 보이지 않았다.

나는 노량진역 계단을 있는 힘껏 뛰어 올라왔다. 개표구를
지나 승강장으로 내려가는 계단에 도착했을 때 어디선가 총성
이 울렸다.

탕!

늦어 버린 걸까. 예상보다 일찍 일이 벌어졌다.

설마 민 팀장을 구하지 못하는 걸까? 고개를 두리번거리며 소리의 출처를 찾는데, 이번엔 총성이 연이어 들렸다.

탕! 탕!

승강장에서 울려 퍼지는 총성이었다. 이 시각이 아니었나? 늦지 않게 왔다고 생각했는데…….

분명 민 팀장의 시체 환영은 보이지 않았다. 게다가 소담 씨에게 이야기를 전해 들었으니 당연히 죽음을 피할 것이라 생각했다. 하지만 아니었다. 결국, 나는 민 팀장을 구하지 못했다.

무언가 허전한 느낌에 문득 뒤를 돌아보았다. 그러고 보니 계단을 내려오는 내내 내 시체도 보이지 않았다. 잠시 계단을 올려다보았지만 서서히 나타나는 형상도 없었고, 내 몸 역시 어떠한 통증도 느껴지지 않았다. 괜스레 불안한 기분이 들었지만 지금은 이유를 찾을 시간이 없었다.

나는 모든 생각을 뒤로한 채 서둘러 승강장 쪽으로 뛰어갔다. 저 멀리 민 팀장이 피를 흘리며 쓰러져 있었고, 한 남자가 팀장 앞에 서 있었다. 내가 도착했을 땐 예상대로 이미 늦은 뒤였다. 황급히 뜀박질을 멈추었을 때, 민 팀장을 내려다보고 있던 남자가 뒤돌아섰다. 채비로 경정이었다. 민 팀장의 시체 환영 눈에서 봤던 그 모습 그대로였다.

"이런, 남시보 씨. 여기는 어쩐 일이에요?"

그가 나를 바라보며 말하는 순간, 몸이 경직되어 손가락 하나도 마음대로 움직여지지 않았다. 채 경정 손에는 총이 들려 있었다. 저 총으로 민 팀장을 쏜 것일까? 그 순간에도 오만 가지 생각들이 스쳐 지나갔다.

"내가 말했을 텐데. 우리 다신 보지 말자고."

"아……. 네, 그렇죠."

"아이고, 많이 놀랐구나. 놀라지 마. 민우직 이자가 먼저 총을 꺼내 들어서 어쩔 수 없었어요. 자, 봐요. 민우직 손에 총…… 보이죠?"

초자연 현상에서 본 민 팀장의 시체는 총을 쥐고 있지 않았다. 채 경정이 거짓말을 하고 있다.

"남시보 씨, 겁먹지 말고 이리로 와서 자세히 봐요. 정말이라니까."

채 경정의 '어서'라는 말에 음산한 기운이 느껴졌다. 가까이 가면 나도 민 팀장처럼 이 자리에서 죽을지도 모른다는 생각이 들었다. 그 생각이 든 순간, 나는 곧장 뒤돌아 개찰구가 있는 계단을 향해 뛰었다.

'여기구나.'

여기서 채 경정에게 죽게 되는 거구나. 드디어 이유를 알았지만 너무 늦게 알아 버렸다.

하지만 이상한 점은 내 시체엔 어디에도 총상이 없었다는 것, 그리고 다른 이유가 있다기엔 방금 전에 내 시체가 보이지 않았다는 것이었다. 그리고 왜 내 눈에선 민 팀장과 소담 씨가 보였을까? 전광석화처럼 스쳐 지나가는 많은 생각과 함께 계단 중간쯤 뛰어올라 왔을 때 다시 총성이 울렸다.

탕!

"앗!"

나는 두 손으로 머리를 감싼 채 그대로 멈춰 섰다. 그때였다.

"남시보 씨! 이제 괜찮아요. 어서 고개 들어요!"

갑작스러운 채 경정의 고함에 고개를 들어 아래를 바라봤다. 채 경정은 여전히 나에게 총을 겨누고 있었다. 총이 눈에 들어오자 다리가 떨려 제대로 서 있기가 힘들 정도였다.

"저런, 근데 어쩌나? 보지 말아야 할 걸 봤네. 어쩔 수 없었어. 살인범이 저항하잖아. 그래서 어쩔 수 없이 사살한 거야. 그러니…… 남시보 씨, 무슨 말인지 알죠?"

채 경정은 그렇게 말하며 겨누고 있던 총을 내렸다.

"네……. 그럼 내가 '네, 그래요.' 할 줄 알았습니까? 이것도 운명이라면 어쩔 수 없죠. 거짓을 진실이라고 말할 순 없어! 좋아! 당신이 살인범이라는 거 다 알고 있어. 민우직 팀장님도 그 사실을 알고 있으니 죽인 거겠지. 그리고 이연우 경위도!"

"오호……. 죽음을 재촉하는 친구군. 남시보, 젊은 친구가 여전히 순박하네. 아니면 바보인 건가? 당신도 연우처럼 명을 재촉하는 재주가 있었네. 어쩔 수 없지. 정말 이것이 운명일지도 모르겠네. 카하하하."

채 경정은 큰 소리로 웃음을 터뜨리며 다시 총을 들어 올렸다.

탕!

"으윽!"

쿵! 철퍼덕!

"어억! 어어……. 어……. 이게 어떻게……."

나는 총소리와 함께 머리를 감싼 채 바닥에 주저앉고 말았다. 느낌으로는 총알이 나를 뚫고 지나간 것 같은데, 몸 구석구석을 훑어봐도 아픈 곳이 없었다. 빗나간 건가? 어떻게 된 거지?

황급히 계단 아래를 내려다보니 오히려 채 경정이 피를 흘리며 바닥에 쓰러져 있었다. 영문을 몰라 두리번거리고 있던 그 순간, 저 앞 승강장에서 다리를 절며 걸어오는 이가 있었다.

"남시보! 시보야! 괜찮아?"

민 팀장? 헛것이 보이는 건가? 민 팀장이 살아 있는 게 아니면 내가 죽었다는 건데…… 나 방금 머리에 총 맞고 죽은 건 아니겠지?

"형님? 살아 계신 거예요?"

"그래! 살아 있다, 시보야! 하하……. 으윽!"

민 팀장은 다리를 절면서 걸어오다, 인상을 잔뜩 찌푸리며 한쪽 다리를 부여잡았다.

"형님, 괜찮으세요? 어! 몸에 피…… 피가 흐르잖아요. 거기 가만히……."

"시보야! 엎드려!"

"네?"

탕!

다 끝난 줄 알았는데 갑자기 뒤에서 총성이 울려 퍼졌다. 나는 본능적으로 고개를 숙이며 몸을 움츠리고 앉았다.

"어억!"

철퍼덕! 쿵!

"으……. 으윽, 이런……. 안 순……."

"시보야! 남시보! 괜찮아?"

이번에는 총에 맞은 걸까? 고개를 숙인 채 눈을 굴려 몸을 살펴봤지만 이번에도 아니었다.

그때 민 팀장의 목소리가 들려왔다.

"안민호 형사? 아휴, 깜짝 놀랐네……."

"민우직 팀장님! 팀장님! 괜찮으십니까?"

안 형사는 민 팀장에게 손을 흔들며 나에게 뛰어왔다.

"시보 씨, 일어나세요. 이제 괜찮습니다. 미안합니다. 제가 좀 늦었습니다."

"아……. 나…… 나 괜찮은 거예요?"

안 형사는 내 몸을 손으로 더듬으며 총에 맞은 부위가 있는지 확인했다.

"네, 남시보 씨. 괜찮습니다. 일어나십시오."

"안 형사님, 어떻게 된 거예요? 어, 소담 씨? 소담 씨가 어떻게 여길……."

소담 씨는 안 형사 뒤에 서서 손으로 입을 가린 채 눈물을 흘리고 있었다. 총소리에 놀라 우는 것인지, 아니면 내가 죽었을지 모른다는 생각에 우는 것인지는 알 수 없었지만.

"어……. 소담 씨, 울지마요. 괜찮아요. 나…… 멀쩡해요."

내가 양팔을 가볍게 다독이며 말하자 소담 씨는 마음을 추스르기 위해 손으로 눈을 가렸다.

"근데 저 사람은 김범진 형사 아니에요?"

나는 계단 위에 쓰러져 있는 김 형사를 가리키며 물었다.

"네, 맞습니다. 아마 채비로 계장과 연락이 된 듯합니다. 이만해서 천만다행입니다."

"딱 맞춰 와 주신 안 형사님 덕분이에요. 하하. 아! 형님! 괜찮으세요?"

"어! 괜찮아."

나는 다친 민 팀장이 걱정되어 안 형사와 함께 계단 아래로 향했다.

"근데 여기까지 어떻게 오신 거예요?"

"경찰청으로 막 복귀했을 때 조 경사에게 소담 씨가 보이지 않는다고 연락이 왔습니다. 민 팀장님께 들은 얘기가 있어서…… 혹시나 하는 마음에 바로 여기로 온 겁니다."

"저는 여기에 도착할 때쯤 안 형사님 만났어요. 아니, 잠에서 깼는데 오빠가 보이질 않잖아요. 그래서 노량진역에 갔겠구나 싶었죠. 조 경사님에게 얘기하면 못 나가게 할 것 같아서 몰래……. 어! 오빠!"

"시보야! 피해!"

탕!

"악! 윽……."

죽은 줄 알았던 채 경정이 고개를 들어 나에게 총을 겨눴다.

그걸 본 소담 씨는 내 앞으로 몸을 던져, 채 경정이 쏜 총탄을 대신 맞고 계단 아래로 굴러떨어졌다.

"소담 씨!"

탕!

"컥!"

뒤이어 민 팀장이 쏜 총이 채비로 경정의 머리를 정확히 명중시켰다. 하지만 그게 끝이 아니었다. 또 한 발의 총성이 울렸다.

탕!

"아악! 으윽……."

그 총탄은 내 옆에 서 있던 안 형사의 배를 관통했다. 총에 맞은 안 형사는 뒤로 돌아, 들고 있던 총을 김 형사에게 겨눴다. 하지만 방아쇠를 당기지 못하고, 총을 놓치며 계단 아래로 굴러떨어지고 말았다.

나는 안 형사가 놓친 총을 집어 들어, 무릎을 꿇은 채 김 형사를 향해 방아쇠를 당겼다.

탕!

"허억!"

총알은 힘겹게 무릎을 꿇고 있던 김 형사의 오른쪽 가슴에 박혔다. 김 형사가 바닥에 머리를 박고 쓰러진 것을 확인한 후, 나는 총을 내팽개치고 곧장 소담 씨에게로 달려갔다.

"소담 씨! 소담아! 안 돼! 일어나! 일어나라고!"

"남시보, 괜찮은 거야? 시보야."

수술실에 있는 소담 씨 생각에 아무 말도 들리지 않았다. 아니, 듣고 싶지 않았다.

"내가 지켜 주겠다고 했는데 그러지 못했다. 정말 미안하다, 시보야."

"알고 계셨어요? 형님은 소담 씨가 올 줄 아셨던 거예요?"

"시보야, 아니야. 그저 안 형사를 소담이에게 붙인……. 아니, 내가 무슨 변명을 할 수 있겠니. 미안하다."

"소담 씨에게 무슨 일이라도 생기면……. 아악! 제가 바보예요, 바보!"

나 자신에게 너무 화가 났다. 소담 씨를 위험에 빠뜨렸다는 생각에 머리를 쥐어박으며 자책하는 것밖엔 할 수 있는 게 없었다.

"시보야, 진정하고 수술 결과부터 기다려 보자. 소담이 괜찮을 거야. 그렇게 믿자. 응?"

민 팀장은 내 두 팔을 세게 잡으며 진정시키고는 위로했다.

"형님, 우리 소담 씨 정말 괜찮겠죠? 그렇죠?"

"그래. 수술 잘 받고 곧 깨어날 거야."

"그런데…… 형님은 괜찮으세요? 다리……."

"괜찮아. 이 정도는 목발만 있으면 움직이는 데 문제없다. 금방 나을 거야."

"다행이네요……. 안 형사님은요? 안 형사님도 괜찮나요?"

"어, 다행히 수술이 잘 끝났다고 해서 확인하고 왔어. 곧 깨어날 것 같아. 생명에는 지장 없다고……."

"네……. 그럼 이제 소담 씨만 일어나면……."

"그래, 소담이도 곧 일어나겠지. 생각보다 수술이 오래 걸리네."

"으으……."

수술 시간이 생각보다 길어지자 불안한 마음에 눈물이 새어 나왔다.

민 팀장은 내 등을 토닥이며 말했다.

"뭐라 할 말이 없다, 시보야……."

민 팀장은 안 형사가 깨어났다는 문자를 받고 병실로 향했다. 나도 안 형사의 상태가 궁금했지만, 소담 씨를 두고 갈 수는 없었다.

수술실로 들어가던 의사 선생님은 괜찮을 거라고 했다. 그런데 예상보다 수술 시간이 너무 길어지니 자꾸 불안한 생각만 들었다. 이런 걸 바란 건 아니었다. 그녀가 늘 말하던 대로 정말 나를 구해 줬지만, 이건 아니다.

내 시체 눈에 소담 씨가 보였던 이유가 정말……. 그럼 처음엔 민 팀장이 보였지만 나중엔 소담 씨가 보인 이유도…….

소담 씨 얘기가 맞았다. 내 시체 눈에 보이는 사람은 나를 죽이는 사람이 아닌 나를 구해 줄 의인이었다. 처음엔 민 팀장이 내 생명을 구하는 것이었지만, 뭔가 변수가 생겨 소담 씨로 바뀌게 된 것이다.

설마 소담 씨가 민 팀장에게 사실을 말한 게 미래를 바꾼 것일까? 하지만 그거 하나 말했다고 죽지는…… 아, 또 재수 없는 소리. 쓸데없는 생각은 하지 말자.

복잡한 마음에 머리를 쥐어뜯고 있을 때, 굳게 닫혔던 수술실 문이 열리며 의사 선생님이 모습을 드러냈다.

"의사 선생님! 수술은 잘 끝났나요?"

"강소담 씨 보호자 되십니까?"

"네? 아……."

"아니시면 강소담 씨 보호자분을 빨리 모셔 오셔야겠습니다."

"그게 무슨 말씀이세요? 네? 선생님."

"보호자가 오시면 말씀드리겠습니다."

"제가 보호자예요, 제가. 부모님은 돌아가시고 안 계세요."

"그럼, 설명드리겠습니다. 처음 외상만 봤을 때는 심각한 상태가 아니라고 판단했습니다. 그런데 막상 수술에 들어가 총상 부위를 열어 보니, 총알이 심장을 건드려 위중한 상태였습니다. 수술 부위가 심장 부근까지 넓어져 어쩔 수 없이 수술이 오래 걸리게 됐습니다. 수술은 잘됐지만…… 깨어나 봐야 알 수 있을 것 같습니다."

"뭐라고요? 선생님! 수술은 잘됐다면서요. 근데 깨어나 봐야 알 수 있다니요? 그게…… 그게 무슨 말씀이세요? 네?"

"보호자분, 힘드시겠지만 지금으로서는 상태를 좀 더 지켜봐야 알 수 있을 것 같습니다. 환자분 의식이 돌아오기를 기다리는 것밖에 도리가 없습니다. 혹시 모르니 다른 가족분들을 빨리 병원으로……."

"선생님! 그럼 죽을 수도 있다는 말씀이세요? 그 말씀이냐고요!"

"미안합니다. 의식이 돌아오는 것을 지켜봐야 알 수 있다는 말씀밖에 못 드리겠네요."

"안 돼요, 선생님. 소담 씨 좀 살려 주세요. 네? 선생님, 제발 부탁드립니다. 소담 씨 좀 살려 주세요."

"지금 이러실 때가 아닙니다. 우선 가족분들을……."

"가족은…… 저뿐입니다. 소담 씨에겐 저 하나뿐이라고요……. 선생님, 살려 주세요. 우리 소담 씨 살려 주세요. 제발요, 네? 흐으……."

나는 간절한 마음에 의사의 팔을 붙잡으며 울부짖듯 애원했다.

"진정하세요. 박 간호사님, 여기 보호자분 좀 진정시켜 주시고 중환자실 대기실로 안내 부탁드려요."

"네, 선생님. 저기 보호자님, 진정하시고요. 보호자님이 이러시면 환자분은 어떡합니까? 진정하시고 호전되기를 기다려 보시죠. 지금 중환자실로 옮겼으니 면회 시간에 보실 수 있습니다. 대기실에서 기다리시거나 아니면 시간 맞춰 중환자실로 오시면 됩니다. 이제 그만 가시죠."

도저히 발걸음이 떼지지 않았다. 눈물로 얼룩져 뿌연 시야에 민 팀장이 다급하게 뛰어오고 있는 것이 보였다.

"시보야! 무슨 일이야? 왜 그래?"

"형님……. 어쩌면 좋아요?"

"시보야, 정신 차려 봐. 뭐야? 수술이 잘못된 거야? 어?"

"으으……. 형님……."

"그래, 시보야. 소담이 괜찮은 거지? 그렇지?"

"우리 소담 씨 어쩌면 좋아요……. 의식이 아직…… 깨어나 봐야 안다고…… 흐윽, 흐으으……."

"뭐? 그게 무슨……."

민 팀장의 끝맺지 못한 말을 마지막으로 우리 둘 사이엔 정적이 흘렀다. 수술실 복도엔 애달픈 내 울음소리만이 가득 울려 퍼졌다.

"그래, 실컷 울어. 하아……. 다 내 잘못이다. 시보야, 어쩌면 좋니? 아아……."

인파로 가득한 종로 거리 곳곳에서 활기찬 웃음소리가 들려왔다. 1년 같은 1주일이었지만 지나고 나니 정말 짧은 순간이었던 것 같다. 그동안 나에게 일어난 일들은 어느새 필름처럼 하나의 기억으로 남겨졌다.

혼자 온다는 것을 군이 같이 오겠다고 한 민 팀장과 함께 연인들이 가득한 종로 번화가를 사이좋게 걸었다. 다행히 민 팀장은 다리의 총상이 크지 않아 목발을 짚고 걸어 다닐 수 있을 정도였다. 가슴에도 세 발의 총을 맞았지만…… 기적처럼 살아났다고 하면 말이 되려나? 당연히 말도 안 되는 이야기다.

민 팀장은 자신이 어떻게 죽는지 소담 씨에게 듣고 방탄조끼와 인공 피를 미리 준비했다고 한다. 더운 날씨에도 재킷을 꼭 껴입고 있었던 것 역시 그런 이유에서였다.

채비로 경정은 그걸 왜 몰랐을까? 여러 발의 총탄을 머리에 맞지 않은 것이 기적은 아니었을까? 채비로 경정은 민 팀장이 쏜 총에 정확히 머리를 맞고 그 자리에서 숨졌다. 내 총에 맞은 김범진 형사는 다행히 죽지 않고, 현재 병원에 입원해 치료를 받는 중이다. 곧 재판을 받고 교도소에 갈 예정이지만.

평범한 취업 준비생인 내가 어떻게 그렇게 총을 잘 쐈냐고? 군에서 권총 훈련을 제대로 받았던 것이 도움이 됐다. 다행히 그때 익힌 사격 자세가 몸에 아직 남아 있었던 것 같다. 훈련병 때 권총 사격을 좀 했는데, 믿거나 말거나.

우리가 정해 두었던 결말처럼 민 팀장은 모든 누명을 벗었다. 그는 동기인 김승철 경감의 도움으로 자신이 죽게 되는 장소에 미리 도청기와 소형 카메라를 설치해 놓았다고 했다. 그날 채비로와 나눈 대화 녹취록과 영상이 증거물로 채택돼, 채비로 경정과 김범진 형사의 죄는 빼도 박도 못 하게 됐다. 물론 이연우 경위가 남긴 증거물도 모두 채택될 예정이라고 하니, 김 형사는 최소한 무기 징역이 아닐까 싶다.

참, 배에 총을 맞았던 안민호 형사는 빠른 회복세를 보여 지금은 아주 건강한 상태다. 2주 동안은 요양 차원으로 좀 더 입원해 있어야 하지만, 총탄이 간발의 차로 위험 부위를 비껴갔으니 민 팀장과 함께 또 하나의 기적이나 다름없었다.

그런데 왜 소담 씨 얘기는 없냐고? 그녀는…….

"소담 씨, 나예요. 알아보겠어요?"

"시보 오빠……."

"그래요. 나예요, 소담 씨. 고마워요. 이렇게 깨어나 줘서……."

"오빠……. 미안…… 해요. 이제…… 아빠를 만나러가야 할 것 같아요."

"그게 무슨 말이에요? 안 돼요, 소담 씨. 나랑 여기에 있어요. 네?"

"고마워요. 슬퍼하지 말아요……. 저, 삼촌……."

"어, 소담아."

뒤에 서 있던 민 팀장은 다급히 소담 씨 옆으로 다가와 앉았다.

"진짜 삼촌은 아…… 아니지만, 우리…… 시보 오빠 잘…… 부탁해요."

"아니야. 얼른 일어나서 소담이가 시보 곁에……."

"미안해요……. 부…… 부탁해요. 네?"

소담 씨는 힘겹게 손을 들어 올려 민 팀장의 팔을 잡았다.

"그래……. 그래. 알았어, 소담아."

"오빠……."

"네, 소담 씨."

"오빠는…… 특별한 사람이에요. 흐으……. 오빠가 가지고 있는…… 그 능력으로 더 많은…… 사람들을 구해 주……

주세요. 너무 슬퍼…… 하, 하지…… 말아요. 자…… 자책하지…… 하아, 마요. 그리고 고마……."

"소담 씨, 소담 씨! 눈 좀 떠 봐요! 네? 안 돼요! 안 된다고!"

뒤이어 들려온 '삑' 하는 차가운 기계음이 그녀의 마지막 소리였다.

그녀는 이제 영원히 내 곁을 떠났다. 큰 수술도 잘 마치고 무사히 회복될 줄 알았는데……. 내가 이럴 줄 알고 슬퍼하지 말라는 말을 남긴 뒤 눈을 감았나 보다. 마지막까지 그녀는 날 위하는 말뿐이었다. 그런 그녀를 나는 마지막 작별 인사도 제대로 하지 못하고 보내야 했다. 대신 그녀가 유언처럼 남긴 말을 가슴에 고이 새겼다. 소담 씨 말대로 소중한 생명을 구하기 위해…… 남은 내 인생을 살기로 했다.

"시보야. 남시보."

민 팀장은 내 어깨에 손을 올리며 말했다.

"우는 거야? 너…… 소담이 생각하는 거니?"

"아아……. 아니에요."

나는 황급히 눈물을 훔치고 민 팀장을 바라보았다.

"괜찮겠어, 정말?"

"괜찮아요. 꼭 살려야 해요. 소담 씨랑 약속했어요."

내 대답을 들은 민 팀장은 살며시 어깨를 토닥여 주었다.

"여기 같은데요? 네, 맞네요. 여기예요."

"그래. 지금 시간이……."

"저기, 꼬마야! 잠깐만."

"어머!"

"철아!"

끼이익! 쾅! 덜컥, 끼이익! 쿠웅! 쾅!

에필로그
조선 중종 2년

중종 2년 정묘년, 1507년

   반정으로 왕위에 오른 중종은 어마마마의 탄신을 감축하는 연회를 성대하게 준비하라 명한다. 6월 하순 중종의 어머니, 정현왕후 탄생일을 나흘 남긴 이른 아침에 중종의 편전에 급히 예조판서가 들어 아뢴다.

   "주상 전하!"

   "……."

   "주상 전하! 기침하셨나이까?"

   "전하! 남기철 대감이 아뢰옵니다. 전하!"

   "전하! 예조판서 남기철 대감이 들었사옵니다. 기침하셨나이까?"

   그제야 임금은 침소에서 일어나 자리에 앉았다.

   "김 내관, 들라 하라."

   "예에, 전하. 안으로 드시지요, 남 대감."

   "예조판서 남기철 대감이옵니다."

   곧이어 문이 열리고, 남기철 대감은 허리를 굽힌 채 걸어 들어와 큰절로 아뢰었다. 그 뒤로 김 내관이 따라 들어와 옆에 섰다.

   "전하! 기체후 일향 만강하옵나이까? 신 예조판서 남기철 아뢰옵니다."

   "가까이 오시오."

   "예에, 전하! 이른 아침부터 알현드려 송구하옵니다, 전하."

   "그래. 무슨 일이오?"

"전하! 다름이 아니오라, 전하!"

"……."

"전하! 소인 불충한 언사인지 아오나, 신 전하의 옥체에 심이 불경한 일이 일어나 이리 급히 찾아뵈옵나이다."

"무슨 말이오? 짐에게 무슨 변고라도 생긴다는 말이시오?"

"어허! 남 대감! 어느 안전이라고 어찌 그런 불경한 말씀이오!"

옆에 서 있던 김 내관이 불쑥 끼어들었다.

"김 내관은 잠시 조용히 하라."

"예에, 전하. 송구하옵니다."

"자아, 다시 말해 보시오. 남 대감."

"예에. 전하. 불충한 언사인 줄 알면서도 이를 그냥 넘길 수 없어 이리 아뢰옵나이다. 신 죽을 각오를 하고 찾아뵈옵나이다, 전하!"

"도대체 무슨 일인데 이리도 서론이 긴가? 어서 말해 보시오, 남 대감. 무슨 일인데 이리 뜸을 들이시오."

"전하! 사흘 전 유시(15시~17시)에 소인이 보지 말아야 할 것을 보았나이다."

"계속해 보시오, 좀!"

"송구하옵니다. 전하! 소인이 입 밖으로 꺼내기가……."

"남 대감! 어서 말씀드리시오. 이게 무슨 경솔한 경우시오."

이번에도 김 내관이 끼어들어 남 대감을 책망하였다.

"어어! 김 내관은 조용히 하라. 어찌 계속 끼어드느냐?"

"전하! 송구하옵니다. 예조판서 남기철 대감이……."

"아니, 그래도!"

"전하! 통촉하여 주시옵소서."

"자, 자! 남 대감. 너무 어려워 말고 어서 말해 보시오. 무슨 일인지 짐이 참으로 궁금하오."

"전하! 소인을 죽여 주시옵소서."

"남 대감, 갑자기 무슨 말이오? 무엇인데 이리도 뜸을 들이시오. 어서 말해 보시오. 짐은 노하지 않을 터이니 걱정 말고 어서 말해 보시오."

"전하! 아뢰옵기 송구하오나 대서(음력 6월, 양력 7월 23일경) 유시에 불충하게도 전하의 옥체를 보았사옵니다."

"어……. 대서 유시라면…… 그날은 짐이 경들과 홍문관에서 토론을 하지 않았소. 그런데?"

"전하, 그것이 아니오라 대비마마의 탄신을 감축드리기 위해 연회를 준비하는 중에 경회루에서 전하의 옥체를 보았나이다. 하온데……."

"그렇지. 어마마마의 탄신 감축 연을 준비하고 계시는구려. 하온데 뭐요?"

"전하! 소인을 죽여 주시옵소서! 죽여! 주시옵소서! 전하!"

남기철 대감은 말하기를 주저하며 연신 고개 숙여 임금에게 절하였다.

"예조판서! 어찌 그러시오? 무슨 일이기에 이리 뜸을 들리는 게요?"

"남기철 대감, 어서 고하지 않고 뭐 하시는 게요?"

"쯧!"

또 김 내관이 나서자, 임금은 혀를 차며 김 내관을 쏘아봤다.

"송구하옵니다, 전하!"

"남 대감은 김 내관 말에 괘념치 말고 말해 보라. 어서!"

"송구하옵니다, 전하! 소인, 불충한 언사인 줄 아오나 그냥 넘어갈 수 없는 일이라 사료되어 이리 고하옵니다."

"알았으니, 어서 말해 보시오."

"예에! 전하, 아뢰옵기 송구하오나 신 남기철, 전하의 옥체를 경회루에서 보았나이다. 그것도…… 옥체에 상흔을 입고 승하하신 모습을 보았나이다. 전하! 신을 죽여 주시옵소서, 전하!"

남 대감은 바닥에 머리를 조아린 채 고개를 들지 못했다.

"남기철 대감, 어찌 그런 불충한 말을 어느 안전이라고 함부로 하시는 게요!"

"김 내관! 조용히 하라! 한 번만 더 그 입을 열었다가는……."

"송구하옵니다, 전하!"

"남 대감, 무슨 일이 있는 거요? 이른 시경에 입궁해 어찌 그런 얼토당토않은 말을 하시는 게요."

"아니옵니다, 전하! 신이 옥체에 상흔을 입고 승하하신……."

"남기철 대감! 신이 참으로 죽고 싶은가? 그 입 다물라! 더 듣기 싫소. 당장 물러가시오. 그렇지 않으면 짐이 그대를 바로 참하라 할 것이오!"

"전하! 통촉하여 주시옵소서. 소신 죽을 각오로 고하였나이다. 신 남기철, 죽을 각오로 고하오니 부디 대비마마 탄신 연회장에 들지 마시옵소서. 드시면 아니 되옵나이다, 전하."

"밖에 아무도 없느냐! 썩! 이자를 밖으로 끌어내지 않고 뭐하느냐? 어서 끌어내거라!"

"전하! 소인의 진언을 들어 주시옵소서. 소인이 분명히 보았나이다. 전하의 옥체가 심히 상하여 승하하신 전하를 보았나이다. 전하! 소인의 말을 부디 믿어 주시옵소서."

김 내관은 서둘러 문으로 걸어가, 밖에 있는 내관들에게 지시를 내렸다.

"이 내관, 정 내관. 뭐 하는 것이오. 어서 들어와 예조판서 남대감을 모시지 않고!"

"김 내관, 잠시 멈춰라! 좋다. 남기철 대감. 짐이 신의 말을 들어보겠다. 단! 지금 짐에게 고하는 것이 하나라도 틀림이 없어야 할 것이야. 그렇지 않으면 신이 말한 대로 죽음을 면치 못할 것이다. 알았는가?"

"전하, 성은이 망극하옵나이다. 소신, 죽을 각오로 고한 것이오니 이미 각오하였나이다. 신⋯⋯ 신에게 특별한 것이 보이기 시작하였나이다. 남들에게 보이지 않는 사자의 모습이 앞서 보이옵나이다. 전하, 그러한데 불경스럽게도 이번엔 전하의 승하하신 옥체가 소신에게 보였나이다. 그러하오니 연회장에 드시면 아니 되옵나이다, 전하!"

"도대체 어찌 그러시오. 어마마마의 탄신을 감축하는 연회장에 가지 말라니? 짐을 불충한 임금으로 만들려 하시오. 온 백성들이 짐을 뭐라 하겠소? 어찌 어마마마의 탄신을 감축하지 못

하는 임금을 어느 백성이 섬기려 하겠소. 그러니 더는 말하지 말라, 남 대감."

"전하, 분명히 보았나이다. 전하의 옥체에 화살이 꽂혀 있는 것을 보았나이다. 분명 누군가가 역모를 일으키려 할 것이오니 부디 연회장에 드시지 마시옵소서. 옥체를 보존하시옵소서. 전하! 신의 진언을 허투루 흘려듣지 마시옵소서, 전하."

"남 대감, 왜 이러시오. 남 대감이 신내림이라도 받으신 게요? 더는 듣기 싫소. 남 대감의 충심은 알았으니 이만 나가 보시오."

"전하! 전하, 소인을 죽여 주시옵소서. 소신 남기철, 이리 물러갈 수 없사옵니다. 소신 앞에서 드시지 않겠다 약조해 주시옵소서. 전하! 약조해 주시옵소서!"

"어허……. 그거 참……. 좋소. 그럼 이거 하나 약조하는 게 어떻겠소? 남 대감 말이 맞는다고 합시다. 그런데 만약에 말이오. 그것이 거짓이면 어찌하겠소?"

"소신을 죽여 주시옵소서. 전하, 이 목숨 신의 것이 아니옵니다. 전하의 것이옵나이다. 소신이 기만하였다 여기시면 언제든 죽여 주시옵소서."

"좋소! 그럼 경의 목을 걸어도 좋다는 말이시오?"

"전하, 어느 안전이라고 거짓을 아뢰겠나이까. 신이 거짓을 고하였다면 그 즉시 죽여 주시옵소서, 전하."

"좋소. 그렇게 합시다."

"성은이 망극하옵나이다, 전하!"

사흘 후 정현왕후의 감축 연회가 열리고, 중종과 일부 대신들이 연회 준비가 한창인 경회루를 찾았다.

연회 준비로 바쁜 예조판서 남기철 대감에게 임금이 다가가 물었다.

"남 대감, 준비는 잘 되어 가고 있소."

"전하, 이곳에 납시오면 아니 되옵니다. 어서……."

"괜찮다."

"전하, 이리하오시면……."

"괜찮다 하지 않았소. 친위대장은 최대한 가까이 앉아 있도록 하라. 알았느냐?"

"예에! 전하."

"전하, 친위대장을 옆에 두시고 옥체를 보존하시옵소서."

"친위대장은 잘 들으라. 어마마마의 연회가 성대하게 끝마칠 수 있도록 경계를 엄히 하도록 하라."

"예에! 전하!"

"또한, 짐에게 불미스러운 일이 생기지 않도록 짐을 특히 잘 보필하도록 하라. 알겠느냐?"

"예에! 전하."

"이러면 됐소? 남 대감."

"알겠사옵니다, 전하. 송구하옵니다."

"그런데, 남 대감. 저기 요상한 복장의 저자는 누구요? 무슨 여흥이기에 저리도 희귀한 용모를 하는 것이오?"

"누구를 말씀하시는 것이옵니까?"

"아니, 저…… 어디……. 아, 짐이 분명 저기……. 아니오. 허허……."

"전하, 어디가 불편하시옵니까?"

"아, 아니오. 어서 연회 준비에 만전을 다하라."

"예에, 전하."

중종의 어머니 정현왕후 탄신을 감축하기 위해 열린 연회는 아무 소동 없이 성대하게 끝마쳤다.

다행히 남기철 대감이 예상했던 임금을 시해하려는 어떠한 움직임도 없었다. 또한, 어떠한 반역의 낌새도 보이지 않았다. 이에 크게 노한 중종은 예조판서 남기철를 참수하려 했으나, 대비마마의 탄신 감축 연을 성대히 준비한 노고와 임금에 대한 충심이 과해 일어난 일이라 여겨 참수하지 않는 대신 고향으로 귀향을 보냈다.

"대감, 이 상소를 꼭 전하께 올려 주십시오. 이 몸 하나 건사하겠다고 신하 된 도리를 저버릴 수 없소이다. 간곡히 청하오니 이 상소를 주상 전하께 아뢰어 주시오, 대감."

"또 무슨 변고를 당하려 이러는 겐가? 남 대감, 우선은 몸을 먼저 건사하시게. 추후에……."

"그것이 아니옵니다, 대감. 주상 전하의 옥체가 풍전등화와 같은데, 어찌 신하의 도리로 본인 안위만 보존하라 하십니까?"

"어허, 이 답답한 사람을 봤나. 도대체 무슨 상소인데 이러시오."

대비마마의 감축 연회가 있던 날로부터 보름 뒤, 임금 침전에 자객이 들어 임금을 시해하려는 반역이 일어난다. 다행이라 해야 할까? 귀향 간 남기철 대감이 상소를 올려, 보름이 지날 때까지 옥체를 보존하시라 간곡히 고한 것이었다.

상소 내용을 미리 확인한 승정원은 남기철 대감을 지키기 위해 남 대감이 올린 상소를 임금에게 바로 올리지 아니한다. 대신 역모의 기미가 보인다는 거짓 상소를 올려, 내관을 임금 침전에 보름간 자게 하였다. 그리고 임금은 병풍 뒤 밀실에서 침수에 들었다.

그렇게 보름이 지났을 때쯤, 침전에서 대신 잠들었던 내관이 자객에 의해 처참하게 죽임을 당하게 된다.

남기철 대감의 상소가 진실임을 알게 된 승정원은 임금에게 그 사실을 고하였다. 하지만 중종은 남기철 대감을 의심하고, 역모 죄를 물어 배후 세력을 밝히려 했다. 그러나 온갖 고문에도 남 대감은 억울함을 호소할 뿐이었다. 결국, 모진 고문에 남 대감은 생을 마감하게 된다.

이에 중종은 남기철 대감의 9족을 멸하라 명을 내린다. 그런데 다행히도 임금을 시해하려 했던 자객 중 한 명을 잡아들여, 역모를 모의한 진범이 누구인지 밝혀낸다. 그리하여 남 대감 가문은 간신히 멸문지화를 피할 수 있었고, 진상을 파악한 중종은 남 대감 시신을 거두어 후하게 장례를 치르라 명하였다. 또한, 그 후대 자손들에게 벼슬을 내려 공을 치하하였다.

《시체를 보는 사나이》1부. 더 비기닝 ② 끝.

작가의 말

남시보가 처음 저에게 왔을 때가 생각납니다. 아들을 학교에 데려다주고 돌아오는 길에 문득 저 앞에 시체가 있다면 난 어떨까? 나에게 어떤 일이 벌어질까? 그런 상상을 하며 집으로 와 아내에게 호들갑스럽게 얘기했던 그 날이 말입니다. 아내는 내 얘기를 듣고는 덩달아 재미있겠다며 써보라 부추겨주어 남시보를 만나게 되었습니다.

남시보의 이름은 《시체를 보는 사나이》라는 제목에서 따온 이름이기는 합니다. 하지만, 남시보라는 이름에는 또 다른 의미가 담겨 있습니다. '시보'라는 말은 공무원의 임용후보자가 정식 공무원으로 임용되기 전의 신분을 말하기도 합니다. 그 말처럼 아직은 부족한 점이 많은 시보의 모습이 떠올랐습니다.

그것이 남시보이고, 그 시작이었습니다. 그런 남시보가 드디어 독자 여러분 앞에 책으로 선보이게 되었습니다. 아내는 남시보가 우리의 손을 떠나 바다로 나갔다고 했습니다. 어디까지 흘러갈지는 모르겠지만, 더 많은 독자와 만나기를 진심으로 바라는 마음입니다. 부족한 남시보를 바다로 이끌어주신 쌤앤파커스의 김명래 실장님과 그 외 관계자 여러분께도 남시보를 대신해 진심으로 감사드립니다. 무명작가인 저의 작품을 선택해주시고, 여기까지 이끌어주셔서 고맙습니다.

제가 살아오면서 꼭 하고자 했던 것이 있었습니다. '호랑이는 죽어서 가죽을 남기고, 사람은 죽어서 이름을 남긴다.'라는 속담처럼, 살아생전에 제 이름을 꼭 세상에 남기고 싶다는 것이었습니다. 그만큼 제 존재가치를 느끼고 싶었던 것 같습니다. 그런 이유로 내가 여기 존재할 수 있었던 부모님의 성함도 함께 남기고 싶습니다.

2년 전에 돌아가신 나의 문점순 어머니와 위독하셨지만, 굳건히 일어나신 나의 김예규 아버지, 부모님이 계셨기에 제가 이곳에 있을 수 있었습니다. 깊이 감사드리며 사랑합니다.

그리고 제 작품의 첫 독자이며, 첫 편집장이기도 한 제 아내 한송이에게도 감사하다는 말과 함께 고생 많았다고 말해주고 싶습니다. '고맙다. 사랑한다. 송이야.'

또한, 쌤앤파커스 김명래 실장님이 남기신 제안 댓글을 처음으로 보고 저보다 더 기뻐하며 알려준 우리 아들 정말 고맙고, 항상 예쁜 미소로 아빠의 비타민이 되어 준 우리 딸. 승호와 서율아, 사랑하고 사랑한다. 마지막으로 제 파트너에게도 한마디 해주고 싶습니다. '그동안 고생 많았다. 종세야. 앞으로 작가로서 많은 작품 부탁한다. 고맙다.'

끝으로 웹소설 플랫폼에서 처음으로 응원의 댓글을 남겨주셨던 독자분들과 제 작품을 읽어주신 모든 분께 감사드립니다. 앞으로도 《시체를 보는 사나이》에 많은 관심과 사랑 부탁드립니다. 2부, 3부에 이어질 시보의 성장을 함께 응원하고 지켜봐 주시면 좋겠습니다. 고맙습니다.

공한 K 올림

시체를 보는 사나이 1부. 더 비기닝 ②

2022년 4월 5일 초판 1쇄 발행

지은이 공한K
펴낸이 최세현 **경영고문** 박시형

책임편집 김명래 **디자인** 정아연 **교정교열** 전해림
마케팅 권금숙, 양근모, 양봉호, 이주형, 신하은, 정문희
디지털콘텐츠 김명래 **해외기획** 우정민, 배혜림
경영지원 홍성택, 이진영, 임지윤, 김현우
펴낸곳 팩토리나인 **출판신고** 2006년 9월 25일 제406-2006-000210호
주소 서울시 마포구 월드컵북로 396 누리꿈스퀘어 비즈니스타워 18층
전화 02-6712-9800 **팩스** 02-6712-9810 **이메일** info@smpk.kr

ⓒ 공한K(저작권자와 맺은 특약에 따라 검인을 생략합니다)
ISBN 979-11-6534-494-8 (03810)

쌤앤파커스(Sam&Parkers)는 독자 여러분의 책에 관한 아이디어와 원고 투고를 설레는 마음으로 기다리고 있습니다. 책으로 엮기를 원하는 아이디어가 있으신 분은 이메일 book@smpk.kr로 간단한 개요와 취지, 연락처 등을 보내주세요. 머뭇거리지 말고 문을 두드리세요. 길이 열립니다.